美国名诗选译

The Selected Translation of American Famous Poems

洪振国　曾　超◎译著

中国出版集团有限公司

世界图书出版公司
广州·上海·西安·北京

图书在版编目（CIP）数据

美国名诗选译：英汉对照 / 洪振国，曾超译著.
广州：世界图书出版广东有限公司，2025.1. -- ISBN
978-7-5232-1972-0

Ⅰ . I712.2

中国国家版本馆CIP数据核字第2025997CD8号

书　　名	美国名诗选译	
	MEIGUO MINGSHI XUANYI	
译著者	洪振国　曾　超	
责任编辑	冯彦庄	
装帧设计	广知园教育科技有限公司	
责任技编	刘上锦	
出版发行	世界图书出版有限公司　世界图书出版广东有限公司	
地　　址	广州市海珠区新港西路大江冲25号	
邮　　编	510300	
电　　话	（020）34201967	
网　　址	http://www.gdst.com.cn/	
邮　　箱	wpc_gdst@163.com	
经　　销	新华书店	
印　　刷	广州小明数码印刷有限公司	
开　　本	710 mm × 1000 mm　1/16	
印　　张	33.25	
字　　数	667千字	
版　　次	2025年1月第1版　　2025年1月第1次印刷	
国际书号	ISBN 978-7-5232-1972-0	
定　　价	118.00元	

前　言

　　《美国名诗选译》从各类诗集、教材中选译了从美国 17 世纪殖民时期到 21 世纪前 10 年，历时近 400 年间各时期有代表性的 38 位诗人的 134 首诗。本书所选诗人均享有盛名，在美国文学史上占有一席之地；所选诗歌多为美国读者喜闻乐见，能折射、反映现实生活，具有正面、积极意义。这些诗如同罗伯特·弗罗斯特在他的《诗歌造成的形象》一文中所说，"诗歌始于快乐，止于智慧"（Poetry begins in delight and ends in wisdom），是公认的名诗、好诗。

　　本书为方便读者阅读和理解，采用英汉诗歌对照方式，并对每位诗人作简要介绍，对每一首诗作解说分析。本书开篇对美国最早在伦敦出版诗集（《新近在美洲出现的诗神》，1650 年）的女诗人安妮·布雷兹特里特和黑人最早出版诗集（《关于宗教和道德的杂题诗》，1773 年）的女诗人菲利斯·惠特利的诗作做了介绍。《新近在美洲出现的诗神》反映 17 世纪殖民时期新英格兰地区的家庭及社会生活。在狄金森之前的二百年间，没有一个女诗人的成就能超过安妮·布雷兹特里特。菲利斯·惠特利是 18 世纪理性、崇尚英国古典主义的诗人。她是个废奴主义者，她的诗作反映了美国独立战争和黑人争取自由平等的斗争。

　　19 世纪随着美国移民大量增加和领土扩展，工业化、城市化进程加快以及受到英国浪漫主义文学的影响，美国文学进入浪漫主义时期。威廉·柯伦·布莱恩特打破 18 世纪古典主义形式的束缚，写无韵体、哲理诗，以描写自然景色的抒情诗而闻名，被认为是美国浪漫主义的先驱和倡导者。拉尔夫·瓦尔多·爱默生是超验主义哲学思想的代表人物。他在《美国学者》的讲演中宣告美国文学脱离英国文学而独立，对美国民族文学的形成和发展发挥了重要作用。他强调直觉，甚至说"人有神性，人的存在是神的存在的一部分"；把人升华到"超验"的境界，把美国浪漫主义推向高潮和深入发展。亨利·华兹华斯·朗费罗用传统的形式写诗。他反对蓄奴制，善于从乡土和民间故事中选材，在推广英诗和美国民谣方面作出贡献。埃德加·爱伦·坡提出"纯艺术""以韵律创造美"，在诗中使用象征手法，被后来的法国作家波德莱尔及兰波等象征派诗人视为楷模。赫尔曼·梅尔维尔写航海传奇、南北战争，作品充满悲观、唯心神秘成分。他和斯蒂芬·克莱恩属于自然主义作家，即悲观的现实主义作家。

19世纪的沃尔特·惠特曼和艾米莉·狄金森是美国诗歌史上的两座高峰。惠特曼的《草叶集》歌唱自我、民主、革命，使用大众语言，创自由诗体，在形式和内容上有所创新，开创了美国民族诗歌的新时代。狄金森在她的1775首诗中率先使用现代主义的心理描写、梦幻、意象、象征、通感等创作方法，着重描写人的意识和心理，开心理描写之先河。她的诗短小、精练，不受传统格律的限制，接近于自由诗体。他们两人被誉为美国现代主义的先驱。

20世纪的诗人中，埃德温·阿林顿·罗宾逊和罗伯特·弗罗斯特使用旧的形式来创新，语言通俗、易懂，反映现实生活，是杰出的现代诗人。但他们不属于现代派，而属于传统形式的现代派过渡诗人。

20世纪初，埃兹拉·庞德发表意象主义、旋涡主义及表意法理论，掀起了英美现代主义运动；他宣告对英国维多利亚浪漫主义传统断然决裂，影响巨大。20世纪大部分诗人属于各类不同形式的现代、后现代诗人。T. S. 艾略特提出"客观对应物""非个性化"理论，强调诗歌的客观性、现实性，同时也强调主观的作用。他强调使用意象、隐语、引语、神话、典故等象征手法，表达经验和思想感情。T. S. 艾略特强调文本，成为"新批评"流派的理论根据。他作为"学院派"的掌门人，统治美国文坛几十年，与威廉·卡洛斯·威廉斯等人的民族、本土派形成对立。罗伯特·洛威尔是"新批评"的后起之秀，又是自白派的领袖，使美国诗歌进入超现实主义、后现代。西尔维娅·普拉斯是他的学生，自白派诗人，被认为是女权主义的先驱。

华莱士·史蒂文斯崇尚想象、象征，提出"诗是最高的虚构"的理论。文学评论家哈罗德·布鲁姆认为他是"继沃尔特·惠特曼和艾米莉·狄金森之后的首要美国诗人"[1]。

艾伦·金斯伯格是垮掉派诗歌的代表人物。他1955年朗诵他的代表作《嚎叫》，喊出了年轻一代受压抑的愤怒与反抗之声，揭露资本社会追求物质享受、精神颓废等诸多弊病。他的诗歌形式口语化，继承惠特曼的民族化传统，反主流文化，是对学院派的批判，促进了后现代诗歌的发展。

约翰·阿什贝利是纽约派后现代诗人。纽约派是第二次世界大战后在纽约形成的一个诗歌派别，受法国超现实主义和20世纪50年代抽象表现主义画派的影响。阿什贝利是其主要成员，被认为是美国20世纪最伟大、最有影响力的诗人之一。

卡尔·桑德堡、维切尔·林赛和埃德加·李·马斯特斯长期生活、工作在芝加哥；芝加哥在20世纪初也已成为重要的诗歌中心之一。三人是芝加哥派的主要成员。他们诗歌的内容和风格受惠特曼的影响，描写西部风土人情、社会生活，对美国西部诗歌的发展起了推动作用。

黑人诗歌在20世纪20年代哈莱姆文艺复兴运动之前，女诗人弗朗西斯·艾伦·沃特金斯·哈珀擅长写朗诵诗，语言深入浅出，感情深厚，对黑人的斗争起到很好的宣传鼓动作用。保尔·劳伦斯·邓巴是第一个黑人专业作家，以写诗见长。他用黑人土语和普通英语写诗，是个有才华、有杰出成就的诗人。

---

[1] 程文：《论华莱士·史蒂文斯诗歌中的抽象》，博士学位论文，中国社会科学院研究生院，2012。

第一次世界大战结束至第二次世界大战这一时期，纽约的哈莱姆地区成为全美最大的黑人聚居区，集中了许多优秀的黑人艺术家和文学家。随着黑人民族运动的高涨，这一地区也成了黑人文艺复兴运动的中心，该文艺复兴运动故被称为"哈莱姆文艺复兴运动"，出现了像兰斯顿·休斯、克劳德·麦凯、康缇·卡伦、基恩·图莫等有代表性的诗人。兰斯顿·休斯的诗作反映黑人民众的疾苦，被认为是"黑人民族的首要代言人"，他在诗中引进布鲁姆、爵士乐等黑人音乐的要素，使用黑人土语，把黑人口头创作提高到文学艺术水平，被誉为"哈莱姆桂冠诗人"。黑人文学起源于黑人奴隶歌曲，与非洲古老文化一脉相承。这些诗人的诗有非洲音乐的优美节奏和旋律，也有深刻、巨大的思想力量。他们的诗作反映黑人受压迫的痛苦和民族自豪感，像战鼓、号角，鼓舞黑人勇敢向前。黑人文学已成为美国文学不可或缺的一部分。

本书内容丰富、涵盖美国近400年的历史文化，题材、形式多样，相信对我国广大英诗爱好者及大、中学生学习英语诗歌，了解美国历史文化会有所帮助。

在本书翻译过程中，我们的做法和体会有以下几点：

1. 翻译要力求正确

严复先生在他1898年所写的《天演论》中提出了信、达、雅的翻译原则，说"求其信已大难矣"，说明翻译是件很难、很复杂的工作，不过文学作品是可以互译的，知难而行矣。英国翻译家波斯特盖特（J. P. Postgate）在1922年论翻译时也说过："翻译的基本优点就在于一个信，谁翻译得跟原文最接近，谁就翻译得最好。"[1] 庞德说过"文学是充满思想的语言，伟大的文学是最大限度充满思想的语言"[2]。我们认为翻译要忠实于原文，要准确地译出原文的语义，传达它的思想，这就离不开反复阅读原文，正确理解原文，找出每首诗的主题，作者所要表达的思想和感情。

---

[1] 海岸选编《中西诗歌翻译百年论集》，上海外语教育出版社，2007。

[2] Ezra Pound, ABC of Reading, 1934, p.12.

英、汉语属于两种不同的语系，音、形、义和语法都有差异，要使译文和原文完全等同是不可能的，但一定要把它的思想和原意表达出来。同一个英语单词有多种释义，释义选错了，意思也就译错了。要查阅多部字典，特别是原文字典，防止误译或错译。

2. 要能了解诗人，解释诗人

"文如其人"，诗人的作品是其思想和人格的写照，与其经历、学养诸多方面有关。翻译之前，要尽可能地阅读他们的作品，搜集有关他们的资料及评论文章，这对正确的翻译是很有帮助的。朱湘主张译者要能了解诗人，解释诗人，反对对西方文学一知半解就在那里译诗，对译诗工作提出了很高的要求。我们对书中的每一位诗人作简要的介绍也是便于读者对诗人有多一些了解；对书中每一首诗所做的"赏析"是我们对诗的认识和理解。不同的读者从不同的角度可有不同的解读，我们提供的赏析内容仅供参考。

3. 翻译时注意诗歌的思想内容，也要注意诗歌的艺术形式及语言的通顺、流畅

诗歌这种文学样式要求分行写，语言精练，有一定的韵式、节奏感、音乐性，译文要有所表现。但由于两种语言的差异，音韵效果很难用同样的方法表现。

美国诗人弗罗斯特说过"诗乃译中所失之物"[1]，大概是说除了诗的神韵难于表达，诗的韵律形式也是很难翻译的。美国学者奈达说过："诗的格律……有意采用的头韵形式等都是不可翻译的语言现象。"[2] 不在格律、音韵上强求一致，以免译得别扭，以文害意。自惠特曼以来，美国诗歌在格律上的要求不那么严格，而倾向于自由诗体，诗的语言也较为通俗易懂，译文也应通顺、流畅，不事雕琢。要真正了解原诗的神韵和音韵等方面的美，离不开阅读和品味原诗。

---

[1]　海岸选编《中西诗歌翻译百年论集》，上海外语教育出版社，2007，第 676 页。

[2]　海岸选编《中西诗歌翻译百年论集》，上海外语教育出版社，2007，第 XXXI 页。

4.翻译的过程是一个不断学习、提高的过程

整个翻译过程中，都要读书、搜集资料。许多诗都有不同版本的译文，翻译时必须参考、借鉴，这对启发思考、修正错误很有帮助，特别是对每首诗的解读和理解，见仁见智。在这个互联网信息时代，借助网络搜集资料都会有所助益。我们从赵毅衡、赵萝蕤、黄杲炘等翻译家及其他人的优秀译作中受益良多，在此对他们深表谢意！

限于资料和译者水平，本书如有错误，还望专家、读者批评指正。

译者　洪振国
　　　曾　超

2024 年 5 月 26 日

目　录

1 安妮·布雷兹特里特 (Anna Bradstreet, 1612—1672)················001

To My Dear and Loving Husband ················002

给我亲爱的丈夫

The Author to Her Book ················004

作者对她自己的书说

2 菲利斯·惠特利 (Phillis Wheatley, 1753—1784)················007

From *To the Right Honorable William, Earl of Dartmouth*················007

给正直、尊敬的达特茅斯伯爵威廉（节选）

3 威廉·柯伦·布莱恩特 (William Cullen Bryant, 1794—1878)············009

Thanatopsis ················010

死亡念想

4 拉尔夫·瓦尔多·爱默生 (Ralph Waldo Emerson, 1803—1882)········017

Concord Hymn ················018

康科德赞歌

The Snow-storm ················021

暴风雪

5 亨利·华兹华斯·朗费罗 (Henry Wadsworth Longfellow, 1807—1882)··025

A Psalm of Life ················026

人生赞歌

The Arrow and the Song ·· 030

箭与歌

The Builders ··· 033

建设者

The Children's Hour ··· 038

孩子们的时辰

The Day Is Done ·· 043

白昼已过

Paul Revere's Ride ··· 048

保罗·里维尔骑马飞奔

6 埃德加·爱伦·坡 (Edgar Allan Poe, 1809—1849) ·················· 060

Alone ··· 061

独　自

Annabel Lee ··· 064

安娜贝尔·李

To Helen ··· 069

致海伦

The Raven ·· 072

乌　鸦

7 亚伯拉罕·林肯 (Abraham Lincoln, 1809—1865) ················· 083

My Childhood's Home I See Again ··· 084

又见童年的家乡

8 奥利弗·温德尔·霍姆斯 (Oliver Wendell Holmes, 1809—1894) ········ 089

Old Ironsides ·· 090

老铁甲舰

9 赫尔曼·梅尔维尔 (Herman Melville, 1819—1891)·················· 093

Misgivings··· 094

疑虑不安

The Portent··· 096

前　兆

10 沃尔特·惠特曼 (Walt Whitman, 1819—1892)·················· 098

One's-Self I Sing··· 100

我歌唱一个人的自身

I hear America Singing ·· 102

我听见美国在歌唱

Song of Myself, 1··· 104

自己之歌（1）

Song of Myself , 10··· 107

自己之歌（10）

Song of Myself, 48··· 109

自己之歌（48）

Song of Myself, 52··· 112

自己之歌（52）

Miracles·· 115

奇　迹

I Sit and Look Out ··· 118

我坐观世界

A Noiseless Patient Spider··· 120

一只默不作声而坚韧的蜘蛛

O Captain! My Captain!·· 122

啊，船长！我的船长！

11 **弗朗西斯·艾伦·沃特金斯·哈珀** (Frances Ellen Watkins Harper,

1825—1911) ·· 125

Bury Me in a Free Land ··· 126

把我埋入自由的国土

Song for the People ··· 130

为人民歌唱

12 **艾米莉·狄金森** (Emily Dickinson, 1830—1886) ·············· 134

'Death sets a thing significant'(360) ··································· 135

"死亡使某事具有意义"（360）

'Hope is the thing with feathers'(254) ······························ 138

"希望是件有羽翼之物"（254）

'I died for beauty—but was scarce'(449) ···························· 140

"我为美而死——但几乎来不及"（449）

'This is my letter to the world'(441) ·································· 142

"这是我写给世界的信"（441）

'My life closed twice before its close'(1732) ······················ 144

"我的生命终止前结束过两次"（1732）

'Success is counted sweetest'(67) ····································· 146

"成功是最甜蜜的"（67）

'I'm nobody! Who are you?'(288) ····································· 148

"我是无名小卒！你是谁？"（288）

'Because I could not stop for Death'(712) ·························· 150

"因为我不能停下来去死"（712）

'If I can stop one heart from breaking'(919) ······················ 153

"如果我能使一颗心免于破碎"（919）

'Tell all the truth but tell it slant —'(1129) ······················· 155

"说出所有真理，但不要太直——"（1129）

'There is no Frigate like a book'(1263) ·················· 157

"没有一艘快帆船快得像一本书那样"（1263）

13　艾玛·拉扎勒斯 (Emma Lazarus, 1849—1887) ·········· 159

The New Colossus ··· 160

新巨像

14　艾拉·惠勒·威尔科克斯 (Ella Wheeler Wilcox, 1850—1919) ·········· 163

Solitude ·· 164

孤　独

15　埃德加·李·马斯特斯 (Edgar Lee Masters, 1868—1950) ·········· 167

The Unknown ··· 168

无名氏

16　埃德温·阿林顿·罗宾逊 (Edwin Arlington Robinson, 1869—1935)· 171

Richard Cory ··· 172

理查德·科里

Miniver Cheevy ·· 175

米尼弗·奇维

Mr. Flood's Party ·· 179

弗勒德先生的聚会

17　斯蒂芬·克莱恩 (Stephen Crane, 1871—1900) ·············· 185

I Saw A Man Pursuing the Horizon ························· 186

我看到一个人追逐地平线

In the Desert ··· 188

在荒漠

A Man Said to the Universe ··································· 190

一个人对宇宙说

18　詹姆斯·韦尔登·约翰逊 (James Weldon Johnson, 1871—1938) ······· 192

Sence You Went Away ··· 193

自打你走后

19 保尔·劳伦斯·邓巴 (Paul Laurence Dunbar, 1872—1906) ·············· 196

The Lesson ··· 196

一堂课

Sympathy ··· 200

同 感

We Wear the Mask ·· 203

我们把假面具戴上

20 罗伯特·弗罗斯特 (Robert Frost, 1874—1963) ·············· 206

The Pasture ·· 207

牧 场

Mowing ·· 209

割 草

Acquainted with the Night ······································ 212

我熟悉夜晚

Mending Wall ··· 215

修 墙

After Apple Picking ··· 220

摘苹果后

Nothing Gold Can Stay ·· 225

没有黄金色能永存

The Road Not Taken ··· 227

没走的路

Stopping by Woods on a Snowy Evening ···················· 230

雪夜林边伫立

'Out, Out—' ··· 233

"熄灭吧，熄灭吧——"

Fire and Ice ··· 237

火与冰

Design ·· 239

　设　计

21　卡尔·桑德堡 (Carl Sandburg, 1878—1967) ················· 242

Chicago ·· 243

芝加哥

Fog ·· 247

雾

　I Am the People, the Mob ··· 249

我是人民，暴民

The People, Yes, 107 ·· 252

人民，是的（107）

22　维切尔·林赛 (Vachel Lindsay, 1879—1931) ················· 260

Abraham Lincoln Walks at Midnight ···································· 261

亚伯拉罕·林肯在午夜行走

The Leaden-Eyed ·· 265

目光呆滞

23　华莱士·史蒂文斯 (Wallace Stevens, 1879—1955) ········· 267

Anecdote of the Jar ·· 268

坛子的轶事

Valley Candle ··· 270

山谷里的蜡烛

The Snow Man ·· 272

雪　人

The Man Whose Pharynx Was Bad ······································ 275

喉咙不好的人

Tea at the Palaz of Hoon ··· 278

胡恩广场饮茶

The Emperor of Ice-Cream ·· 280

冰淇淋皇帝

The Reader ··· 282

读　者

The Death of a Soldier ··· 285

士兵之死

Thirteen Ways of Looking at a Blackbird ················· 287

看黑鸟的十三种方式

24　威廉·卡洛斯·威廉斯 (William Carlos Williams, 1883—1963)········ 295

The Great Figure ··· 296

大数字

The Red Wheelbarrow ·· 299

红色手推车

This is Just to Say ··· 301

这就是说

The Widow's Lament in Springtime ···························· 303

寡妇春怨

Between Walls ··· 306

两墙之间

To a Poor Old Woman ·· 308

一个贫穷的老妇人

Proletarian Portrait ·· 311

无产者画像

A Sort of a Song ··· 314

一种歌

To Waken an Old Lady ··· 316

唤醒老妇人

From *Paterson*, Preface ································· 319

《帕特森》前言（节选）

25　罗宾逊·杰弗斯 (Robinson Jeffers, 1887—1962) ········· 323

Shine, Perishing Republic ························· 324

闪耀吧，毁灭着的共和国

Hurt Hawks ································· 327

受伤的鹰

26　埃兹拉·庞德 (Ezra Pound, 1885—1972)··············· 331

In a Station of the Metro ························· 332

在地铁站

A Pact ································· 334

协　定

The River-Merchant's Wife ························· 336

江上船商之妻

27　玛丽安·莫尔 (Marianne Moore, 1887—1972)··········· 340

Poetry ································· 342

诗

The Fish ································· 347

鱼

28　托马斯·斯特恩斯·艾略特 (Thomas Stream Eliot, 1888—1965) ···· 352

The Love Song of J. Alfred Prufrock ················· 353

杰·阿尔弗雷德·普鲁弗洛克的情歌

The Waste Land: I. The Burial of the Dead ············· 367

《荒原》: I. 死者葬仪

The Waste Land: V. What the Thunder Said ············· 375

《荒原》: V. 雷霆的话

29 克劳德·麦凯 (Claude McKay, 1889—1948) ················ 388

　　After the Winter ················ 389

　　冬天过后

　　If We Must Die ················ 392

　　如果我们必须死

　　The Tropics in New York ················ 395

　　纽约的热带地区

30 埃德娜·圣·文森特·米莱 (Edna St. Vincent Millay, 1892—1950)· 397

　　First Fig ················ 398

　　第一颗无花果

　　Recuerdo ················ 400

　　回　忆

　　Afternoon on a Hill ················ 403

　　下午在小山上

31 爱德华·爱斯特林·肯明斯 (E. E. Cummings, 1894—1962)·········· 405

　　Since Feeling is First ················ 406

　　既然感情第一

　　Love is More Thicker than Forget ················ 409

　　爱情比遗忘更深厚

32 基恩·图莫 (Jean Toomer, 1894—1967) ················ 412

　　Her Lips are Copper Wire ················ 413

　　她的嘴唇是铜丝电线

　　Reapers ················ 415

　　刈　者

33 哈特·克莱恩 (Hart Crane, 1899—1932) ················ 417

　　Black Tambourine ················ 418

　　黑手鼓

To Brooklyn Bridge ·· 420

致布鲁克林大桥

34　兰斯顿·休斯 (Langston Hughes, 1902—1967) ········· 427

Afro-American Fragment ···································· 428

非裔美国人片段

The Negro Speaks of Rivers ································ 431

黑人谈河流

Dream ·· 434

梦

Dream Variations ·· 436

梦的变奏

Harlem (Dream deferred) ··································· 439

哈莱姆（拖延了的梦）

My People ·· 442

我的人民

Still Here ·· 444

仍然在此

Song for a Dark Girl ·· 446

黑人女孩之歌

I, Too ·· 448

我　也

The Weary Blues ·· 451

疲惫的布鲁斯

Mother to Son ··· 455

母亲对儿子说

35　康缇·卡伦 (Countee Cullen, 1903—1946) ·········· 458

For Paul Laurence Dunbar ································ 459

为保尔·劳伦斯·邓巴而作

Incident ·· 460

一件小事

36　艾伦·金斯伯格 (Allen Ginsberg, 1926—1997)··············· 462

Howl ·· 463

嚎　叫

A Supermarket in California ·· 469

加利福尼亚超市

37　约翰·阿什贝利 (John Ashbery, 1927—2017)··················· 473

The Painter ·· 475

画　家

Paradoxes and Oxymorons ·· 481

悖论和矛盾修辞

38　西尔维娅·普拉斯 (Sylvia Plath, 1932—1963)················· 485

Lady Lazarus ··· 486

拉撒路女士

Daddy ··· 496

爹　爹

Words ··· 505

话　语

1 安妮·布雷兹特里特
(Anna Bradstreet, 1612—1672)

美国文学史上第一位作品得以发表的女诗人。在艾米莉·狄金森出现之前的 200 多年间，美国历史上未曾有女诗人的成就超越过她。安妮出生于英国一个殷实的清教徒家庭，16 岁时与毕业于剑桥大学的西蒙结婚，两年后随父母、丈夫迁居美国，其父和丈夫先后当过马萨诸塞海湾殖民地的总督。她在一家农场安家，过着艰难、原始的生活，生育了 8 个子女，在理家、尽贤妻良母职责之余读诗、写诗。1650 年，未经她允许，她的姐夫将其诗作带到伦敦出版，书名为《新近在美洲出现的诗神》（原名为 *The Tenth Muse Lately Sprung Up in America*）。缪斯（Muse）是希腊神话中司诗歌、音乐、舞蹈各种文艺的女神，共 9 名，这里恭维安妮不愧为第十名缪斯。她的诗仿效伊丽莎白时代诗人的模式，但在内容与情感上有独特之处。她写健康、和谐的家庭生活及对丈夫的深情，反映了 17 世纪新英格兰地区的殖民生活。

在当年英诗繁荣及美国文学前所未闻的情况下，安妮的诗歌在英国得到承认，《新近在美洲出现的诗神》被评为那个时代"最有价值的书之一"，显示了她在文学史上的地位。尔后，她的新作及修订过的早期诗作于 1678 年出版，思想内容和深度都有所扩充与提高，被誉为佳作。

To My Dear and Loving Husband

If ever two were one, then surely we.

If ever man were loved by wife, then thee[1].

If ever wife was happy in[2] a man,

Compare with me, ye women, if you can.

I prize thy love more than whole mines of gold,

Or all the riches that the East doth hold.

My love is such that rivers cannot quench,

Nor ought but[3] love from thee give recompense.

Thy love is such I can no way repay;

The heavens reward thee manifold I pray.

Then while we live, in love let's so persever

That when we live no more, we may live ever.

---

[1] 在古英语、古诗中，thee 是 thou 即 you 的宾格；ye 是 thou 的复数、主格；thy 是 thou 的所有格，即 your。

[2] be happy in... = rejoice in...，意即有……为……而快乐。

[3] nor ought but... ought = anything whatever，无论什么。Nor ought but = Nothing but...。此句意为除了你的爱，没有别的能补偿。

给我亲爱的丈夫

倘有两人是一人，那肯定是我们，

倘有丈夫被妻爱，你就是被爱的人。

倘有女人因丈夫而深感幸运，

你，女士们，同我来比比，若可能！

我把你的爱看得比全世界的金矿还要珍贵，

或者比东方所有的财富价高千百倍。

我对你的爱如此热烈，大江大河不能熄灭，

只有你对我的爱才是我所愿得。

你对我的爱我真无法回报；

诸多赐福给你 —— 我只能向上苍祷告。

这样，当我们活着时就彼此相爱，坚贞不渝，

即使我们死去，我们仍将永生。

赏 析

这首诗写家庭生活、夫妻之爱，沉思、内省，感情炽热，语言简朴，脍炙人口。诗中说他们的爱情"大江大河不能熄灭"是引用《圣经·雅歌》中的《所罗门之歌》诗句"Many waters cannot quench love. / Rivers cannot wash it away.If one were to give all the wealth of his house for love,it would be utterly scorned"，意即爱，众水不能熄灭，大水也不能淹没，若拿家中的财宝换回爱情，就会被蔑视。爱情无价，不能为任何财宝换取，说话人把她自己的爱与圣经联系在一起，表明她认为爱情是上帝赐予的、是神圣的，真挚的爱情将使人获得永生。真挚的爱情是两个个体合二为一，永恒，超越金钱和物质，乃至生死，表现了女诗人当年不同凡响的恋爱和夫妻观。

这首诗为各类外国诗歌选集收选。它用抑扬格五音步（iambic pentameter）和英雄对句（heroic couplet）写成，即每行 10 个音节，每 2 行押一韵，这是英诗的一种高雅形式。使用首语重复法，加强效果，显得自信。

The Author to Her Book

Thou ill-formed offspring of my feeble brain,

Who after birth didst by my side remain,

Till snatched from thence by friends, less wise than true,

Who thee abroad, exposed to publick view,

Made thee in raggs, halting to th' press to trudge,

Where errors were not lessened (all may judg).

At thy return my blushing was not small,

My rambling brat (in print) should mother call.

I cast thee by as one unfit for light,

Thy visage was so irksome in my sight;

Yet being mine own, at length affection would

Thy blemishes amend, if so I could.

I washed thy face, but more defects I saw,

And rubbing off a spot still made a flaw.

I stretched thy joynts to make thee even feet,

Yet still thou run'st more hobling then is meet;

In better dress to trim thee was my mind,

But nought save home-spun cloth, i' th' house I find.

In this array' mongst vulgars may'st thou roam.

In critick's hands beware thou dost not come,

And take thy way where yet thou art not known;

If for thy father asked, say thou hadst none;

And for thy Mother, she alas is poor,

Which caused her thus to send thee out of door.

作者对她自己的书说

我低能生下的畸形后代，

你出生后就在我身边没有离开，

从那时你被不真聪明的朋友拐走，

把你带到国外公众面前献丑，

让你衣衫褴褛，止步在印刷机里蹒跚，

大家可以公判，错误并未少减。

你回来时我没少红过脸颊，

漫游成书的臭小子还得叫我妈。

把你扔在一边，因为你见不得世面，

你的容貌我见了生厌，

既然你是我亲生，终究要用爱

把你的缺点修正，若能，我就应该。

我为你洗脸，更多瑕疵我发现，

擦去一处仍留下缺陷，

我拉直你的关节使双脚整齐，

然而你跑起来一拐一拐更不合适。

我本想用好点的服饰把你打扮，

家中除了家织土布没有其他衣衫，

穿上这样服装，你可在平民百姓中漫步，

当心落到评论家手中。

走没人认识你的路，

问起你父亲，说你没有，

问到母亲，就说哎呀！她好穷，

所以把你这般模样往外送。

赏析

　　《作者对她自己的书说》是诗人的第一部诗集在伦敦出版之后的作品，收集在诗人去世后出版的 *Several Poems Compiled with Great Variety of Wit and Learning* 1678 诗集中。诗人的第一部诗集 *The Tenth Muse Lately Sprung Up in America* 未经她允许，由姐夫带去伦敦出版。这是美国历史上第一部出版的诗集，而且是出自女诗人之手，标志着美国诗歌问世，开始崭露头角。

　　《作者对她自己的书说》用拟人化的手法把自己的诗集比拟为亲生儿子，表明这是她本人所作。这在当年清教统治下的社会，凸显女性的作用，追求男女平等有着重要意义。诗人自认为作品有缺点、错误，韵脚不齐，就像儿子其貌不扬、衣衫褴褛，不好抛头露面，登不了大雅之堂一样，比喻亲切、生动，表明诗人诚恳谦虚的美德，写诗是为了在艰苦的殖民生活中自娱自乐，不是为了出版，同时也含有不劳评论家们品头论足的意思。

　　这首诗幽默、自嘲，用抑扬格、五音步和英雄对句写成，即每行10 个音节，每 2 行押韵。

② 菲利斯·惠特利
(Phillis Wheatley, 1753—1784)

菲利斯·惠特利是美国非裔女诗人，出生在西非，年仅 8 岁时被绑架作为女奴卖到波士顿，被反奴隶制商人约翰·惠特利收留，受到良好教育。早年她写诗并发表，得到地区人民喜爱；特别是在马萨诸塞湾识字的人群中，她的名字几乎家喻户晓。她的第一部诗集《各种主题、宗教和道德诗歌》于 1773 年出版。19 岁旅英时，她获得自由。《菲利斯·惠特利回忆录和诗歌》(*Memoir and Poems of Phillis Wheatley*) 于 1934 年出版，她的书信集于 1864 年出版。

菲利斯是美国历史上第一位黑人女诗人，享誉国内外。她命运多舛，结婚后 3 个孩子早年死亡，她也在 31 岁那年去世。

From *To the Right Honorable William, Earl of Dartmouth*

Should you, my lord, while you peruse my song,

Wonder from whence my love of Freedom sprung,

Whence flow these wishes for the common good,

By feeling hearts alone best understood,

I, young in life, by seeming cruel fate

Was snatch'd from Afric's fancy'd happy seat:

What pangs excruciating must molest,

What sorrows labour in my parent's breast?

Steel'd was that soul and by no misery mov'd

That from a father seiz'd his babe belov'd:

Such, such my case. And can I then but pray

Others may never feel tyrannic sway?

给正直、尊敬的达特茅斯伯爵威廉（节选）

大人，当你读我的诗时，

会好奇想知道我热爱自由缘何而起，

何以渴望公众福祉，

只有多情善感的心最能领会。

我年少时，被看似残酷的命运

强行从非洲想象中的幸福家园被抓走，

这该会引发何等巨大的悲痛？

多么大的忧伤压在父母的心胸？

那人冷酷，不为惨状所动，

强行从父亲那里把可爱的孩子夺走，

这，这就是我的遭遇，那时我只能祈祷

其他人不遭受此残暴。

赏 析

菲利斯·惠特利仿效弥尔顿、波普等人写诗，她的抒情浪漫诗歌主题主要是宗教、道德方面，反映社会生活。她三分之一的作品是对杰出人物和普通人的挽歌；其他作品涉及神学、奴隶制、废奴，政治和美国生活的方方面面。她的诗歌多采用抑扬格、五音步、英雄对句等形式。

菲利斯的创作成就被认为具有早期反奴隶制催化剂的作用。废奴主义者认为她是个废奴主义者，这证明黑人可以在艺术和智力上与白人平等。这首诗节选自诗人写给达特茅斯的伯爵威廉一诗。威廉 1772 — 1775 年任国务卿（the secretary of state）。他给予了废奴主义者很大帮助，对废奴事业作出了贡献。诗人因此受到鼓舞，对他表示赞赏和感谢。

诗人谈到自己从非洲被抓走（snatch'd, steel'd, seiz'd），被残酷的强迫手段弄到美洲为奴，这给自己以及家人带来极大的痛苦。她热切渴望自由与和平，用诗作反映了所有在美国的黑人的状况和表达他们的愿望。诗人希望伯爵继续为废除奴隶制、黑人的自由解放作出努力与贡献。

❸ 威廉·柯伦·布莱恩特
(William Cullen Bryant, 1794—1878)

　　威廉·柯伦·布莱恩特被认为是美国 19 世纪上半叶最有才华、最受欢迎的诗人，第一个获得国际承认的美国本土诗人。他打破 18 世纪古典主义形式的束缚，创作描写美国自然景色的抒情诗，主题和风格与华兹华斯相似。他被认为是"美国的华兹华斯"，美国最早的浪漫主义倡导者，美国第一位浪漫主义诗人，标志着美国文学向一个新的时代迈进。

　　布莱恩特出生在一个清教徒家庭，9 岁开始写诗，大学读了一年后辍学，当了律师。1825 年起，他转向新闻事业，任《纽约晚邮报》的编辑、股东，历时 50 年。他对政治和社会感兴趣，写了许多政论性的文章；他主张废奴、自由贸易和政治、民主改革、出版言论自由，有一定社会影响力。虽然他没有全力从事文学创作，但他的成就主要在文学尤其是诗歌领域。

　　布莱恩特以描写美国自然景色的抒情诗而闻名于世。其主要著作有《诗选》(*Poems*, 1821)，其中包括《死亡念想》《致水鸟》《黄色的香花》等有代表性的抒情诗；《诗集》(1832)；《泉水与其他》(1842)；《白足鹿及其他诗》(1844)；《诗三十首》(1864)；《自然之声》(1865)；《游历者的信札》(1850)；《似水年华》(1850) 等。此外，他用无韵诗的形式翻译了荷马的《伊利亚特》(1837) 和《奥德赛》2 卷（1871—1873)。

Thanatopsis

To him who in the love of Nature holds

Communion with her visible forms, she speaks

A various language; for his gayer hours

She has a voice of gladness, and a smile

And eloquence of beauty, and she glides

Into his darker musings, with a mild

And gentle sympathy, that steals away

Their sharpness, ere he is aware. When thoughts

Of the last bitter hour come like a blight

Over thy spirit, and sad images

Of the stern agony, and shroud, and pall,

And breathless darkness, and the narrow house,

Make thee to shudder, and grow sick at heart;—

Go forth, under the open sky, and list

To Nature's teachings, while from all around—

Earth and her waters, and the depths of air—

Comes a still voice—

Yet a few days, and thee

The all-beholding sun shall see no more

In all his course; nor yet in the cold ground,

Where thy pale form was laid, with many tears,

Nor in the embrace of ocean, shall exist

Thy image. Earth, that nourished thee, shall claim

Thy growth, to be resolved to earth again;

And, lost each human trace, surrendering up

Thine individual being, shalt thou go

To mix for ever with the elements,

To be a brother to the insensible rock

And to the sluggish clod, which the rude swain

Turns with his share, and treads upon. The oak

Shall send his roots abroad, and pierce thy mould.

Yet not to thine eternal resting place

Shalt thou retire alone—nor couldst thou wish

Couch more magnificent. Thou shalt lie down

With patriarchs of the infant world—with kings,

The powerful of the earth—the wise, the good,

Fair forms, and hoary seers of ages past,

All in one mighty sepulchre.   The hills

Rock-ribbed and ancient as the sun,—the vales

Stretching in pensive quietness between;

The venerable woods—rivers that move

In majesty, and the complaining brooks

That make the meadows green; and, poured round all,

Old Ocean's gray and melancholy waste,—

Are but the solemn decorations all

Of the great tomb of man. The golden sun,

The planets, all the infinite host of heaven,

Are shining on the sad abodes of death,

Through the still lapse of ages. All that tread

The globe are but a handful to the tribes

That slumber in its bosom.—Take the wings

Of morning—and the Barcan desert pierce,

Or lose thyself in the continuous woods

Where rolls the Oregon, and hears no sound,

Save his own dashings—yet— the dead are there,

And millions in those solitudes, since first

The flight of years began, have laid them down

In their last sleep—the dead reign there alone.

So shalt thou rest—and what if thou shalt fall

Unheeded by the living—and no friend

Take note of thy departure? All that breathe

Will share thy destiny. The gay will laugh

When thou art gone, the solemn brood of care

Plod on, and each one as before will chase

His favorite phantom; yet all these shall leave

Their mirth and their employments, and shall come,

And make their bed with thee. As the long train

Of ages glide away, the sons of men,

The youth in life's green spring, and he who goes

In the full strength of years, matron, and maid,

And the sweet babe, and the gray-headed man,—

Shall one by one be gathered to thy side,

By those, who in their turn shall follow them.

So live, that when thy summons comes to join

The innumerable caravan, that moves

To that mysterious realm, where each shall take

His chamber in the silent halls of death,

Thou go not, like the quarry-slave at night,

Scourged to his dungeon, but, sustained and soothed

By an unfaltering trust, approach thy grave,

Like one who wraps the drapery of his couch

About him, and lies down to pleasant dreams.

死亡念想

爱大自然的人

与可见有形之自然交谈。

大自然说不同的语言，

高兴时，声音欢快，笑逐颜开，

美丽、优雅，满怀抚慰、同情。

她潜入你忧郁的思绪，

不知不觉，痛苦全然消失。

想到那最后痛苦时辰；

像病毒腐蚀灵魂，

痛不欲生的悲惨景象；

尸布、棺材，黑暗透不过气，

还有狭隘的棺室，

让你战栗，心中厌恶、悲戚。

走出去，在开阔的天空下，

聆听来自四周大自然的教诲，

从陆地、江海、深邃的天空

传来一个静悄悄的声音——

不几天，

无所不见、运行着的太阳，

再也看不见你。

而在冰冷的大地，

多少人的眼泪伴着你躺着的苍白的身躯，

抑或是在海的拥抱里，

再也看不到你的英姿。

哺育你的大地将宣称：

你再次转成泥土而生存，

失去人的形迹，放弃自身，

永远与元素混合，

与无知觉的岩石，

与村夫犁耕踩踏的、

呆痴的泥块称兄道弟，

破土而出的橡树根，

穿透你的墓地。

你将不会独自安息在你永恒的居所，

也不要希望你的温床更加堂皇。

与早期的长老、帝王、权贵、智者仁人

躺在一起，

与天仙、历代过往的先贤，

在一个巨大的墓穴里同眠。

在恒久如太阳般的岩壁群山，

静思的谷地在中间伸延，

肃静的森林、浩瀚的河流，

潺潺的小溪浇绿周边的草地。

古老苍茫、凄凉的大片海洋，

也不过是所有大墓庄严的装饰。

金色的太阳、行星，无数的星辰，

在悄然流逝的岁月里，

照耀亡人悲伤的屋宇。

较之沉睡于地下之人，

地球上的行走者是一小部分。

乘晨曦的翅膀，

越巴肯荒漠，

在延绵不尽的森林中穿行；

俄勒冈河翻滚，不闻其他声音，

除了它自身滔滔地奔流；

唯有死者在此安息。

自岁月始飞，

亿万人躺在这寂寥之地；

其最后的归宿，唯死亡统治。

就这般安息，悄然离去，

没有朋友注意你的消失，

那又何妨？所有活着的人，

也将享有你同样的宿命。

你死了，乐观者破涕为笑，

严肃的人深谋远虑，

一如既往地砥砺前行。

人人将步你后尘，追寻如意梦境、

舍弃欢快前来就寝，与你为邻。

当时间的长列驶动，

人子、青春焕发之青年、

年富力强者、妇人、少女、

牙牙学语的婴儿，白发苍苍的老人——

将集聚于你的身旁，

埋他们的人也将依次紧跟！

就这样活着，当传令一到，

加入这数不清的旅行团体，

去向神秘的境地，

在寂静的死屋各就各位；

不要像夜晚采石场的奴隶，

被皮鞭赶入地牢那样沮丧，

有坚定的信仰支持抚慰，

走向坟墓，像就寝者盖上床单，

躺着进入安乐梦乡。

赏 析

《死亡念想》(*Thanatopsis*, 希腊文) 是布莱恩特一首关于死亡的诗，是从自然观发展出的死亡观，写于 1817 年。是年，他 17 岁。这首诗使他一举成名。这首诗与他更早仿英国古典诗的写法不同，用无韵体写成，与流行的清教徒关于人死后有来生的观念不同，表现了异教徒、泛神论的思想。

布莱恩特具有先验论、超自然的思想，认为自然是上帝的外化与象征，自然有神性。人死后回归自然是人的灵魂与超灵结合在一起，天人合一。他认为死亡是一种自然现象。人人都要死去，这是很公平的。人生就是一趟旅行，死亡就是最后到站。他否定了期待来世、信奉命运的宗教思想，认为对待死亡应该从容、淡然，就像就寝躺在床上盖上被单一样，安然无忧地睡去，做个好梦。

这首诗告诉我们，在不同的时间，自然会告诉我们不同的事情：当我们快乐时，它会助兴；当我们烦闷时，它会帮我们消愁解闷。这表明人是自然的一部分，回归自然，与自然融为一体是人的最终归宿，不必求诸上帝。布莱恩特认为我们不能选择生死，但可以选择怎样离世：从容、优雅而不是恐惧、失态。

这是一首沉思的诗，同诗人其他的诗一样，保持了简朴、庄重和严谨的风格。

④ 拉尔夫·瓦尔多·爱默生
(Ralph Waldo Emerson, 1803—1882)

拉尔夫·瓦尔多·爱默生是超验主义哲学家的代表人物，杰出的散文家、思想家、演说家和诗人，被认为是美国19世纪最伟大的人物之一。他的人本主义思想和自立主张对美国人民和美国历史的发展有着深远影响。

林肯赞扬他为"美国精神的先知""美国的孔子"。他的主要作品有《论自然》（1836）、《美国学者》（1837）和《论自助》（1841）等，并出版有《诗集》（1847）、《随笔》（1841）、《随笔2》（1844）。他1837年发表的著名演讲《美国学者》宣告美国文学脱离英国文学独立，被誉为美国思想文化的"独立宣言"。他的作品影响了从惠特曼、狄金森、梭罗到弗罗斯特和史蒂文斯等几代作家，在美国文学史上占有重要地位。

爱默生出生在波士顿一个唯一神教家庭，父亲是牧师。1821年哈佛神学院毕业后，爱默生办了一所女子学校，几年后，回哈佛神学院学习一年。随后，他在一所基督教堂当牧师，因为怀疑基督教义，1832年辞去牧师职务赴欧洲游学，结识了卡莱尔、柯勒律治和华兹华斯等作家，受到浪漫主义和德国唯心主义哲学及超验主义的影响。1833年回国后，他定居康科德，与梭罗等人组成超验主义俱乐部，利用杂志《日晷》宣传超验主义思想。他的作品中心思想是赞美、肯定人的地位和作用，他认为个人灵魂 (individual soul) 与超灵魂 (over soul) 是一致、相通的，人具有神性，应该相信自己，依靠自己的力量。

Concord Hymn

Sung at the completion of the Concord Monument, April 19, 1836

By the rude bridge that arched the flood,

    Their flag to April's breeze unfurled,

Here once the embattled farmers stood

    And fired the shot heard round the world.

The foe long since in silence slept,

    Alike the Conqueror silent sleeps;

And Time the ruined bridge has swept

    Down the dark stream which seaward creeps.

On this green bank, by this soft stream,

    We set to-day a votive stone;

That memory may their deed redeem,

    When like our sires our sons are gone.

Spirit, that made those heroes dare

    To die, and leave their children free,

Bid Time and Nature gently spare

    The shaft we raise to them and thee.

4 拉尔夫·瓦尔多·爱默生 (Ralph Waldo Emerson, 1803—1882)

康科德赞歌

赞 1836 年 4 月 19 日康科德战斗纪念碑落成

在横跨河水的简陋的桥旁，
他们的旗帜在四月的微风中飘荡，
农民们曾在这里布阵坚守，
打响了震惊世界的第一枪。

像胜利者静静地安息，
敌人也长眠不醒；
时间冲刷着被毁的桥
冲进那缓缓入海的黑色溪流。

在这河水平静流淌的绿色的河岸
我们今日立下这感恩的纪念碑。
愿他们的功绩在记忆中永存，
当我们的子孙像我们的先辈一样逝去。

那精神，让英雄们敢于赴死，
留住自由给子孙，
嘱咐时间和天地有情，
保存我们为他们，还有你竖立的丰碑。

赏　析

　　爱默生 1837 年发表的这篇《康科德赞歌》是他的代表作之一。1775 年 4 月 19 日，英国陆军前往波士顿西部乡镇列克星敦和康科德追缴枪支弹药，遭到民兵的顽强抵抗，他们以教堂钟声和鸣枪等方法集合，并派出快马知会其他乡镇，打退了英军。这是美国独立战争的首场战斗，在康科德打响了第一枪，一年后美国走上了独立建国之路。这场战斗凸显了美国人民崇尚自由、解放的精神。1836 年 4 月 19 日，康科德战斗纪念碑落成。

　　这是一首纪念在康科德战斗中英勇牺牲的战士的诗。诗人提醒，随着时间的流逝和自然的变迁，人们可不能忘了历史，忘了英雄；英雄的精神要代代相传。爱默生的诗文注意思想内容，语言洗练，不追求辞藻华丽，比喻生动，深入浅出，这被称为"爱默生风格"。他的这首诗记述了美国历史上的重大事件，使用具有历史象征意义的意象如"简陋的桥"和"旗帜"，"农民曾在这里布阵坚守"，把读者带回当年的战斗场景。诗中对自然的描写如"四月的微风""缓缓入海的黑色溪流"，给人一种清新、愉悦的感觉。用自然意象烘托诗的氛围，同样也表现了他惯有的风格。

The Snow-storm

Announced by all the trumpets of the sky,

　　Arrives the snow, and, driving o'er the fields,

　　Seems nowhere to alight: the whited air

　　Hides hills and woods, the river, and the heaven,

And veils the farm-house at the garden's end.

　　The sled and traveller stopped, the courier's feet

　　Delayed, all friends shut out, the housemates sit

　　Around the radiant fireplace, enclosed

　　In a tumultuous privacy of storm.

Come see the north wind's masonry.

Out of an unseen quarry evermore

　　Furnished with tile, the fierce artificer

　　Curves his white bastions with projected roof

　　Round every windward stake, or tree, or door.

Speeding, the myriad-handed, his wild work

　　So fanciful, so savage, nought cares he

　　For number or proportion. Mockingly,

On coop or kennel he hangs Parian wreaths;

A swan-like form invests the hidden thorn;

　　Fills up the farmer's lane from wall to wall,

　　Maugre the farmer's sighs; and at the gate,

　　A tapering turret overtops the work.

And when his hours are numbered, and the world

　　Is all his own, retiring, as he were not,

　　Leaves, when the sun appears, astonished Art

To mimic in slow structures, stone by stone,

Built in an age, the mad wind's night-work,

The frolic architecture of the snow.

暴风雪

空中所有喇叭齐鸣，宣告

下雪了，雪花飘洒在原野上空，

漫天飞舞好像无处降落。

白茫茫的天气遮盖了山、树、河流和天宇，

花园尽头的农舍，罩上了一层薄雾，

雪橇闲置，游客止步，邮递员出行迟缓，

所有朋友关门闭户，同屋人围坐

绕着火花四溅的火炉，

被隐居在暴风雪喧嚣声中。

来看北风这泥工匠人的技艺，

从看不见的采石场

永久提供砖瓦，这强悍的工匠，

围绕所有向风的尖塔、树或门窗

把白色的棱堡营造出凸出的房顶。

无数双手加速它狂野的工程，

何等神奇、野性，可毫不在乎

数字或比例、尺寸，戏弄人的是

鸡屋、狗舍挂上了帕罗斯岛花圈，

天鹅似的形体却包藏荆刺

填满了农民墙间的小径。

尽管农民叹息，大门口

锥形的小塔楼高过其他作业。

当来日不多，世界仍属于它，

它像未隐退一样，当太阳出来，

它留下惊奇的作品。

仿照一砖一瓦，慢工细活

要千年建成的建筑，冰雪戏要

狂风一夜把它完成。

赏 析

《暴风雪》这首诗歌咏自然，体现了爱默生1836年发表的《论自然》一文中的重要思想。《论自然》被认为是新英格兰超验主义的宣言书。超验主义者认为自然（宇宙）是单一精神（即"超灵"或"上帝"）的体现；自然界是物质的，也具有精神，上帝（神）的精神充溢其中；人通过直觉可以发现真理，可以与神直接交流；人具有神性，把人提高到了神的地位，自然也具有神性。这表现了泛神论、自然神论的思想。

《暴风雪》用暴风雪这个隐喻表现诗的主题是歌颂大自然的创造力和它的美丽。这首诗生动、形象地描绘了一幅北风呼啸、大雪纷飞的冬日图画。大自然神奇，具有无比的威力，显然是在歌颂自然神，把作者的超验主义思想具体化。这首诗把冬天的景象写得如此美丽，说明爱默生在歌颂自然美。他认为大自然、世界是美的，大自然不仅向人类提供商品、食物，还给人美的享受，大自然具有精神，对人也有启迪作用。他认为大自然与人是相通、一致的，并和谐共处，尽管冬天严寒，出行受阻，但人们仍可在家中围炉取暖，其乐融融。诗中的大自然有神奇的力量，有创造性，千年的建筑它可以一夜完成。大自然的鬼斧神工具有神秘色彩。《暴风雪》这首诗通过对暴风雪这一自然现象多方面的描写，探讨了自然与人、自然与艺术之间的关系，借助丰富的象征意义传达了自然的美与创造力，引发人们对人与自然关系的深入思考。

爱默生认为，好的作品并不是模仿出来的，而是创造出来的。诗中的风雪别开生面，有创造性、艺术性，并且比人造的艺术高明。这首诗节奏欢快，有深邃的思想，有哲理，语句洗练，不使用华丽的辞藻，没有按传统的格律来写，开了自由诗的先河。

亨利·华兹华斯·朗费罗
(Henry Wadsworth Longfellow, 1807—1882)

朗费罗是美国19世纪最负盛名的诗人，1822年进入博多因学院，与霍桑是同班同学。大学毕业后，曾两度赴欧洲学习，研究法国、德国、西班牙、意大利等国的语言文学。1828年回国后，在博多因任教6年，1836—1854年在哈佛大学教授语言文学，同时从事诗歌创作和翻译工作。

朗费罗的主要著作有《夜吟》(*Voices of the Night*, 1839)、《民谣及其他》(*Ballads and Other Poems*, 1841)、《布鲁兹的钟楼及其他诗》(*Belfry of Bruges and Other Poems*, 1845)；长篇叙事诗《伊凡吉林》(*Evangeline*, 1847)、《海华沙之歌》(*The Song of Hiawatha*, 1885)、《迈尔斯·斯坦迪什的求婚》(*The Courtship of Miles Standish*, 1857)。另有批评蓄奴制的诗《奴役篇》(*Poems on Slavery*, 1842)，诗剧及翻译但丁的《神曲》等作品。他为在美国传播欧洲文化、普及英诗，将美国民谣传到欧洲作出了贡献。

朗费罗的诗富于哲理，催人奋进，结构严谨，技巧精湛，语言优美，节奏明快，雅俗共赏，深受欧美读者的喜爱，得到人们的尊重。他75岁生日时，美国各地学校为他举行庆祝活动。1868—1869年，他在欧洲之旅期间，剑桥、牛津大学授予他荣誉学位，得到英国维多利亚女王的接见。去世后，他的胸像被置放在西敏寺的诗人之角，成为享有此尊荣的第一位美国诗人。他的诗因缺乏深度，19世纪末期声誉有所下降。

A Psalm of Life

What the Heart of the Young Man Said to the Psalmist.

Tell me not, in mournful numbers,
    "Life is but an empty dream!"
For the soul is dead that slumbers,
    And things are not what they seem.

Life is real! Life is earnest!
    And the grave is not its goal;
"Dust thou art, to dust returnest,"
    Was not spoken of the soul.

Not enjoyment, and not sorrow,
    Is our destined end or way;
But to act, that each to-morrow
    Find us farther than to-day.

Art is long, and Time is fleeting,
    And our hearts, though stout and brave,
Still, like muffled drums, are beating
    Funeral marches to the grave.

In the world's broad field of battle,
    In the bivouac of Life,
Be not like dumb, driven cattle!
    Be a hero in the strife!

Trust no Future, howe'er pleasant!

Let the dead Past bury its dead!

Act,— act in the living Present!

Heart within, and God o'erhead!

Lives of great men all remind us

We can make our lives sublime,

And, departing, leave behind us

Footprints on the sands of time;

Footprints, that perhaps another,

Sailing o'er life's solemn main,

A forlorn and shipwrecked brother,

Seeing, shall take heart again.

Let us, then, be up and doing,

With a heart for any fate;

Still achieving, still pursuing,

Learn to labor and to wait.

人生赞歌

年轻人的心对歌者说的话

不要用忧伤的调子告诉我：
"人生不过是梦，一场空！"
因为灵魂沉睡就等于死着，
事物的表里往往并不相同。

人生实在！人生真切！
坟墓不是终点。
"你本是尘土，回归尘土"
说的不是灵魂是尸首。

不是享乐，也不是受苦
才是我们命定的结局和旅途；
而是要行动，每一个明天
发现我们比今天走得更远。

技艺漫长，时间飞逝；
纵然坚强、勇敢，我们的心
像闷鼓，仍然敲击，
送葬的行列走向墓地。

在世界宽阔的战场，
在人生的宿营地上，
不要像被追杀、哑口无言的牲畜，
要像英雄一样战斗！

不要寄望于未来，无论多么满意！
让死亡了的过去把死亡掩埋，
起来干吧，在活着的现在，
内有赤心，天上有上帝！

大人物的生平把我们提醒，
我们可使生命高尚，
离开人世，在身后留下脚印，
在时间的流沙上。

也许，另外有个兄弟
航行在人生幽暗的大海，
船只失事，无助、孤寂，
看见脚印会重新鼓起勇气。

那么，让我们行动起来！
敞开胸怀，无论命运如何安排，
不断取得成就，不断追求，
要学会劳动，要善于等待！

赏 析

《人生赞歌》是一则赞美人生、赞美生命价值和意义的诗篇，充满积极向上、进取、开拓和乐观主义精神，与美国开拓时期的时代气息和民族精神相呼应。这是一首"年轻的心"对写圣歌的人的戏剧独白诗。

诗开篇就指出写圣歌者 (psalmist) 轻视此生追求来生幸福，认为人生如梦、一场空的悲观论调是错误的；指出人生实在、真切，要抓住现在，不要沉迷于过去，也不要过多寄望于未来，死亡不是终点，死亡是身体的消亡，但精神是可以不朽，可以长存。人要活在当下，努力进取，要用行动、努力给社会、人类作出贡献，留下精神财富，对后人有所帮助，这才是有意义的人生。道理简单、朴实、充满正能量，具有指导意义。这首诗节奏明快，音节铿锵，朗朗上口，百年传颂，经久不衰。

The Arrow and the Song

I shot an arrow into the air,
　　It fell to earth, I knew not where;
For, so swiftly it flew, the sight
　　Could not follow it in its flight.

I breathed a song into the air,
　　It fell to earth, I knew not where;
For who has sight so keen and strong,
　　That it can follow the flight of song?

Long, long afterward, in an oak
　　I found the arrow, still unbroke;
And the song, from beginning to end,
　　I found again in the heart of a friend.

箭与歌

我把箭向天空射出，
箭落地，不知落在何处；
因为它飞得太快，眼睛
跟不上它的飞行。

我向天高声唱，
歌声落地，不知飘向何方；
谁的视力那么锐利，
跟得上歌声的飘飞？

很久很久后，一棵橡树上，
我发现那箭完好，钉在上面；
我还发现歌声依然
留在朋友心间。

赏 析

《箭与歌》是一首名诗。全诗三节，每节四行，每行八音节、四音步、抑扬格，双行押韵，语言明快，音韵优美，脍炙人口，具有民歌风味。诗人在第一节写箭飞得快，眼睛跟不上，不知落在何处。第二节写歌声像箭一样，眼看不见它向何处飘飞，是比喻，把箭作为歌的喻体。第三节写箭与歌的归宿，表明诗的主题思想：事物都有因果关系，现在或暂时看不见，日后总有见到或产生一定效果的时候。诗歌像箭一样入木三分，能给人深刻印象，铭记于心。

有评论家认为，这首诗用箭和歌的旅行暗示日后产生的冲击和影响。箭可代表恶语伤人，歌声以善言激励、抚慰人心，效果决然不同。

这首小诗用形象、比喻、比兴的方法表现抽象的思想，也很好地体现了诗人的诗学思想，即他对诗人提出的三大任务：愉悦、鼓舞和教导。

The Builders

All are architects of Fate,
　　Working in these walls of Time;
Some with massive deeds and great,
　　Some with ornaments of rhyme.

Nothing useless is, or low;
　　Each thing in its place is best;
And what seems but idle show
　　Strengthens and supports the rest.

For the structure that we raise,
　　Time is with materials filled;
Our todays and yesterdays
　　Are the blocks with which we build.

Truly shape and fashion these;
　　Leave no yawning gaps between;
Think not, because no man sees,
　　Such things will remain unseen.

In the elder days of Art,
　　Builders wrought with greatest care
Each minute and unseen part;
　　For the Gods see everywhere.

Let us do our work as well,

Both the unseen and the seen;

Make the house, where Gods may dwell

Beautiful, entire, and clean.

Else our lives are incomplete,

Standing in these walls of Time,

Broken stairways, where the feet

Stumble, as they seek to climb.

Build today, then, strong and sure,

With a firm and ample base;

And ascending and secure

Shall tomorrow find its place.

Thus alone can we attain

To those turrets, where the eye

Sees the world as one vast plain,

And one boundless reach of sky.

建设者

所有人都是命运的建筑师，
工作在时间的围墙内；
有人伟大，创下丰功伟绩，
有人写下韵文修饰点缀。

没有东西无用或低下；
各尽其能，各得其所便最佳。
外表看似无用，
实则加强并支持其他。

因为我们的建造
时间填充物料；
我们的今天和昨天
是我们建筑的木材和石砖。

各式各样的东西
其实无惊人的差距；
莫以为没有人看见，
事情一直能隐瞒。

昔日的工艺，
建设者们精益求精，
在人未见的细微部分；
因为上帝处处看得清。

让我们一视同仁，

做好人们看得见、看不见的事情；
把上帝可能住的房间
建得漂亮、完美和干净。

立于这时限的围墙之内，
不然，生活就不完美；
攀爬折损的楼梯，
腿会颤抖，人要倒地。

那么，今天就坚定确信
把宽厚的基础打牢固、稳定，
安全并攀登，
明天将一帆风顺。

只有如此，我们才能登上塔巅，
放眼看世界，
世界是一片辽阔的平原，
一望无际的蓝天。

赏 析

朗费罗在《人生赞歌》中说:"无论命运如何安排……要学会劳动,善于等待。"在这首《建设者》的第一节中,诗人说"所有人都是命运的建筑师……创下丰功伟绩",表明人是命运的主宰,听天由命的说法是错误的。人有无限的创造力。在第二节,诗人说"没有东西无用或低下",表明天生我材必有用,人无贵贱之分,能力有大小,尽力就好。这首诗强调国家宽厚、牢固的基础是由人民建设、创造的,没有人的努力是无用或没有价值的。在下面的几节里,诗人告诫我们如何劳动、当好命运的建筑师:我们"立于这时限的围墙之内",说明生命是有限的,是由时间组成的,珍惜时间,就是珍惜生命。千里之行始于足下,珍惜时间,就要从现在做起,珍惜今天,珍惜明天。

万丈高楼平地起,把基础打牢、打稳,要诚实地劳动,事无巨细,精益求精。如此,才能登高,眼前是一片辽阔的平原,一望无际的蓝天。

The Children's Hour

Between the dark and the daylight,
　　When the night is beginning to lower,
Comes a pause in the day's occupations,
　　That is known as the Children's Hour.

I hear in the chamber above me
　　The patter of little feet,
The sound of a door that is opened,
　　And voices soft and sweet.

From my study I see in the lamplight,
　　Descending the broad hall stair,
Grave Alice, and laughing Allegra,
　　And Edith with golden hair.

A whisper, and then a silence:
　　Yet I know by their merry eyes
They are plotting and planning together
　　To take me by surprise.

A sudden rush from the stairway,
　　A sudden raid from the hall!
By three doors left unguarded

They enter my castle wall!

They climb up into my turret
    O'er the arms and back of my chair;
If I try to escape, they surround me;
    They seem to be everywhere.

They almost devour me with kisses,
    Their arms about me entwine,
Till I think of the Bishop of Bingen
    In his Mouse-Tower on the Rhine!

Do you think, O blue-eyed banditti,
    Because you have scaled the wall,
Such an old mustache as I am
    Is not a match for you all!

I have you fast in my fortress,
    And will not let you depart,
But put you down into the dungeon
    In the round-tower of my heart.

And there will I keep you forever,
    Yes, forever and a day,
Till the walls shall crumble to ruin,
    And moulder in dust away!

孩子们的时辰

当夜幕降临，
白昼与黑夜交替，
一天的工作得以停顿，
那是熟知的孩子们的时辰。

我听到上面房间
小脚板"吧嗒"的响声，
从打开的一扇门
传来温柔、甜美的声音。

透过书房的灯光，我看见
从宽敞的走廊楼梯下来的
是庄重的爱丽丝、爱笑的艾丽格勒
和满头金发的伊迪斯。

一会儿耳语，一会儿无声，
而从他们快活的眼睛，
我知道他们正合伙预谋
要让我大吃一惊！

他们突然从楼梯冲出，
突然从走廊袭击，
在没有设防的三个门口；
他们闯进了我的城防工事！

越过扶手和椅背

他们爬进了楼塔；
好似无处不在，把我团团包围，
想逃也逃不了啦！

他们亲吻我，几乎把我吞掉，
双手紧紧地把我缠绕，
让我想起莱茵河上
鼠塔里的宾根[1]主教。

难道你们认为，蓝眼睛的强人，
因为你们攻克了我的城池，
像我这样满脸胡须的老人，
就对付不了你们！

我要把你们紧锁在我的城堡，
不让你们走掉，
还要把你们深藏在
我心中圆塔般的地牢。

我要把你们永远留在那里，
是的，永远，直到有一天，
围墙被损毁、
毁损成沙砾！

---

[1] 宾根：德国莱茵河上的一座城市。

041

赏 析

1835 年，朗费罗被派赴德国学习，随行的夫人玛丽·斯图尔·波特不幸于鹿特丹逝世。1843 年，诗人与弗朗西斯·阿普尔顿结婚，婚后育有 6 个孩子。在《孩子们的时辰》这首诗里，孩子们被描写为"庄重的爱丽丝""爱笑的艾丽格勒""满头金发的伊迪斯"。向晚，孩子们放学了，诗人也该停止一天的工作了，因为这是父亲和孩子们最好的时辰。

这是一首表现天真、活泼的孩子们和父亲之间亲密关系的诗。孩子们与父亲玩起了攻城、防守，捉迷藏的游戏。孩子们在父爱中尽享童年的欢乐，父亲在孩子们的爱中尽享天伦之乐，体现了父慈子孝、平等和谐的家庭关系。这是一首既值得天下父母学习，又令人感到快乐的诗。

The Day Is Done

The day is done, and the darkness
    Falls from the wings of Night,
As a feather is wafted downward
    From an eagle in his flight.

I see the lights of the village
    Gleam through the rain and the mist,
And a feeling of sadness comes o'er me
    That my soul cannot resist:

A feeling of sadness and longing,
    That is not akin to pain,
And resembles sorrow only
    As the mist resembles the rain.

Come, read to me some poem,
    Some simple and heartfelt lay,
That shall soothe this restless feeling,
    And banish the thoughts of day.

Not from the grand old masters,
    Not from the bards sublime,
Whose distant footsteps echo
    Through the corridors of Time.

For, like strains of martial music,

Their mighty thoughts suggest

Life's endless toil and endeavor;

And to-night I long for rest.

Read from some humbler poet,

Whose songs gushed from his heart,

As showers from the clouds of summer,

Or tears from the eyelids start;

Who, through long days of labor,

And nights devoid of ease,

Still heard in his soul the music

Of wonderful melodies.

Such songs have power to quiet

The restless pulse of care,

And come like the benediction

That follows after prayer.

Then read from the treasured volume

The poem of thy choice,

And lend to the rhyme of the poet

The beauty of thy voice.

And the night shall be filled with music,

And the cares, that infest the day,

Shall fold their tents, like the Arabs,

And as silently steal away.

白昼已过

白昼已过，黑暗
乘着夜的翅膀降临，
似一片羽毛向下飘落，
那是飞行的雄鹰。

我瞥见村庄的灯火
在雨和雾中闪烁，
忧愁之情占据我心，
灵魂不能摆脱。

忧愁与热望
不同于痛伤，
只像是悲哀，
就像雾与雨相像。

来，给我读点诗文；
简单铭心的歌曲
安抚我不安的心情，
驱散白日的愁绪。

不读伟大、年老的大师，
也不读超群的诗人，
他们走远的脚步声，
在时间的长廊里响鸣。

因为像雄壮的军乐，
昭示着强有力的思想。

生活是无尽的劳作与努力，
今夜我渴望休息。

读点谦卑诗人的诗，
他们的诗是发自内心，
像夏天乌云倾泻的阵雨；
像眼睑流下的泪水。

旷日持久的劳作，
夜晚又缺少休息，
仍能从他灵魂深处
听见音乐的美妙旋律。

这歌声有力量平缓
不安的脉动与焦躁。
读后得到祝福
像做过一次祷告。

然后从珍藏本
选你喜欢的诗，
用你的声音之美，
给诗人增添韵律。

这样，夜便弥漫着音乐，
困扰白昼的忧愁
像阿拉伯人卷着帐篷
悄悄地溜走。

赏 析

当夜幕降临，忙碌了一天的诗人感到疲惫、忧愁，几近悲哀。

朗费罗是一名民主主义者和人道主义者，他关心国家，对普通人充满热爱和同情，特别是对受压迫的黑人和印第安人。这在他的《奴役篇》和《印第安猎人》等诗中都有表述。他应该是因现实社会与他的理想社会的矛盾而感到忧虑与不安。诗人在这首诗里提出了两个解决的办法：一是"……得到祝福／像做了一次祷告"，即通过宗教来解决；二是读诗，读谦卑诗人所写的发自内心的诗。

诗人主张在一天繁忙的工作结束后，在疲惫心情低迷之时，用真情实感写出有教化、鼓舞、安慰和净化灵魂作用的诗。这反映了他的诗学观和创作倾向。

这种方法虽好，但毕竟不是解决社会、阶级矛盾的方法。这也反映了诗人思想的局限性。当然，我们不应超越时代苛求诗人。诗人真实地抒怀，写发自内心的情感，因此这是一首好诗。诗人在这首诗里展现了疲惫、哀愁，对慰藉的渴望、对平凡诗意的欣赏以及对宁静夜晚的期待等多种复杂、细腻的情感。

Paul Revere's Ride

Listen, my children, and you shall hear

Of the midnight ride of Paul Revere,

On the eighteenth of April, in Seventy-five;

Hardly a man is now alive

Who remembers that famous day and year.

He said to his friend, "If the British march

By land or sea from the town to-night,

Hang a lantern aloft in the belfry arch

Of the North Church tower as a signal light,—

One, if by land, and two, if by sea;

And I on the opposite shore will be,

Ready to ride and spread the alarm

Through every Middlesex village and farm,

For the country folk to be up and to arm."

Then he said, "Good night!" and with muffled oar

Silently rowed to the Charlestown shore,

Just as the moon rose over the bay,

Where swinging wide at her moorings lay

The Somerset, British man-of-war;

A phantom ship, with each mast and spar

Across the moon like a prison bar,

And a huge black hulk, that was magnified

By its own reflection in the tide.

Meanwhile, his friend, through alley and street,

Wanders and watches with eager ears,

Till in the silence around him he hears

The muster of men at the barrack door,

The sound of arms, and the tramp of feet,

And the measured tread of the grenadiers,

Marching down to their boats on the shore.

Then he climbed the tower of the Old North Church,

By the wooden stairs, with stealthy tread,

To the belfry-chamber overhead,

And startled the pigeons from their perch

On the sombre rafters, that round him made

Masses and moving shapes of shade, —

By the trembling ladder, steep and tall,

To the highest window in the wall,

Where he paused to listen and look down

A moment on the roofs of the town,

And the moonlight flowing over all.

Beneath, in the churchyard, lay the dead,

In their night-encampment on the hill,

Wrapped in silence so deep and still

That he could hear, like a sentinel's tread,

The watchful night-wind, as it went

Creeping along from tent to tent,

And seeming to whisper, "All is well!"

A moment only he feels the spell

Of the place and the hour, and the secret dread

Of the lonely belfry and the dead;

For suddenly all his thoughts are bent

On a shadowy something far away,

Where the river widens to meet the bay, —

A line of black that bends and floats

On the rising tide, like a bridge of boats.

Meanwhile, impatient to mount and ride,

Booted and spurred, with a heavy stride

On the opposite shore walked Paul Revere.

Now he patted his horse's side,

Now gazed at the landscape far and near,

Then, impetuous, stamped the earth,

And turned and tightened his saddle-girth;

But mostly he watched with eager search

The belfry-tower of the Old North Church,

As it rose above the graves on the hill,

Lonely and spectral and sombre and still.

And lo! as he looks, on the belfry's height

A glimmer, and then a gleam of light!

He springs to the saddle, the bridle he turns,

But lingers and gazes, till full on his sight

A second lamp in the belfry burns!

A hurry of hoofs in a village street,

A shape in the moonlight, a bulk in the dark,

And beneath, from the pebbles, in passing, a spark

Struck out by a steed flying fearless and fleet:

That was all! And yet, through the gloom and the light,

The fate of a nation was riding that night;

And the spark struck out by that steed, in his flight,

Kindled the land into flame with its heat.

He has left the village and mounted the steep,

And beneath him, tranquil and broad and deep,

Is the Mystic, meeting the ocean tides;

And under the alders that skirt its edge,

Now soft on the sand, now loud on the ledge,

Is heard the tramp of his steed as he rides.

It was twelve by the village clock,

When he crossed the bridge into Medford town.

He heard the crowing of the cock,

And the barking of the farmer's dog,

And felt the damp of the river fog,

That rises after the sun goes down.

It was one by the village clock,

When he galloped into Lexington.

He saw the gilded weathercock

Swim in the moonlight as he passed,

And the meeting-house windows, blank and bare,

Gaze at him with a spectral glare,

As if they already stood aghast

At the bloody work they would look upon.

It was two by the village clock,

When he came to the bridge in Concord town.

He heard the bleating of the flock,

And the twitter of birds among the trees,

And felt the breath of the morning breeze

Blowing over the meadows brown.

And one was safe and asleep in his bed

Who at the bridge would be first to fall,

Who that day would be lying dead,

Pierced by a British musket-ball.

You know the rest. In the books you have read,

How the British Regulars fired and fled, —

How the farmers gave them ball for ball,

From behind each fence and farm-yard wall,

Chasing the red-coats down the lane,

Then crossing the fields to emerge again

Under the trees at the turn of the road,

And only pausing to fire and load.

So through the night rode Paul Revere;

And so through the night went his cry of alarm

To every Middlesex village and farm, —

A cry of defiance and not of fear,

A voice in the darkness, a knock at the door,

And a word that shall echo forevermore!

For, borne on the night-wind of the Past,

Through all our history, to the last,

In the hour of darkness and peril and need,

The people will waken and listen to hear

The hurrying hoof-beats of that steed,

And the midnight message of Paul Revere.

保罗·里维尔骑马飞奔

听着！孩子们，听我说：

保罗·里维尔半夜骑马飞奔，

在一七七五年四月十八日；

现今活着的几无人

记得那著名的日月年份。

他对朋友说："如果英军

今夜从城里分水、陆发兵，

在北教堂塔的钟楼圆顶

高挂灯笼当信号灯；

陆路来犯挂一个，海上挂两盏。

我准备在对岸

快马加鞭把警报传；

传遍米德尔塞克斯的农场和村庄，

让民众起来武装抵抗。"

他说了声"再见"，裹着布的桨

轻声划向查尔斯顿海岸，

正值月亮升起在海湾。

英国军舰萨默塞特号

在停泊处疯狂地摇晃；
这幽灵船的桅杆和帆樯
与月光交织，像监狱的栏栅。
巨大的黑色囚船的倒影，
在潮水中显得巨大无比。

同时，他的朋友走街串巷，
全神贯注，侧耳细听，
万籁俱寂中，他听见
士兵聚集在营房前
兵器碰撞声和脚步声。
近卫军迈着整齐的步伐，
正向靠岸的船上进发。

然后，他偷偷地轻步上前，
沿木梯爬上东教堂的塔楼，
直奔上面的钟室，
惊动了栖木上的鸽子。
鸽子在幽暗的橡木上飞起，
幽灵般的形影盘旋在他身际，
凭着摇晃又高又陡的木梯，
他爬到了墙上最高的窗，
停下来聆听又俯身下望，
只见镇上所有的屋顶上
流淌着清明的月光。

下面教堂墓地里躺着死者，
　他们在山上的夜间营地，

笼罩在深沉寂静之中。

他能听见警觉的晚风

像哨兵的脚步声，

缓缓沿着帐篷巡行，

似在细语"平安无事"。

就在这一瞬，他感到此时此地，

孤寂的钟楼和死人

有一种神秘的恐惧。

突然，他的思绪又转向

远处一个模糊不清的东西，

那是河流变宽与海湾汇聚，

一条黑线曲折蜿蜒，

像一座船桥，浮在涨潮的水面。

此时，保罗·里维尔穿上长靴、钉了马刺，

迫不及待，要上马飞奔，

在对岸，他步履沉重，走来走去；

一会儿拍拍马腹，

一会儿望望附近的景致。

接着又急躁地跺脚蹬地，

转身把马的腹带勒紧。

不过，他始终保持火眼金睛，

注视着北教堂的动静。

钟楼高处山上的墓地，

孤单鬼怪，幽暗寂静。

瞧！他瞥见钟楼顶上

火光一闪，灯笼点燃！

他跳上马鞍，套上马勒，

又逗留了片刻，看清

钟楼上亮起了第二盏灯。

村庄的大道上马蹄声急，
月光下一个黑暗的身影，
大无畏的快马疾飞，
地上的卵石火花四起。
在此一举！黑暗与光明，
国家的命运，指靠着今夜；
骏马飞驰溅起火花的热度
点燃整个国家。

他离开村庄，登上陡峭的山冈，
山下宁静、宽阔、深邃，
米斯蒂河与海潮汇聚，
沿岸赤杨树下，马蹄时而踏在沙地，
时而踏在岩石；轻重之声，
他骑马前行时，仍清晰可闻。

村里的钟敲了十二响，
他过桥走进梅德福小镇，
听见了公鸡打鸣，
听见了农家的狗吠，
感到太阳落山后
河上的雾气湿润。

村里的晚钟敲了一点，
骏马驰进列克星敦，
路过时，他看见镀金的风标
沐浴着月光。

教友会所的窗户空空荡荡，
鬼鬼怪怪地瞪着他，
好像已经吓慌，这场残酷的战争，
它们将要见证。

村里的钟敲到了凌晨两点，
他来到康科德桥边，
只听得羊群叫咩咩，
林间鸟儿喳喳唧唧。
他感到晨风轻轻吹来，
吹过褐色的草地。
有人安全地在床上睡，
可能不久第一个在桥上倒下，
可能当天躺下死去；
被英军的毛瑟枪子弹穿透胸背。

读过历史，其余的你们知道，
正规英军边放枪，边逃跑。
农民针锋相对，
从篱笆、院墙后，举枪还击，
把红衫军逼进小巷，
又神出鬼没，越过田野，
在拐弯处的树下，
装弹射击，战斗不息。

就这样，保罗·里维尔彻夜骑马飞奔，
给米德塞克斯每个农场、乡村，
喊话报警。
喊声充满蔑视，毫无恐惧。

一个黑夜的声音敲开了每一扇门，

一句喊话永远回应。

靠着往昔的夜风，

我们的历史，自始至终，

在黑暗、危险，紧迫的时候，

人民会警醒，聆听到

那马蹄急切的践踏声

和保罗·里维尔半夜传来的军情。

赏　析

　　这是一首描述美国独立战争如何在马萨诸塞州的列克星敦和康科德打响第一枪的故事。它取材来自马萨诸塞路边旅馆（wayside hotel）老板的口述；此旅馆于1716年营业，现已有300多年历史。

　　这是一则在美国家喻户晓、被学童们朗读、背诵超过一个多世纪的、脍炙人口的爱国诗篇。朗费罗在诗中塑造了一个传奇式的美国英雄人物保罗·里维尔。他是一个银匠，当地的民兵领袖。他夜晚骑马向起义军报警，通知英军来袭。虽然这一历史事实有所争议，但一直以来，美国历史编著及教科书都遵照这首诗里的故事脉络。

　　这首诗写于1860年，次年发表在《大西洋月刊》上。它通过讲述历史故事，激发人民的爱国热情，增强民族自豪感和争取独立解放的勇气。

　　这首诗发表在美国内战开始前后，诗中提及英国军舰萨默塞特号，隐含着反奴隶制的意思。萨默塞特是黑人，被英国军官斯图尔特买为奴隶；萨默塞特于1771年逃走，被后者申请依照奴隶搜捕法抓获。萨默塞特加入了基督教，得到三位教父的支持，引发英国历史上最重要的废奴案例，最后萨默塞特获得自由。诗中还提及教堂山下的墓地，暗指黑人奴隶埋葬之地。诗的最后一节，诗人直接号召人们以保罗为榜样，行动起来投入反抗南方奴隶主的斗争中去。

这首诗记述了 1775 年 4 月 19 日英军到达列克星敦和康科德时，由于保罗·里维奇前夜骑马传播消息，为当地民兵提前做好准备，赢得宝贵时间，为美国独立战争打响了第一枪。他们的英雄主义精神激励了更多的人投身独立战争中，成为美国独立精神的象征。诗中的细节描写栩栩如生，音韵和谐，便于记忆诵读，在民众中广为流传，成了记载历史，弘扬勇敢、自由、独立和爱国主义精神的教材。

6 埃德加·爱伦·坡
(Edgar Allan Poe, 1809—1849)

诗人、小说家、批评家埃德加·爱伦·坡生于波士顿，父母都是流浪艺人，3岁前父母相继去世，被富商亲戚约翰·爱伦收养。

1815年，爱伦·坡跟随养父经商去欧洲在英国上学，5年后回到弗吉尼亚。他17岁进弗吉尼亚大学，因酗酒、赌博欠债与养父争吵，在校一年后辍学；后参军，在西点军校待了8个月，因不愿在军校而故意违反校规，创24小时犯规27次最高纪录被学校开除。

由于失去养父经济支持，爱伦·坡以写作、当编辑为生，成为美国第一位职业作家。他入不敷出，穷困潦倒，在妻子死后两年也死于街头。爱伦·坡是位天才、多产的作家，他短暂的一生中出版了4个诗集，发表50多首诗、70多篇短篇小说。此外，他还发表了文艺理论方面的文章，但未得到主流文坛的重视。他死后为越来越多的包括福克纳、艾略特等作家的推崇，名声大振。法国作家波德莱尔、兰波等象征派诗人更是视他为楷模。爱伦·坡的恐怖小说、侦探小说为广大的读者所喜爱，他被认为是"美国短篇小说之父"、美国侦探小说的创始人、美国的第一个现代文学的理论家。

Alone

From childhood's hour I have not been

As others were—I have not seen

As others saw—I could not bring

My passions from a common spring.

From the same source I have not taken

My sorrow; I could not awaken

My heart to joy at the same tone;

And all I lov'd, I lov'd alone.

Then—in my childhood—in the dawn

Of a most stormy life—was drawn

From ev'ry depth of good and ill

The mystery which binds me still:

From the torrent, or the fountain,

From the red cliff of the mountain,

From the sun that' round me roll'd

In its autumn tint of gold—

From the lightning in the sky

As it pass'd me flying by—

From the thunder and the storm—

And the cloud that took the form

(When the rest of Heaven was blue)

Of a demon in my view.

独　自

从童年起，我就不一样，

与其他孩子看法不相像，

共同的源泉，

引不起我的情感。

同一源头，

我不会发愁。

一样的调子不随欢歌起舞，

我之所爱，我爱单独——

于是，在我的童年，

在暴风骤雨的开端，

沉入善、恶漩涡，

一直为其奥妙纠缠——

从急流或喷泉，

从红崖、高山，

从绕我运行之太阳，

在秋日的色彩金黄——

从长空闪电

飞落我身边，

从暴雨雷鸣——

乌云飞渡成形，把奥秘探寻，

（其余的天空一片蔚蓝）

一恶魔出现在我眼前。

赏 析

　　《独自》这首诗写于 1829 年诗人 20 岁时，直到他死后的 1875 年才出版。这首诗格律严谨，采用抑扬格和四音步写成；整首诗 22 行，由 11 个两行对押韵的句子组成（aa，bb，cc……），有很强的节奏感和音乐性。"Alone"有孤独和独一无二、与众不同两层意思。这首诗表现诗人既孤独、寂寞，也独具慧眼，对事物有不同的看法，有开创性和前瞻性。有文学评论家认为这是一首自传诗，是诗人真实性格和生活的写照。诗人是个孤儿，与养父不和，痛苦忧郁，养成孤僻的性格，喜欢独处。这首诗通过自然意象，如风暴、闪电、高山、天空、太阳等表达诗人一生孤独、寂寞，与众不同，也表现诗人的内心深处的忧郁与丰富的想象力。这又是一首象征诗，诗人把自然和自然现象看成善与恶的象征。

　　当"乌云飞渡成形"，"天空一片蔚蓝"，诗人并未像平常人一样感到神清气爽、前景光明，而是看见一恶魔出现在他眼前，内心充满恐惧，反映了他的内心忧郁与痛苦、幽暗。

　　这首诗运用了许多独特的意象，如"共同的源泉"，表示诗人不随大流、与众不同的独特性格。诗中的自然意象如激流、喷泉、高山、红崖、长空、雷鸣、乌云、闪电等表现他生活及思想感情的复杂多变，以及他为探索善恶及人生秘密所纠缠。

Annabel Lee

It was many and many a year ago,

    In a kingdom by the sea,

That a maiden there lived whom you may know

    By the name of Annabel Lee;

And this maiden she lived with no other thought

    Than to love and be loved by me.

I was a child and *she* was a child,

    In this kingdom by the sea:

But we loved with a love that was more than love—

    I and my Annabel Lee—

With a love that the winged seraphs of Heaven

    Coveted her and me.

And this was the reason that, long ago,

    In this kingdom by the sea,

A wind blew out of a cloud, chilling

    My beautiful Annabel Lee;

So that her high-born kinsman came

    And bore her away from me,

To shut her up in a sepulchre

    In this kingdom by the sea.

The angels, not half so happy in heaven,

    Went envying her and me—

Yes!—that was the reason (as all men know,

In this kingdom by the sea)

That the wind came out of the cloud by night,

    Chilling and killing my Annabel Lee.

But our love it was stronger by far than the love

    Of those who were older than we—

    Of many far wiser than we—

And neither the angels in heaven above,

    Nor the demons down under the sea,

Can ever dissever my soul from the soul

    Of the beautiful Annabel Lee:

For the moon never beams, without bringing me dreams

    Of the beautiful Annabel Lee;

And the stars never rise, but I feel the bright eyes

    Of the beautiful Annabel Lee;

And so, all the night-tide, I lie down by the side

Of my darling—my darling—my life and my bride,

    In her sepulchre there by the sea,

    In her tomb by the sounding sea.

安娜贝尔·李

许多，许多年以前，
在海边的一个王国里，
住着少女安娜贝尔·李；
你兴许认识，
她没有别的心思，
除了爱我和得到我的爱情。

我们俩都是小孩，
在这海边的王国里，
我们的爱超越情爱——
我和安娜贝尔·李
使天上的六翼天神——
对我们的爱情嫉恨万分。

就是多年前这个原因，
云端刮起一阵风，吹走乌云，
冻僵了我美丽的安娜贝尔·李
她高贵的亲戚
强行把我们拆散、分离，
把她关在这海边王国的墓穴里。

天使们在天空一点都不高兴，
对她和我产生怨恨——
是的！这就是原因（正如大家所知，
在这海边的王国里）
引来夜晚风云突起，

冻僵并杀害了我的安娜贝尔·李。

但我们爱得太深，

深过那些年长的人——

还有那些聪明透顶的先生——

无论天宫中的天神，

还是海里深藏的恶棍，

都不能割断我的灵魂

紧连着美丽的安娜贝尔·李的魂灵。

没有月亮的清辉不让我梦回

美丽的安娜贝尔·李。

星星一出现，我就看见

安娜贝尔·李的双眼，

所以我整夜躺在她的身旁；

她是我的生命——我亲爱的——亲爱的新娘，

躺在她海边的墓穴里，

躺在她的坟墓里，海浪发出声响。

赏析

《安娜贝尔·李》是爱伦·坡的最后一首诗，写于 1849 年，是为了纪念他 1847 年去世的妻子，发表在《纽约论坛报》上。这是一首自传诗，评论家们认为它是美国抒情诗的佳作之一。这首诗写诗人与妻子弗吉尼亚·克莱门真挚、深厚、美丽的爱情以及诗人对去世妻子的无限怀念。

这首诗的主题是真正的爱情可以不因死亡、分离而减弱，爱情可以恒久，超越死亡。这是因为两个人的灵魂联结、缠绕在一起。

全诗共六节。头两节写两人一起长大（弗吉尼亚是爱伦·坡的姑妈之女，两人从小萌生爱情，1836 年结婚时，爱伦·坡 27 岁，弗吉尼亚 14 岁。他们缺吃少穿，生活极其贫穷，弗吉尼亚死于肺病）他们相亲相爱，让纯洁的六翼天神也嫉恨万分。后几节写天神因嫉妒起杀害之心，夜间的寒风冻僵了安娜贝尔·李；超自然的力量夺去了她的生命，但天神和海里的恶棍割不断他们的爱情。这是善与恶的斗争。然后，她高贵的亲戚们利用这种社会的力量把她夺走、埋葬在海边的墓穴里。诗人只有躺在海边她的墓穴旁痛苦地思念，将她呼唤。

爱伦·坡认为"诗的主要目的是要表现美"，而这种美是艺术家预想设定的、能达到统一效果的美。诗人把这个爱情故事设定发生在"许多年前，海边的一个王国里"，使它像一个美丽的童话，具有神秘感、古典美。大海的辽阔浩瀚、波涛汹涌极显自然之美。六翼天神由于嫉妒而杀害安娜贝尔·李，显示了神话中恶之美。爱伦·坡认为"诗歌的基调应是忧郁和凄凉"，而年轻、美丽的女人之死最具忧郁之美。

安娜贝尔·李的死是一个悲剧。爱情越深厚，越显爱情的悲伤。爱伦·坡主张要"以韵律创造美"。这首诗每节的 sea、Lee、me 以 /iː/ 押韵，表现了凄婉和音韵之美，所以文学评论家说此诗是唯美主义的巅峰之作。

To Helen

Helen, thy beauty is to me
 Like those Nicean barks of yore,
That gently, o'er a perfumed sea,
 The weary, way-worn wanderer bore
 To his own native shore.

On desperate seas long wont to roam,
 Thy hyacinth hair, thy classic face,
Thy Naiad airs have brought me home
 To the glory that was Greece.
And the grandeur that was Rome.

Lo! in yon brilliant window-niche
 How statue-like I see thee stand!
 The agate lamp within thy hand,
Ah! Psyche from the regions which
 Are Holy Land!

致海伦

海伦，对于我，你的美丽，
宛如古时尼斯河上的帆船，
在芬芳的大海悠悠地游弋，
载着疲惫、劳顿的游人返还，
到故乡的口岸。

我已长久习惯在险恶的海上漫游，
你风信子美丽的卷发，典雅的面容，
你仙女般的风度带我回家乡，
回到希腊的荣光
和罗马的伟大辉煌。

瞧！那边光亮的壁龛里，
　　你多像一座雕像，亭亭玉立，
　　手持一盏玛瑙油灯。
啊！赛姬，你来的地方
　　是圣地乐土天堂！

赏析

　　1823 年，爱伦·坡 14 岁时，看到一名同学的母亲简·斯蒂士·斯丹纳夫人（Jane Stith Stanard），为她的美丽所折服。爱伦·坡从小失去母亲，夫人发现他的才能，鼓励他写诗。爱伦·坡在这首诗里，把斯丹纳夫人比作神话中的女神。这首诗的主题是歌颂美的力量：美的力量可以穿越时空，把人从精神上引向另一个世界。此诗 1831 年第一次发表在《埃德加·爱伦·坡诗集》中，1845 年，诗人对它略做修改。爱伦·坡曾经说："这是我在热情的少年时代写给我心灵中第一次纯理想爱情的诗行。"

　　这首诗共 3 节，15 行，分别以 ababb,ababa,abbab 押韵。诗以"致海伦"为题，把斯丹纳夫人比喻为希腊神话中主神宙斯的女儿。海伦是古希腊神话中美的象征，也是希腊史诗《伊利亚特》中的绝世美人，因与帕里斯王子相爱出逃而引发长达十年的特洛伊战争。诗中还提及希腊神话中其他几位美丽的女神，可见这首诗的主题是歌颂海伦的美，歌颂古希腊神话中的古典美，歌颂罗马这块西方文化艺术圣地。

　　诗的第一节提到的尼斯（Nice）是小亚细亚的一座古城，有可能指希腊神话中的胜利女神，而漂游者 wanderer 则可能指奥德修斯（Odysseus），即在特洛伊战争中献木马计，十年后回到家乡的那个人。这里表示诗人要在海伦的引领下驶向文学艺术之乡罗马古都。

　　诗的第二节写风信子头发 (hyacinth hair) 为美丽的卷发，是根据古希腊神话中太阳神阿波罗所爱的少年海尔欣瑟斯 (Hyacinths) 被误杀后长出修长、美丽的头发。Naiad 是希腊神话中的河湖仙子，诗人希望这些仙女把他带回光荣的罗马。

　　诗的第三节把海伦比喻为赛姬（Psyche）。赛姬是古希腊神话中的人类灵魂女神，曾与爱神丘比特相爱，因夜间持烛偷看他的身体，烛油使丘比特惊醒逃走，一去不返。赛姬终日流浪，寻找自己心爱的人。赛姬来自巴勒斯坦主要城市耶路撒冷。

　　这首诗描写海伦、河湖仙子、赛姬等希腊神话中的美女，表示诗人对古希腊古典美及对古希腊罗马文学艺术的敬仰与崇拜。全诗使用神话、典故，流畅优雅，含蓄而有节制，具有音乐美，是一首充满浪漫色彩的抒情诗。

　　整首诗通过丰富的意象、巧妙的比喻和细腻的描写，将海伦的美从外到内全方位地进行赞美，同时也表达了诗人对美好事物的向往及在精神层面、文化艺术美的追求。

The Raven

Once upon a midnight dreary, while I pondered, weak and weary,

Over many a quaint and curious volume of forgotten lore—

While I nodded, nearly napping, suddenly there came a tapping,

As of some one gently rapping, rapping at my chamber door—

"'Tis some visitor," I muttered, "tapping at my chamber door—

      Only this and nothing more."

Ah, distinctly I remember it was in the bleak December;

And each separate dying ember wrought its ghost upon the floor.

Eagerly I wished the morrow;—vainly I had sought to borrow

From my books surcease of sorrow—sorrow for the lost Lenore—

For the rare and radiant maiden whom the angels name Lenore—

      Nameless *here* for evermore.

And the silken, sad, uncertain rustling of each purple curtain

Thrilled me—filled me with fantastic terrors never felt before;

So that now, to still the beating of my heart, I stood repeating,

"'Tis some visitor entreating entrance at my chamber door—

Some late visitor entreating entrance at my chamber door;—

      This it is and nothing more."

Presently my soul grew stronger; hesitating then no longer,

"Sir," said I, "or Madam, truly your forgiveness I implore;

But the fact is I was napping, and so gently you came rapping

And so faintly you came tapping, tapping at my chamber door,

That I scarce was sure I heard you"—here I opened wide the door;—

    Darkness there and nothing more.

Deep into that darkness peering, long I stood there wondering, fearing,

Doubting, dreaming dreams no mortal ever dared to dream before;

But the silence was unbroken, and the stillness gave no token,

And the only word there spoken was the whispered word, "Lenore!"

This I whispered, and an echo murmured back the word "Lenore!"

    Merely this and nothing more.

Back into the chamber turning, all my soul within me burning,

Soon again I heard a tapping somewhat louder than before.

"Surely," said I, "surely that is something at my window lattice;

Let me see, then, what thereat is, and this mystery explore;

Let my heart be still a moment and this mystery explore;—

    'Tis the wind and nothing more!"

Open here I flung the shutter, when, with many a flirt and flutter,

In there stepped a stately raven, of the saintly days of yore.

Not the least obeisance made he; not a minute stopped or stayed he;

But, with mien of lord or lady, perched above my chamber door;—

Perched upon a bust of Pallas just above my chamber door—

    Perched, and sat, and nothing more.

Then this ebony bird beguiling my sad fancy into smiling,

By the grave and stern decorum of the countenance it wore,

"Though thy crest be shorn and shaven, thou," I said, "art sure no craven,

Ghastly grim and ancient Raven, wandering from the Nightly shore,

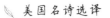

Tell me what thy lordly name is on the Night's Plutonian shore!"
        Quoth the Raven, "Nevermore."

Much I marvelled this ungainly fowl to hear discourse so plainly,
Though its answer little meaning—little relevancy bore;
For we cannot help agreeing that no living human being
Ever yet was blest with seeing bird above his chamber door—
Bird or beast upon the sculptured bust above his chamber door,
        With such name as "Nevermore."

But the Raven, sitting lonely on the placid bust, spoke only
That one word, as if his soul in that one word he did outpour.
Nothing further then he uttered—not a feather then he fluttered—
Till I scarcely more than muttered, "Other friends have flown before—
On the morrow *he* will leave me, as my hopes have flown before."
        Then the bird said, "Nevermore."

Startled at the stillness broken by reply so aptly spoken,
"Doubtless," said I, "what it utters is its only stock and store
Caught from some unhappy master whom unmerciful Disaster
Followed fast and followed faster till his songs one burden bore—
Till the dirges of his Hope that melancholy burden bore
        Of 'Never—nevermore.'"

But the Raven still beguiling all my fancy into smiling,
Straight I wheeled a cushioned seat in front of bird, and bust and door;
Then, upon the velvet sinking, I betook myself to linking
Fancy unto fancy, thinking what this ominous bird of yore—

What this grim, ungainly, ghastly, gaunt and ominous bird of yore

      Meant in croaking "Nevermore."

This I sat engaged in guessing, but no syllable expressing

To the fowl whose fiery eyes now burned into my bosom's core;

This and more I sat divining, with my head at ease reclining

On the cushion's velvet lining that the lamp-light gloated o'er,

But whose velvet violet lining with the lamp-light gloating o'er,

      She shall press, ah, nevermore!

Then, methought, the air grew denser, perfumed from an unseen censer

Swung by Seraphim whose foot-falls tinkled on the tufted floor.

"Wretch," I cried, "thy God hath lent thee—by these angels he hath sent

thee Respite—respite and nepenthe from thy memories of Lenore;

Quaff, oh quaff this kind nepenthe and forget this lost Lenore!"

      Quoth the Raven, "Nevermore."

"Prophet!" said I, "thing of evil!—prophet still, if bird or devil!—

Whether Tempter sent, or whether tempest tossed thee here ashore,

Desolate yet all undaunted, on this desert land enchanted—

On this home by Horror haunted—tell me truly, I implore—

Is there—is there balm in Gilead?—tell me—tell me, I implore!"

      Quoth the Raven, "Nevermore."

"Prophet!" said I, "thing of evil—prophet still, if bird or devil!

By that Heaven that bends above us—by that God we both adore—

Tell this soul with sorrow laden if, within the distant Aidenn,

It shall clasp a sainted maiden whom the angels name Lenore—

Clasp a rare and radiant maiden whom the angels name Lenore."

    Quoth the Raven, "Nevermore."

"Be that word our sign in parting, bird or fiend!" I shrieked, upstarting—

"Get thee back into the tempest and the Night's Plutonian shore!

Leave no black plume as a token of that lie thy soul hath spoken!

Leave my loneliness unbroken!—quit the bust above my door!

Take thy beak from out my heart, and take thy form from off my door!"

    Quoth the Raven, "Nevermore."

And the Raven, never flitting, still is sitting, *still* is sitting

On the pallid bust of Pallas just above my chamber door;

And his eyes have all the seeming of a demon's that is dreaming,

And the lamp-light o'er him streaming throws his shadow on the floor;

And my soul from out that shadow that lies floating on the floor

    Shall be lifted—nevermore!

乌　鸦

从前一个凄凉的午夜，我劳累、体虚，

思考着许多被遗忘了的、神奇事情——

点着头，差点入睡，忽听得敲门声，

似有人轻轻、轻轻地敲我的房门。

"有客来访"，我喃喃自语，"敲我的房门——

就是敲门声，别无其他的事情。"

啊，我清楚记得，是个萧瑟的岁末，

炉里余烬散发的星火鬼似的在地上溅泼，
多么盼望黎明；我想借书消愁，
却愁更愁，为着失去的丽诺尔——
这位绝代佳人，天使叫她丽诺尔——
这里无名到永远。

紫色丝帘发出的凄厉声响个不停，
前所未有、奇异的恐惧我油然而生，
为缓心惊我反复说：
"有客要求进房门——
晚来客人要进门——
唯此，没别的事情。"

我抖擞、抖擞精神，不再犹豫，
"先生"，我说，"或者女士，请原谅！
情况是我在打盹，你的敲门声太轻，
敲我的房门，声音听不清。
几乎没听到"——此刻来开门——
漆黑一片，空无一人。

长久驻足，望穿黑夜，惊奇又恐惧，
没人敢做前人不敢做之梦，心存疑惑。
沉默没打破，寂静无象征，
只听得"丽诺尔"这耳语声，
这是我所说，耳语"丽诺尔"是回声。
仅此而已，没有别的事情。

我转身向房门，激动不平静，

又听敲击声，敲得更大声，
"肯定"，我说，"肯定有东西在窗格发出声
看看有啥威胁，有何神秘事情要发生——
让心情平静，再去探究竟，
　　原来一阵风，没有别的事情。"

我把百叶窗一掀开，展翅撞进来
一只像圣神古代高贵的乌鸦，它好快，
俨然是老爷贵妇人姿态，
不速之客，不讲礼仪，一刻不迟疑——
在我门上帕拉丝女神雕像上停止——
　　栖息、坐下，若无其事。

这黑鸟逗我伤悲化为笑颜，
它庄重、体面，板着脸，
"虽然冠毛已修剪"，我说，"肯定不胆小，
你幽灵般严冷，已作古的乌鸦，来自冥河岸，
敢问你尊姓大名，在阴间！"
　　乌鸦说："永不再。"

这难看的禽鸟把话听得如此明，使我很吃惊，
虽然它的回答没意义——关联的意思也不清，
没有活人，我们不得不承认；
享有鸟儿在门上圣象栖息的福分——
无论是鸟是兽在门上停，
　　名字就叫"永不再"。

乌鸦独自站在平静女神像上唯一的说辞，

那个词像是出自它的灵魂，

并无旁的意思——不过是动了动羽翼，

我几乎低语："其他朋友已离我远去，

明天乌鸦也别离，就像我以前的希望已成灰。"

鸟儿然后说："永不再。"

我惊奇这恰当的回答打破了沉寂，

"无疑"，我说，"这回答是它仅有的语言

从某个不幸的主子学来，他无情的灾祸

快速接踵而至，直到他的歌有个负担，

直到他痛苦希望的挽歌背着同一的重担

　'永不，永不再'。"

乌鸦仍骗我化忧思为微笑，

我径直将座位移向门和雕像，移向鸟，

沉入柔软座椅，我浮想联翩，

想到何以不吉利的一只古代的鸟——

冷酷、笨拙，可怕又瘦小，不吉利的鸟，

　呱呱叫的是"永不再"。

我坐着揣测它的意思，对禽鸟未说一字，

它的眼睛炯炯有神，穿透了我的心房，

我仍坐着猜想，头悠闲斜倚在天鹅绒座椅衬套上，

灯光在椅衬套上方凝望，

但这紫色天鹅绒衬套在灯光下闪亮，

她会紧贴着，啊，永不再！

我感觉看不见的香炉飘出的香味浓重，

六翼天神在操弄，踏着簇绒地板丁丁响，

"可怜的人"，我喊，"上帝借给你天使，

派天使送来安息、安息和忘忧药，以便忘掉丽诺尔，

啊，畅饮此药，忘记失去的丽诺尔！"

乌鸦说："永不再。"

"预言家"，我说，"邪恶！——仍是预言家，无论你是鸟或是恶魔——

是诱惑还是风暴把你送这里，

这着魔的荒漠，荒芜而胆大之地——

恐惧笼罩屋宇，告诉我真情，我求你——

是否有基列[1]的止痛剂？告诉我，我求你！"

乌鸦说："永不再。"

"预言家"，我说，"邪恶！——仍是预言家，无论你是鸟或是恶魔！

苍天在上，对着我们彼此崇拜的上帝——

告诉我这满腹辛酸的人，如果在遥远的伊甸园，

他能否拥抱一位圣洁的少女，叫丽诺尔的女人——

拥抱一个叫丽诺尔的绝代佳人。"

乌鸦说："永不再。"

"是鸟或是恶魔，此话当告别！"我起身尖叫怒不可遏——

"你乘风暴回夜晚的冥府之岸！

不留黑羽毛，你存心把所说的谎言当纪念，

离开门上帕拉斯，勿打破我寂静，

莫让尖嘴啄我心，远离我家门。"

乌鸦说："永不再。"

---

[1] 基列：据《圣经》，约旦河东岸的基列出产由树脂制成的灵药。

乌鸦仍自栖息，仍停着不飞离，

停在我门上雕的帕拉斯，

它的眼睛似梦里的魔鬼，

灯光投下它的身影在地板上，

被黑影笼罩的我的灵魂在地上飘荡，

想要解脱吗？——永不再！

赏 析

《乌鸦》这首诗是爱伦·坡的成名之作，也是他的代表作之一，写于 1844 年，次年 2 月发表在《纽约镜晚报》(*New York Evening Mirror*) 上。

这是一首用扬抑格、八音步写成的叙事诗；共 18 节，每节 6 行，以 abcbbb 押韵。诗歌讲述 12 月一个凄凉、人静的午夜，诗的叙事者——一个失去了爱妻的钟情男子孤寂地坐在室内，沉浸在往事的痛苦回忆中。正昏昏欲睡之时，一只瘦小的会说话的乌鸦毫无礼貌地敲打男子的窗格、房门，开始了它神秘的造访。男子问它姓名，说朋友都已离去，乌鸦明天也会离开，问他是否有止痛剂，他能否在伊甸园与爱妻拥抱相聚……乌鸦十一次的回答都是"永不再"。乌鸦的每一次回答都使男子失望、痛苦，使他内心无法承受，到了几近疯狂的地步。这首诗用拟人、象征、重复等手法，通过黑色的乌鸦表现叙事者失去心爱的人的痛苦和悲伤，探索死亡、来世这个主题。乌鸦是死亡、哀痛，死者化身的象征，它对叙事者的回答"永不再"意味着人死不能复生，不能再来。叙事者家中供奉的帕拉斯神像，是希腊神话中的智慧女神雅典娜 (Athena) 的别称，表明叙事者是崇尚智慧和理智的。他在尽力克制失去爱人的悲痛，但最后只能听从乌鸦的指引，也算是从黑暗中找到了光明。

这首诗充分体现了爱伦·坡的美学思想和创作方法。首先，这首诗使用头韵、中间韵、谐韵，每节由一系列短句组成长行，具有很强的音乐性，体现了他"以韵律创造美"的思想。它写男子对已故佳人永恒的伤逝与怀念，体现了他悲剧美的思想。男子与乌鸦的对话围绕一个中心即失去了的永不会再来，突出了主题思想，着重表现男子的心理过程，取得单一、强烈的效果。

此外，这首诗最重要的特点是它是一首哥特式诗，充满了哥特式元素。哥特小说起源于 18 世纪后期的英国，盛行于维多利亚时代，主要表现恐怖、神秘、厄运、死亡和颓废情绪，故事多发生在教堂、古堡、墓穴、地道以及幽灵鬼怪出没的哥特式建筑里，是西方惊险、神秘小说的典型。

爱伦·坡是美国哥特小说的大师和先驱。《莉盖亚》(*Ligeia*,1838)、《厄舍古屋的倒塌》(*The Fall of the House of Usher*, 1839)等是他哥特小说的代表作。爱伦·坡在《乌鸦》中首次把哥特式元素运用于诗歌。乌鸦黑色，一般被认为是不祥之物。在这首诗里，它来自阴间，传播阴间的信息。它重复同样一句话，虽然答非所问，令人难懂，却也应景。整首诗阴沉、忧郁，充满幻灭与哀伤，将象征主义和忧郁美表现到了极致，具有极强的感染力。

在这首诗中，主人公（诗人）因失去丽诺尔而深陷痛苦之中。诗人把丽诺尔描写成爱与美的象征。通过午夜一个黑色、神秘而恐怖的乌鸦闯入室内和与它的对话，表现他的痛苦与思念、孤独与寂寞，恐惧与不安的复杂情感，形象生动、阴森、恐怖，给读者留下强烈、深刻的印象。

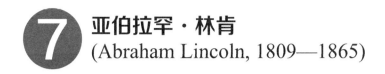

7 亚伯拉罕·林肯
(Abraham Lincoln, 1809—1865)

亚伯拉罕·林肯是美国政治家、战略家，第 16 任总统。1862 年，他颁布《宅地法》。该法规定每个美国公民缴纳 10 美元登记费，便能在西部获得 160 英亩土地，连续耕作 5 年之后，就可成为这块土地的主人。这一措施从根本上消除了南方农奴主夺取土地的可能性，同时也满足了农民对土地的迫切需求。林肯在 1863 年 1 月 1 日颁布《解放黑人奴隶宣言》，宣布从该宣言发布之日起，解放黑奴，废除各州的奴隶制，解放了的黑奴可以应召参加联邦军队。维护联邦统一是林肯政府的纲领口号，是南北战争的至上目标。这些政策有力地保证了南北战争的胜利。

林肯出生在肯塔基州哈丁县一个贫苦的农民家庭，父母是英国移民后裔。1816 年，林肯全家迁到印第安纳州的西南部，以开荒种地为生。他 9 岁时，母亲去世，由于家贫，他只上过 4 个月小学，当过河上渡工、种植园工人、店员、石匠等。他靠刻苦自学，积累了包括诗歌、法律等多方面的知识。他还当过土地测绘员、律师、州议会辉格党领袖。1846 年当选为众议员，后参加共和党，成为该党主要领袖，1860 年 11 月 6 日当选为总统。南北战争结束后 5 天，在华盛顿剧院，林肯遭南方奴隶主指使伶人暗杀身亡。

1863 年 11 月 9 日，林肯在葛底斯堡国家公墓落成仪式上演说，哀悼在长达 5 个半月葛底斯堡战役中阵亡的将士。演说稿只有 10 句话、272 个字，声称"这个国家以自由为理想，信奉所有人生来平等的原则……后来者应该献身于他们留给我们的伟大任务……"演说言简意赅，成为美国历史上最短、最伟大的演说之一。演说稿为美国国会图书馆收藏，还被铸成金文存于牛津大学。该演说稿被列为美国历史三大文献之一。2006 年，林肯被美国权威期刊《大西洋月刊》评为影响美国 100 位人物第一名。2008 年，英国《泰晤士报》对 43 位美国总统"最伟大总统"进行排名，林肯列为第一。

My Childhood's Home I See Again

My childhood's home I see again,
   And sadden with the view;
And still, as memory crowds my brain,
   There's pleasure in it too.

O Memory！ Thou midway world
   'Twixt earth and paradise,
Where things decayed and loved ones lost
   In dreamy shadows rise,

And,freed from all that's earthly vile,
   Seem hallowed, pure, and bright,
Like scenes in some enchanted isle
   All bathed in liquid light.

As dusky mountain please the eye
   When twilight chases day;
As bugle-notes that, passing by,
   In distance die away；

As leaving some grand waterfall,
   We, lingering, list the roar—
So memory will hallow all
   We've known, but know no more.

Near twenty years have passed away

Since here I bid farewell

To woods and fields, and scenes of play,

And playmates loved so well.

Where many were, but few remain

Of old familiar things;

But seeing them, to mind again

The lost and absent brings.

The friends I left that parting day,

How changed, as time has sped！

Young childhood grown, strong manhood gray,

And half of all are dead.

I hear the loved survivors tell

How nought from death could save,

Till every sound appears a knell,

And every spot a grave.

I range the fields with pensive tread,

And pace the hollow rooms,

And feel (companion of the dead)

I'm living in the tombs.

又见童年的家乡

又见童年的家乡，
看见好伤悲；
当记忆仍盘旋在脑中央，
快乐也在心里。

啊，记忆！你人生路已近半，
处于尘世与天堂之间。
这里事物凋敝，亲人失散，
在幽梦中出现。

摆脱所有尘世的恶劣，
才显出神圣、纯洁与光亮，
像魔幻岛上的景色，
一切沐浴着明亮的阳光。

像苍茫的山色赏心悦目，
当傍晚追逐白天，
像号角吹过，
在远处失散。

像离开某个大瀑布，
我们流连忘返，仍听见它的吼叫，
所以，记忆会将一切化为神圣
那些我们曾熟知的，但已不再知晓。

近二十年已经过去，

从我告别此地，

告别树林、田野和游玩的场地，

还有如此深爱的游戏伴侣。

那里许多熟悉的陈年往事，

所存不多，几近于零。

一旦看见它们，

逝者、缺席者又在脑海浮沉。

别时的朋友变化多么大，

随着时日飞快溜走，

孩子成大人，壮汉白了头，

而且一半已魂归西土。

我听见亲爱的幸存者告诉我

面对死亡，多么无能为力，

只听到丧钟哀鸣，

只见坟墓遍地。

踏着忧郁的步子，我漫游田间，

踱步在空荡的房间，

感觉到（与死者相伴），

我正生活在坟墓里面。

赏 析

　　林肯曾向约翰逊解释说，这首诗是他1844年秋天与另一总统候选人亨利·克莱竞选总统时，访问南印第安纳他儿时的朋友和邻居后写的。经朋友帮助，1847年该诗在杂志上匿名发表。

　　这是诗人阔别家乡近20年后所写的一首缅怀家乡、朋友、亲人的思乡曲。童年的家已空荡无人，世事变迁，沧海桑田，熟人多已作古。诗人的母亲和妹妹就埋葬在这块土地上，儿童相见不相识，往事如烟，感慨万千，无限惆怅。诗歌表现了诗人对失去的童年的惋惜和对逝者的无限怀念。林肯的童年是在伊利诺伊斯的边境地区度过的，他参加过耕作放牧，干过各种活。西部的森林、山水、鸟兽使他眷念，方言和故事传说深深地留在记忆里。林肯虽然早年丧母，但继母慈爱，鼓励他读书学习，家庭和谐温暖。他诚实宽厚，乐于助人，受到邻里、朋友信赖。这一切都值得林肯去回忆。

　　在这首诗里，林肯回首往事，有悲有喜，有世事艰难、尘世的恶劣，有大自然的美好和纯真的友谊，反映了当年美国的现实生活。诗中也谈到死亡及对死亡的思考，思想明晰，亲切感人，文字简朴，不用生僻华丽的辞藻、复杂的句式结构，像说话一样抑扬顿挫，有韵律节奏，表现普通人的情感，直接触动读者的心灵，表现了一个伟人的普通人情怀。

8 奥利弗·温德尔·霍姆斯
(Oliver Wendell Holmes, 1809—1894)

霍姆斯是美国医生、著名作家，被誉为美国 19 世纪最佳诗人之一。他在剑桥出生，是诗人安妮·布雷兹特里特的后人，在波士顿上层文人绅士中长大，与朗费罗、罗威尔一样是波士顿绅士集团的中坚人物。1836 年在哈佛大学获医学博士并担任过达特茅斯和哈佛大学的解剖学教授，是美国医学史上有建树的医生，他在与传染疾病作斗争中有突出贡献，有多部医学著作。霍姆斯业余从事写作，在当时的文坛影响很大，给他带来极高的声誉。

他的代表作有《早餐上的独裁者》(*The Autocrat of the Breakfast-table*, 1858)、《早餐桌上的教授》(*The Professor at the Breakfast-table*, 1866)、《早餐桌上的诗人》(*The Poet at the Breakfast-table*, 1872)。《执事的杰作》一诗 (*Deacon's Masterpiece*, 1858) 讽刺卡尔文教的逻辑和神学，把它比喻为一匹马拉的四轮马车，有一天会突然垮掉，成为美国文学百年经久不衰的诗篇。霍姆斯是《大西洋月刊》的创办者和撰稿人，他的主要文学成就是他后来编辑成册的散文、小品。他以善意的嘲笑生动描写英格兰的人和事，反映现实生活，也逗乐读者。他用古典风格写社会诗，反映他的保守主义和对 18 世纪英国文学向往的社会理想。他的大部分诗歌都是即兴诗，多写民事、婚庆、生日、殡葬等。

Old Ironsides

Ay, tear her tattered ensign down!
　　Long has it waved on high,
And many an eye has danced to see
　　That banner in the sky;
Beneath it rung the battle shout,
　　And burst the cannon's roar;—
The meteor of the ocean air
　　Shall sweep the clouds no more!

Her deck, once red with heroes' blood
　　Where knelt the vanquished foe,
When winds were hurrying o'er the flood,
　　And waves were white below,
No more shall feel the victor's tread,
　　Or know the conquered knee;—
The harpies of the shore shall pluck
　　The eagle of the sea!

O, better that her shattered hulk
　　Should sink beneath the wave;
Her thunders shook the mighty deep,
　　And there should be her grave;
Nail to the mast her holy flag,
　　Set every thread-bare sail,
And give her to the god of storms,—
　　The lightning and the gale!

老铁甲舰

哎，把她破旧的舰旗扯下，
她在空中已飘了很久，
多少双眼睛随着她转动，
仰望那面旗帜飘在空中。
旗帜下曾爆发出战斗的呼叫
和隆隆炮声的怒吼和呼啸——
海洋上空的流星
再也不会掠过云层！

英雄鲜血染红过的甲板，
跪着被打倒了的敌人，
当海风迅即掠过狂涛，
海水白浪滔滔，
再也感知不到胜利者的脚步声，
或被征服者的屈膝求饶——
岸上的残酷、贪婪的恶鸟
将拔去海鹰的羽毛！

啊！最好将这破损老旧的船，
沉在海浪下面，
她的轰鸣声曾震惊浩瀚的海面，
那里就该是她的墓园；
把她神圣的旗帜钉在桅杆上，
挂上每一面破旧的风帆，
把她交给暴风骤雨之神，
交给闪电、狂风和雷鸣！

赏 析

1830 年，美国为了实现海军现代化，决定拆除一批老旧的军舰，绰号"老铁甲舰"的宪法号炮舰也在拆除之列。

"老铁甲舰" 1797 年开始服役，参加了 1812 至 1815 年英美贸易、边界之争引发的战争，这被认为是美国的第二次独立战争。1812 年 8 月 19 日，它战胜了英国皇家海军 HMS Guerriere, 又在 12 月击败了 HMS Sava 及其他几艘英国军舰，并俘获了几艘商船，立下了显赫战功，让美国人民信心大增，欣喜若狂。

21 岁正在大学就读的霍姆斯出于对"老铁甲舰"战功的赞扬及表达对它被拆除的不满，在 1830 年写下了这首诗。这首诗深受读者喜爱，广为传播，使他一举成名。他在《老铁甲舰》这首诗里热情歌颂、赞美在第二次独立战争中乘风破浪，威武雄壮，立下显赫战功的老铁甲炮舰，同时表现他的爱国精神及对革命和革命传统精神的高度赞扬。由于该诗的发表，"老铁甲舰"得以免于拆除。这首诗是名篇，直至现在，各类美国文学选集都有编选此诗。

9 赫尔曼·梅尔维尔
(Herman Melville, 1819—1891)

梅尔维尔是 19 世纪美国伟大的小说家、诗人，他开创了美国海洋文学。他的代表作《白鲸》(又名《莫比迪克》)被誉为美国文学史上的经典杰作和"捕鲸业的百科全书"。梅尔维尔出生在一个有名望的商人家庭，因为父亲破产，15 岁那年，他不得不辍学自谋生计，当过银行职员、农场工人、教师和水手。1839 年，他到一艘往返于纽约和英国利物浦之间的轮船上当服务员，开始了长达 5 年的海上生活，足迹遍及四大洋，曾流落到塔希提岛和马吉萨斯岛，还在美国军舰和捕鲸船上工作过。他的生活经历为他日后的创作提供了丰富的素材。他的作品有《泰比》(*Typee*, 1846)、《奥穆》(*Omoo*, 1847)、《马尔迪》(Mardi, 1847) 和《莱德博恩》(*Redburn*,1849)。1851 年他完成小说《白鲸》等，共写了 7 部海洋小说，以及几部诗集。

梅尔维尔生前生活潦倒，没有引起人们重视。20 世纪 20 年代起，他的文学才能被文学界重新发现，从而确立了他在美国文学史上的地位。

Misgivings

When ocean-clouds over inland hills

Sweep storming in late autumn brown,

And horror the sodden valley fills,

And the spire falls crashing in the town,

I muse upon my country's ills—

The tempest bursting from the waste of Time

On the world's fairest hope linked with man's foulest crime.

Nature's dark side is heeded now—

(Ah! optimist-cheer disheartened flown)—

A child may read the moody brow

Of yon black mountain lone.

With shouts the torrents down the gorges go,

And storms are formed behind the storm we feel:

The hemlock shakes in the rafter, the oak in the driving keel.

疑虑不安

当海上的风云布满内陆的群山,

褐色的晚秋刮起强风暴雨,

有水渍的山谷充满恐惧,

城里的高屋尖塔纷纷落地。

我沉思国家的诸多顽疾——

暴风雨从荒漠的时空来袭,把世界最美的希望砸得粉碎,连同人间肮脏的罪孽。

大自然阴暗的一面，而今引人注意——
（啊！使人沮丧的乐观者的欢呼声已烟消云散）——
那边孤寂黑山的忧郁容颜，
孩子也许能一目了然。
急流从峡谷咆哮、怒吼而出，
我们感到阵阵暴风雨紧跟其后，
铁杉木椽子在抖动，航船飞驰的龙骨在摇晃松动。

赏　析

　　这首诗发表于 1860 年，当年反对蓄奴制的林肯被选为美国第 16 届总统，南卡罗来纳州退出了联邦政府，紧接着有另外六个南方蓄奴州也宣布退出并组成南方联盟。第二年，美国内战打响。诗人梅尔维尔于内战前夕写下这首诗，感到山雨欲来风满楼，战争很快就要爆发，国家即将分裂，但无人能阻挡这历史的潮流。梅尔维尔对普通人、特别是对受苦的黑人充满同情，认为蓄奴制是美国的顽疾，但他对战争充满怀疑。他说过"内战可能被证明是一场可怕的悲剧，它将证实进步和人道的诗人希望通过用'恐怖和虔敬教育我们整个亲爱的国家'"[1]。他认为最美的希望——民主，还有肮脏的罪恶——蓄奴制都会因战争而被捣毁，所以他感到疑虑不安。

　　这是一首非传统的抑扬格、五音步的十四行诗，按 ab_abacc, dbabdee 押韵，表现激越的情感。诗人把小城比喻为美国，海上的风暴欲来，有黑云压城城欲摧的预感。这风暴指即将到来的美国内战 (the Civil War)。诗人怀疑战争会毁了人们的希望，当然也会荡涤肮脏的罪孽，即蓄奴制，国家会处于动荡分裂，国家这艘航船处于危险之中。诗中用了自然意象、比喻和像田园诗般的语言 (pastoral language)。

[1]《哥伦比亚美国诗歌史》，外语教学与研究出版社，1993，第 59 页。

The Portent

Hanging from the beam,
    Slowly swaying (such the law),
Gaunt the shadow on your green,
    Shenandoah!
The cut is on the crown
(Lo, John Brown),
And the stabs shall heal no more.

Hidden in the cap
    Is the anguish none can draw;
So your future veils its face,
    Shenandoah!
But the streaming beard is shown
(Weird John Brown),
The meteor of the war.

前　兆

悬挂在绞刑台上，
慢慢地摇晃 (岂有此理的法律)，
干枯身躯的影子投在空旷的草场，
谢南多厄河！
伤口在头上，
(瞧！约翰·布朗)，

刺伤再也不会治愈。

有罩子把头遮盖，

痛苦之状无人能描画，

就这样，你的将来戴上了一层面纱，

谢南多厄河！

但你飘动的长须，

（预言者，约翰布朗），

显示战争像流星将至。

赏 析

这首诗写美国南北战争前，激进的废奴主义者约翰·布朗（1800—1859）于1859年10月16日带领21人（其中包括他2个儿子）的小队伍，攻击并占领弗吉利亚的哈伯斯渡口，仅用了几个小时便俘虏了全部驻军，控制了整个镇，还擒获了当地几个庄园主，派人解放了庄园里的黑奴。后来，政府军赶到，把他们被包围在军火库，经过一天一夜的激战，大部分战士牺牲，布朗受伤，他的2个儿子也英勇牺牲。州法院审判布朗，以杀人罪、叛国罪对他施以绞刑。刑场就在弗吉利亚的谢南多厄河畔。布朗的英勇就义鼓舞了广大民众纷纷加入反奴隶制的队伍，美国的南北战争于1861年爆发，持续到1865年。麦尔维尔同情黑奴、反对奴隶制度及其法律，歌颂英雄布朗，把他们的行动视为南北战争的前兆。

10 沃尔特·惠特曼
(Walt Whitman, 1819—1892)

　　沃尔特·惠特曼生于纽约长岛，父亲是农民、木匠，因家贫，只上过五六年学。他当过差役、排字工人、乡村教师、报社编辑等工作。他爱好文学，读过大量的包括莎士比亚、弥尔顿等人的作品。

　　他支持、参加黑人解放运动，内战时期，以志愿者身份救治成千上万的伤员。他以精心创作的《草叶集》享誉世界。该诗集 1855 年初版时虽然只有短短的 12 首诗，在美国却引起了轩然大波，在很长一段时间里受到攻击、诋毁和谩骂，但也有赞扬之声，并为越来越多的人 所理解和支持。该诗集多次再版，内容不断充实，直至 1892 年作者逝世前，共再版了 9 次，收录的诗作增加到 400 多首。

　　《草叶集》出版后不几天，爱默生就写信表示赞扬与祝贺。他说："我发现这是迄今美国出版的最具非凡才识和智慧的作品。我极为惊喜，我发现无与伦比的事物写得无与伦比地好，就像它们本来应该的那样……我在你伟大事业开始之际祝贺你。"[1] 在英国，在威廉·罗塞蒂的帮助下，1868 年《惠特曼诗选》在伦敦出版并受到桂冠诗人丁尼生的赞赏。惠特曼的朋友威廉·奥康纳于 1886 年告诉惠特曼，说他"被评论者认为是当今最伟大的美国本土诗人"[2]。海伊·肯纳在论及威廉斯时也说惠特曼的《草叶集》是美国诗歌的一座高峰。160 多年过去了，文学评论家对惠特曼从不同的角度、不同方面展开评论，认为他是民主诗人、革命诗人、民族诗人、未来诗人，美国现代文学的先驱等，也有从诗歌形式、自由诗体、语言风格、象征手法等方面进行分析评论的。常耀信先生在他 2008 年撰写

---

[1] Randall Keenan, *Monarch Notes, Walt Whitman's Leaves of Grass*（New York: Monarch Press, 1965）, p.9.

[2] Randall Keenan, *Monarch Notes, Walt Whitman's Leaves of Grass*（New York: Monarch Press, 1965）, p.5.

的《美国文学简史》（英文版）中说的"美国现代诗人如 T. S. 艾略特和庞德，若无惠特曼也就不能成为现在的他们"[1] 是有道理的。庞德曾说："当我写东西时，我发现自己在使用惠特曼的韵律、节奏。"[2] 他还说："读一个人的作品（指惠特曼的作品），明知他的技巧不像我的，却很容易地就把它们做成是我的，这是件极妙的事（a great thing）。"[3]

惠特曼影响了庞德，还影响了威廉斯、克莱恩、桑德堡、金斯堡等一大批美国现代诗人，使美国诗歌迅速崛起并引领潮流。1922 年，鲁迅在他主编的《奔流》杂志上刊登了金溟若先生翻译的《草之叶》，并称赞他"勇敢地完成了这工作是很不易得之事"[4]。惠特曼的诗从五四运动时期进入中国，他是"迄今为止对中国新诗影响最大的一位美国诗人"[5]。

《草叶集》影响了中国众多的现代作家如郭沫若、田汉、闻一多、何其芳、艾青、徐迟等，其中郭沫若的《女神》就是以惠特曼为榜样而写的。这里选译了《草叶集》中 10 首有代表性的短诗同读者一起欣赏，以期能窥见该诗集的一些特点。

[1]　常耀信:《美国文学简史》(第三版，英文版)，南开大学出版社，2015，第 95 页。

[2]　Edited by Roy Harvey Pearce, *Whitman A Collection of Critical Essays*（London: Prentice-Hall, Inc., 1962）, p.9.

[3]　Edited by Roy Harvey Pearce, *Whitman A Collection of Critical Essays*（London: Prentice-Hall, Inc., 1962）, p.10.

[4]　李野光:《惠特曼研究》，漓江出版社，1988，第 570 页。

[5]　同上。

One's-Self I Sing

One's-Self I sing, a simple separate person,
Yet utter the word Democratic, the word En-Masse.

Of physiology from top to toe I sing,
Not physiognomy alone nor brain alone is worthy for the Muse, I say
The Form complete is worthier far,
The Female equally with the Male I sing.

Of Life immense in passion, pulse, and power,
Cheerful, for freest action form'd under the laws divine,
The Modern Man I sing.

我歌唱一个人的自身

我歌唱一个人的自身，一个单纯而独立的人，
然而要说出"民主"这个词，"全体"这个词。

我歌唱从头到脚的生理学，
不单纯是外貌和头脑配得上缪斯，
我说整个形体更值得歌咏，
我歌唱女性与男性平等。

我歌唱现代人，
对生活无限热情，充满激情和力量，

合乎神圣的法则，因最大的自由行动而快乐。

赏 析

　　《铭言集》共有 24 首诗，是《草叶集》的卷首词，是全诗集的总纲，从中可以窥见诗集的主要思想内容及艺术特点。

　　《我歌唱一个人的自身》是《铭言集》中的第一首诗，它告诉我们诗人主要是写人，写现代人，写女人和男人，写男女平等，是提倡民主思想和站在全人类的立场来歌唱人的伟大和力量，歌唱自由、平等和博爱。惠特曼主张人人平等，one's-self 意即 everyone's self，尊重每一个人，不是特别对待特殊的人。En-Masse 是法语，指全体、群众，除了赞美人的思想和智慧，诗人从生理学即科学的角度来赞美人的形体，认为人体是更加值得赞美的。惠特曼是第一个赞美物质和人的形体的诗人。

　　这首诗的第一节讲个体与集体。强调个体的独立性，同时也强调集体的重要，个体与集体交融，个体价值与集体民主于一体。第二节是对人体的全面赞美。不仅是相貌和头脑值得赞美，而是人体的每一个部分都值得赞美，值得尊重。这是在当时环境及条件下观念的突破。把女性和男性放在平等的地位，体现了惠特曼的性别平等的意识和观念。第三节歌颂现代人。热爱生命，对生活充满激情、自由而快乐，诗人认为这是自然而神圣的。从这首诗可见惠特曼心胸之宽阔，格局之宏伟。

I hear America Singing

I hear America singing, the varied carols I hear,

Those of mechanics, each one singing his as it should be blithe and strong,

The carpenter singing his as he measures his plank or beam,

The mason singing his as he makes ready for work, or leaves off work,

The boatman singing what belongs to him in his boat, the deckhand singing on the steamboat deck,

The shoemaker singing as he sits on his bench, the hatter singing as he stands,

The wood-cutter's song, the ploughboy's on his way in the morning, or at noon intermission or at sundown,

The delicious singing of the mother, or of the young wife at work, or of the girl sewing or washing,

Each singing what belongs to him or her and to none else,

The day what belongs to the day—at night the party of young fellows, robust, friendly,

Singing with open mouths their strong melodious songs.

我听见美国在歌唱

我听见美国在歌唱，唱着各种赞美欢乐的歌，

我听见机械工人在歌唱，每个人唱自己认为是快乐、铿锵有力的歌，

木工在丈量木板或横梁时唱他自己的歌，

泥瓦工在准备上班下班时唱自己的歌，

船工在船上唱属于他自己的歌，水手在汽船甲板上唱自己的歌，

鞋匠坐在凳子上唱，制帽人站着唱，

伐木工、犁田小伙晨早开始工作时一路唱，午间休息时唱，日落收工时唱，

母亲或年轻的妻子工作时，女孩在缝补浆洗时唱着甜美的歌，

每个人都在唱属于他或她自己而不属于别人的歌，

白天唱白天的歌——夜晚一群年轻人，强壮、友善，唱属于夜晚的歌，

放声高唱他们铿锵有力又悦耳的歌。

赏　析

这是《铭言集》中的另一首诗，是一首对劳动和劳动人民的赞歌。惠特曼出生在一个农民家庭，只受过五六年正规教育。他酷爱学习，博览群书，自学成才。他对劳动人民有着深厚的感情，看到他们无限的创造力和对国家的贡献，因此讴歌他们，表现了他对祖国和人民的热爱。

他认为每一个人做他自己的工作，不仅为自己获得尊严，而且为国家作出贡献，是国家建设重要的一部分，值得赞扬和歌唱。19世纪30—60年代，美国工农业迅速发展，基本上实现了工业化，资本主义处于上升阶段，诗人对国家和未来充满信心，表现了他的乐观主义精神。

这首诗赞美劳动、赞美劳动人民。他听见各行各业的劳动者在劳动中欢乐地唱着自己的歌。劳动不仅是一种谋生的手段，而且是一种充满活力和创造力的行为，是一种需要。这首诗反映了当年美国资本主义处于上升阶段社会蓬勃向上的景象，也表现了诗人对社会民主、和谐及对自己国家和人民的热爱与赞美。

Song of Myself, 1

I celebrate myself, and sing myself,

And what I assume you shall assume,

For every atom belonging to me as good belongs to you.

I loafe and invite my soul,

I lean and loafe at my ease observing a spear of summer grass.

My tongue, every atom of my blood, form'd from this soil, this air,

Born here of parents born here from parents the same, and their parents the
   same,

I, now thirty-seven years old in perfect health begin,

Hoping to cease not till death.

Creeds and schools in abeyance,

Retiring back a while sufficed at what they are, but never forgotten,

I harbor for good or bad, I permit to speak at every hazard,

Nature without check with original energy.

自己之歌 (1)

我赞美我自己，歌唱我自己，

我担载的，你也担载，

因为属于我的每个原子，也同样属于你。

我闲游并邀灵魂同游，

我安闲游荡，俯身看一片夏草。

我的舌头，每滴血的原子都由这泥土、空气形成，

父母生我在这里，同样父母生在此，他们的父母也生在此，

我现在三十七岁，身强力壮，开始歌唱，

希望永不止步，直至生命结束。

搁置宗教教义和学派争议，

暂且退后，对如其所是满意，但绝不忘记，

我包容好、坏，不顾风险，我允许

用最原始的活力述说自然，永不停止。

赏　析

　　《自己之歌》是惠特曼 1855 至 1892 年间创作的作品，是《草叶集》中最长的诗，共 52 首 1346 行，经过反复修改，包含了作者的主要思想，也是诗集中最重要的诗之一。这里选择了其中的第 1、10、48、52 首诗，包含了诗集中几个重要主题和思想：

　　（1）物质与精神，理想与实际，灵魂与肉体的一致与统一；

　　（2）真理最能从观察自然中获得；

　　（3）上帝无处不在；

　　（4）生命不因死亡而终止；

　　（5）无论财产和社会地位怎样不同，男女都是平等的；

　　（6）任何经验，无论大小都对人的成长有帮助。

　　第一首诗一开始就指出人的自我与其他所有人的自我一致，人人平等，四海之内皆兄弟。灵魂与我同游、同在，灵魂到底是什么，可能不单纯指思想和精神而指上帝，爱默生的宇宙之超灵，表现了作者的神秘唯心主义的一面。小草和泥土具有象征意义：草象征芸芸众生，我们"来自尘土，回归尘土"，成为小草而获得新生，暗含了作者生死轮回的观念。诗人包容好、坏是受了万物精神平等、普遍人性论的思想影响。诗人如此述说自然，表明他是崇尚自然的。

Song of Myself , 10

The runaway slave came to my house and stopt outside,

I heard his motions crackling the twigs of the woodpile,

Through the swung half-door of the kitchen I saw him limpsy and weak,

And went where he sat on a log and led him in and assured him,

And brought water and fill'd a tub for his sweated body and bruis'd feet,

And gave him a room that enter'd from my own, and gave him some coarse
   clean clothes,

And remember perfectly well his revolving eyes and his awkwardness,

And remember putting plasters on the galls of his neck and ankles;

He staid with me a week before he was recuperated and pass'd north,

I had him sit next me at table, my fire-lock lean'd in the corner.

自己之歌（10）

一名逃亡的黑奴来到我的住屋，并在屋外停留，
我听见他的动作弄得柴堆上的树枝噼啪作响。
透过半掩半开的厨房门，我看见他筋疲力尽、四肢无力，
我走到他坐的木头旁，带他进屋，保证他安全。
我倒了满满一桶水，让他擦洗汗流浃背的身子和受伤的脚腿，
腾给他一间从我房间进入的房间，给了他几件干净的粗布衣裳。
我清楚地记得他转动着双眼和局促不安的神情，
还清楚地记得给他的颈子和脚踝涂上药膏。
同我住了一周，他恢复了健康，就去了北方，
用餐时，我总让他坐在我身旁，角落里倚放着我的火枪。

赏　析

　　惠特曼反对蓄奴制，废除蓄奴制和停止内战是他诗歌的重要主题，这在他的《桴鼓集》和《林肯总统纪念集》中都有表述。美国内战前，南方种植园的黑人奴隶受到非人的待遇，大量逃往加拿大和北方自由州，但大多数人都被抓获或被击毙。按照南方的法律，包庇、窝藏逃亡者是有罪和要受到惩处的。惠特曼不仅同情黑人，反对种族歧视和种族迫害，而且不顾危险保护逃亡的黑奴。除给予热情接待，还准备好枪支以备不时之需，表现出了一个勇敢战士的高大形象。

　　惠特曼在《自己之歌》中使用自由体诗的形式，摆脱传统格律的束缚，诗行长短不一。诗行之间不存在严格的押韵规律，接近口语化的表达方式能够更自然地表达思想感情，增强了诗歌的真实性和亲切感。这首诗以第一人称为叙述主体展开；"我"的行动贯穿始终，如"我听到""我看到""我走到""我给他"这种重复的叙述，更好地展现了人性的善良和同情心。

Song of Myself, 48

I have said that the soul is not more than the body,

And I have said that the body is not more than the soul,

And nothing, not God, is greater to one than one's self is,

And whoever walks a furlong without sympathy walks to his own funeral

drest in his shroud,

And I or you pocketless of a dime may purchase the pick of the earth,

And to glance with an eye or show a bean in its pod confounds the learning

of all times,

And there is no trade or employment but the young man following it may

become a hero,

And there is no object so soft but it makes a hub for the wheel'd universe,

And I say to any man or woman, Let your soul stand cool and composed

before a million universes.

And I say to mankind, Be not curious about God,

For I who am curious about each am not curious about God,

(No array of terms can say how much I am at peace about God and about

death.)

I hear and behold God in every object, yet understand God not in the least,

Nor do I understand who there can be more wonderful than myself.

Why should I wish to see God better than this day?

I see something of God each hour of the twenty-four, and each morning
   then,

In the faces of men and women I see God, and in my own face in the glass,

I find letters from God dropt in the street, and every one is sign'd by God's
   name,

And I leave them where they are, for I know that wheresoe'er I go,

Others will punctually come for ever and ever.

自己之歌（48）

我说过灵魂不比肉体更优越，

我也说过肉体不比灵魂更重要，

对人而言，没有事物，包括上帝，比自己更伟大，

百步行，不带同情，是穿着寿衣向自己的葬礼进行，

我或你身无分文可购买世上所选精品，

瞥上一眼或显示豆荚中的一粒豆子就能挫败所有年代的学问，

没有年轻人从事行业或工作不能成为英雄，

没有柔软之物不能成为旋转宇宙之中心，

我对男人或女人们说，要让你们的灵魂

在大千世界保持泰然和冷静。

我对人类说不要对上帝好奇，

因为我对人人好奇，对上帝并不好奇

（毋需大串词语就能说我与上帝和死亡多么和平）

在每件事物中，我听到、看到上帝，然而对上帝，我却全然不理解，

我不知道有谁比我更神奇。

干吗要想比现在更清楚地看到上帝?

二十四小时中的每小时、每个早晨,我能看见上帝,

在男人或女人脸上,我看见上帝,在镜中我自己的脸上,我看见上帝,

我发现投在街上来自上帝的书信,每封都有上帝的签名,

我把它们留在原来的地方,因为我知道无论我走到哪里,

永远有其他来鸿准时降临。

赏 析

在这首诗里,惠特曼提出了他自己的"十诫":①灵魂不比肉体优越;②肉体不比灵魂更重要;③任何事物,包括上帝不比自己重要;④没有同情心等同走向死亡;⑤不用资本、金钱买一切,因为大地可以生产一切;⑥人的感觉经验往往胜过科学知识;⑦任何人做世间平凡的工作可以成为英雄;⑧没有事物不重要或小到不能成为宇宙的中心;⑨世上难以置信的差异、变化是自我的差异、变化的扩展;⑩在大千世界中,让你的灵魂保持冷静、镇定。

惠特曼是在歌颂人,正如莎士比亚所说,人是"万物的灵长,宇宙的精华"。他认为人是有神性的,人比上帝还要伟大,上帝不值得好奇,我们人本身就够神奇的。他认为人有我和灵魂两部分,即身体和灵魂两部分。这两部分是同等重要的,身体包裹着灵魂,灵魂通过身体而得到表现和反映,两者相辅相成,缺一不可。这对宗教认为肉体低贱、丑陋是有力的批判。他的这一思想在《亚当的子孙》和《芦笛集》中有详细的表述。

Song of Myself, 52

The spotted hawk swoops by and accuses me, he complains of my gab and
  my loitering.

I too am not a bit tamed, I too am untranslatable,
I sound my barbaric yawp over the roofs of the world.

The last scud of day holds back for me,
It flings my likeness after the rest and true as any on the shadow'd wilds,
It coaxes me to the vapor and the dusk.

I depart as air, I shake my white locks at the runaway sun,
I effuse my flesh in eddies, and drift it in lacy jags.

I bequeath myself to the dirt to grow from the grass I love,
If you want me again look for me under your boot-soles.

You will hardly know who I am or what I mean,
But I shall be good health to you nevertheless,
And filter and fibre your blood.

Failing to fetch me at first keep encouraged,
Missing me one place search another,
I stop somewhere waiting for you.

自己之歌（52）

一只斑驳的苍鹰猝然降落附近，把我指控、埋怨，
说我四处游荡，高谈阔论。

我毫不驯服，也很难捉摸，
我在世界的屋脊之上，发出粗狂的叫喊声。

白昼最后的飞云为我停留，
它把我的模样投射到其他云后，像别的云一样真实，
扔在幽暗的旷野之上，
它诱我走向烟雾和薄暮。

我化为空气离开，对逃跑的太阳抖动我的卷发，
在旋风中播撒我的血肉，把它装在丝绸皮袋中，任其漂流。

我把自己馈赠给泥土，从我喜爱的小草中获得新生，
假如你还需要我，就在你的鞋底把我找寻。

你很难知道我是谁或我说的是什么，
但无论如何，我有益于你的身体，
我会净化、增强你的血液。

开始找不到我，不要泄气，
一处找不着，再到其他地，
我在某处停留等着你。

赏 析

　　这是《自己之歌》中的最后一首诗，是对诗人人生旅程的总结，有点像是告别世界，交代后事的遗嘱。诗人受到苍鹰的责备，也受到鼓舞，一改往日的沉寂，站在世界的屋脊上疾声高呼。他首先指出，对于有些人对他和《草叶集》的指控和埋怨是错误的，他不能苟同与屈服，并且要把他的思想、观点立于最高处，向世界宣布，发出呐喊，表现了诗人不屈的战斗精神。这首诗讲生与死，认为死并不可怕，死不等于一切灭亡，死后生命仍以某种形式存在。诗人死后，读者仍可以在某处、在他的著作里找到他，这个说法是对的。但诗人受印度教生死轮回的影响认为人死后可以获得新生，"从我喜爱的小草获得新生"也反映了他认同回归尘土、与宇宙等同合一的神秘主义观点。惠特曼把生命看成是一个周而复始、循环往复的过程，认为生与死并非截然对立，而是相互依存、相互转化的，死亡是生命的另一种形式，是回归自然，走向永恒。他的这种生死观使他能超越对死亡的恐惧，更加珍惜生命，更加积极、乐观地面对生活。

Miracles

Why, who makes much of a miracle?

As to me I know of nothing else but miracles,

Whether I walk the streets of Manhattan,

Or dart my sight over the roofs of houses toward the sky,

Or wade with naked feet along the beach just in the edge of the water,

Or stand under trees in the woods,

Or talk by day with any one I love, or sleep in the bed at night with any one I love,

Or sit at table at dinner with the rest,

Or look at strangers opposite me riding in the car,

Or watch honey-bees busy around the hive of a summer forenoon,

Or animals feeding in the fields,

Or birds, or the wonderfulness of insects in the air,

Or the wonderfulness of the sundown, or of stars shining so quiet and
    bright,

Or the exquisite delicate thin curve of the new moon in spring;

These with the rest, one and all, are to me miracles,

The whole referring, yet each distinct and in its place.

To me every hour of the light and dark is a miracle,

Every cubic inch of space is a miracle,

Every square yard of the surface of the earth is spread with the same,

Every foot of the interior swarms with the same.

To me the sea is a continual miracle,

The fishes that swim — the rocks — the motion of the waves — the ships
    with men in them,

What stranger miracles are there?

奇　迹

噢，谁特别重视奇迹？
对我而言，除了奇迹，不知道还能有什么别的东西，
无论我行走在曼哈顿的街道，
还是一眼越过楼房的屋顶朝向天空，
还是光着脚沿着海滩边缘蹚水，
或是在林中的树下站立，
或是白天与我爱的人交谈，或夜晚与所爱的人同床共眠，
或与其他人同桌进餐，
或乘车望着对面的陌生人，
或观察蜜蜂夏日午前在蜂房周围忙个不停，
或看见牲畜在田间野岭放牧吃草，
看见鸟儿或昆虫在空中飞舞，美丽可爱，
观日落美景或看静谧、明亮，闪闪发光的星星，
或看春天里一弯纤细精美的新月；
这些和其他的，所有这一切，对我而言都是奇迹，
它们彼此关联又泾渭分明，各居其位。

对我而言，白天黑夜，每一刻都是奇迹，
每一立方英寸空间都是奇迹，
地面每平方码展现同样的东西，
内陆每英尺土地充满奇迹。

对我而言，大海是奇迹的继续，
游鱼、岩石、浪涌、载人的船只是奇迹，
难道还有奇迹比这些更神奇？

赏 析

　　惠特曼重视奇迹，他认为眼观世界，到处都是奇迹，奇迹并不在那些稀奇古怪、高不可攀的事物中，而在于平凡的人的生活和事物中。神奇、伟大来自平凡，就像英国诗人布莱克所说的"一颗沙粒看出一个世界 / 一朵野花里一个天堂"[1]。

　　这首诗首先写人的日常生活，如同朋友逛街、坐车、吃饭、睡觉都是美好的，都是奇迹，因为人本身是奇迹，人能创造奇迹。另外，自然界是奇迹，动植物、日月星辰、陆地海洋是奇迹，自然给我们提供物品和精神食粮、制造奇迹。惠特曼的平凡事物中的奇迹观，表现他对平凡事物的赞美和珍视，拓宽了人们对奇迹的认知范围。说明他以一种平等的视角看待世间万物，消除了传统观念中平凡与伟大、自然与人文之间的界限。什么是奇迹? 奇迹也可以是那些想象不到、不平凡的事。惠特曼认为探索未知永无止境。他还认为人和自然背后都是有精神和灵魂的，这精神和灵魂是奇迹，他所重视和探求的也正是这个奇迹。

　　这首诗体现了诗人特有的平行、重复 (首语字词重复)、以行为单位、不跨行等特点。全诗像一个人在滔滔不绝地即兴演说，表现思想意识的流动，一气呵成，气势磅礴。诗中使用了许多自然意象包括大海、星星、月亮、蜜蜂及人文意象如街道、房屋、餐桌等，展现了一个充满奇迹的世界。

---

[1]　出自布莱克《天真的预言》前四句："To see a world in Grain of sand/And a Heaven a Wild Flower / Hold Infinity in the palm of your hand / And Eternity in an hour/"。

I Sit and Look Out

I sit and look out upon all the sorrows of the world, and upon all oppression
   and shame,

I hear secret convulsive sobs from young men at anguish with themselves,
   remorseful after deeds done,

I see in low life the mother misused by her children, dying,neglected, gaunt,
   desperate,

I see the wife misused by her husband, I see the treacherous seducer of
   young women,

I mark the ranklings of jealous and unrequited love,attempted to be hid, I see
   these sights on the earth,

I see the working of battle, pestilence, tyranny, I see martyrs and prisoners,

I observe a famine at sea, I observe the sailors casting lots who shall be
   kill'd to preserve the lives of the rest,

I observe the slights and degradations cast by arrogant persons upon
   laborers, the poor, and upon negroes, and the like；

All these—all the meanness and agony without end I sitting look out upon,
   See, hear, and am silent.

我坐观世界

我坐观世界所有的悲哀、压迫和耻辱，
我听到年轻人因痛苦私下里抽泣，因做过的事悔恨不已，
我看见下层社会母亲被儿子疏忽、虐待，骨瘦如柴，绝望中奄奄一息，
我看见妻子被丈夫虐待，我看见奸诈的骗子拐骗年轻女子，

我注意到企图隐瞒嫉妒产生的怨恨，单恋产生的痛苦，看见世上诸多痛楚场景，

我看见战争在进行、瘟疫在蔓延、暴政草菅人命，我看见受难者和被囚禁的犯人，

我观察海上一次饥馑，只见水手们抽签决定谁被杀以保存其他人生命，

我看见傲岸之人用轻蔑、不屑一顾的眼神瞥向劳工、穷人、黑人等，

所有这一切——这一切卑劣行径和人民无尽的苦痛，我坐而尽收眼底，

看到了，听到了，唯有沉默，无言以对。

赏 析

惠特曼说过："百步行不带同情，是穿着寿衣向着自己的葬礼进行。"[1] 这首诗里作者同样表现了他对受压迫与受损害者的深切同情与恻隐之心。美国南北战争后，随着垄断资本的形成，社会的贫富悬殊、社会矛盾、阶级矛盾及种族歧视日益加剧，使得诗人感到坐立不安，正如鲁迅先生所说："惠特曼面临唱不出歌的危机。"[2] 惠特曼从乐观、浪漫转向现实，面对残酷的现实，他不再唱赞歌而转向写精神方面的东西。美国人民受到的压迫、痛苦、不公，以及种种不人道的社会状况，诗人没有视而不见，但他无言以对，唯有沉默，这表现了他的无奈与愤怒。这首诗里作者使用首语重复、平行的方法，每行都写"我看见"，或"我听到"以表现他对美国社会极大的关注与强烈的不满，可谓语重心长。

---

[1] 出自惠特曼《自己之歌（48）》："And whoever walks a funlong without sympathy walks to his own Funeral drest in his shroud."

[2] 洪振国:《〈草叶集〉中的人体美和性描写》,《外国文学研究》1993 年第 1 期。

A Noiseless Patient Spider

A noiseless patient spider,

I mark'd where on a little promontory it stood isolated,

Mark'd how to explore the vacant vast surrounding,

It launch'd forth filament, filament, filament, out of itself,

Ever unreeling them, ever tirelessly speeding them.

And you O my soul where you stand,

Surrounded, detached, in measureless oceans of space,

Ceaselessly musing, venturing, throwing, seeking the spheres to connect
  them,

Till the bridge you will need be form'd, till the ductile anchor hold,

Till the gossamer thread you fling catch somewhere, O my soul.

一只默不作声而坚韧的蜘蛛

一只默不作声而坚韧的蜘蛛，

我注意它孤独站立在一个小小的海洲，

注意它如何在浩瀚无垠的大海周围探索，

他吐出一根又一根细丝，从自己体内，

蛛丝不停地延展，它不知疲倦，快马加鞭。

而你，啊，我的灵魂！你处于

被无边无际、宽阔的大海隔绝、包围，

你不停地沉思、冒险、抛掷，寻找领域连结它们，

直到你需要的桥梁架通，可拉长的锚已锁住，

直到你抛出的游丝有地方挂住，啊，我的灵魂！

赏　析

　　惠特曼虽与劳动人民广泛接触和交往，也有不少朋友，但正如他的《草叶集》难懂一样，懂他的人并不多。他终生未娶，少有家庭幸福。南北战争中，他接触、护理成千上万伤员，因劳累而致病残，晚年贫病交加，生活孤独。诗里描写的蜘蛛是个孤独而顽强的伟大探索者形象，它默默地、不知疲倦地吐丝织网连接广袤的世界。蜘蛛这个隐喻代表了说话人及其灵魂，代表个人要与世界连接。这首诗是惠特曼的自我写照。他要像蜘蛛一样，用他的诗歌在茫茫大海，在思想、灵魂领域架起桥梁，连结寰宇，虽然表现了他扩张主义的一面，但也显示了他的浩然之志和宏伟理想。不过，现今世界海上架设桥梁、开通隧道，使空间连通，就连太空旅行都已成为现实，但思想、灵魂的连接还有待努力。这首诗写个人与世界的关系、诗人对未来的畅想，表明他不甘于生活在孤独的世界中。

　　诗中的蜘蛛无声和耐心，是一个孤独与坚韧的形象。它不停地、不知疲倦地吐丝，表现了它持之以恒、坚韧不拔的精神。它在大海周围不停地探索，表现它对未知的领域积极主动地探索，有开拓精神。"我的灵魂"，像蜘蛛处于大海的隔绝于包围之中，反映了诗人的灵魂的孤独与迷茫。灵魂不断地沉思、冒险、寻找，像蜘蛛吐丝，一样坚韧不拔地在探索，两者呼应、产生共鸣，形成对比。

O Captain! My Captain!

O Captain! my Captain! our fearful trip is done,

The ship has weather'd every rack, the prize we sought is won,

The port is near, the bells I hear, the people all exulting,

While follow eyes the steady keel, the vessel grim and daring;

　　But O heart! heart! heart!

　　　O the bleeding drops of red,

　　　　Where on the deck my Captain lies,

　　　　　Fallen cold and dead.

O Captain! my Captain! rise up and hear the bells;

Rise up—for you the flag is flung—for you the bugle trills,

For you bouquets and ribbon'd wreaths—for you the shores a-crowding,

For you they call, the swaying mass, their eager faces turning;

　　Here Captain! dear father!

　　　This arm beneath your head!

　　　　It is some dream that on the deck,

　　　　　You've fallen cold and dead.

My Captain does not answer, his lips are pale and still,

My father does not feel my arm, he has no pulse nor will,

The ship is anchor'd safe and sound, its voyage closed and done,

From fearful trip the victor ship comes in with object won;

　　Exult O shores, and ring O bells!

　　　But I with mournful tread,

　　　　Walk the deck my Captain lies,

　　　　　Fallen cold and dead.

啊，船长！我的船长！

啊，船长！我的船长！我们可怕的航程已经终了，

航船经历千难万险，追求的目标已经达到，

港口已近，我听见了钟声，听见人民齐声欢呼，

千万人目不转睛盯着航船——它坚毅勇武，

但是啊，心啊！心啊！心啊！

啊，鲜红的血一滴滴流淌，

在我的船长躺着的甲板上，

他全身冰凉，已经死亡。

啊，船长！我的船长！起来吧！听听这钟声，

起来吧！旌旗在为你招展，号角在为你吹鸣，

为你献上了花束和飘着彩带的花环，为你人们挤满了海岸，

涌动的人群热切的面庞朝向你，对着你呼喊，

啊，船长！亲爱的父亲啊！

把头枕在这手臂上，

甲板上真是梦一场，

他全身冰凉，已经死亡。

我的船长没有回答，他双唇苍白，牙关紧闭，

我的父亲感觉不到我的手臂，没有脉动，没有意识，

航船已安全下锚，航程结束完好，

航船从可怕的航行胜利返航，目的已经达到。

欢呼啊，海岸！鸣响啊，钟声！

但是我步履蹒跚满怀悲情，

踏在我的船长躺着的甲板上，

他全身冰凉，已经死亡。

赏 析

  美国第16任总统林肯在1865年南北战争取得胜利后被刺身亡，震惊世界，举国哀痛。惠特曼写下了这首著名的诗篇，表达了人民群众的心声，情真意切，感人肺腑，广为流传，深受读者喜爱。这首诗把林肯比喻为美国这艘航船的船长。取得胜利后的航船驶进海港，人民群众在海岸欢呼庆祝的同时，惠特曼表达他对刺杀林肯者的深恶痛绝和对失去领袖的无限悲痛。

  诗歌除了在情感上有冲击力外，在表现形式上也有特色。惠特曼很少写格律诗，因为他认为这种形式不能完全表达他的思想。他受到意大利歌剧影响，喜欢大海，采用说话、演讲的形式写他的自由体诗，自由、奔放、流利、酣畅，具有散文诗的节奏和韵律，独具一格。庞德说："他（惠特曼）是用他人民的语言写作的第一伟人。""他就是美国，他就是他的时代和他的人民。"[1] 不过，《啊，船长！我的船长！》是他少有的几首格律诗中的一首。

  全诗三节，每节八行，每节前四行两行一韵，后四行隔行押韵，全诗每节最后一行重复，反复吟咏，是一首很好的挽歌。

  诗歌运用象征手法，将美国比作一艘航船，没有提到林肯的名字，把他比作船长，把维护国家统一和废除奴隶制度的斗争比作艰险的航程，是象征手法。惠特曼曾用小草象征芸芸众生和生命不息，用紫丁香象征爱和再生，用芦笛象征坚毅，等等，被誉为"象征诗人"。

  此诗选自《草叶集》。《草叶集》内容丰富，含义深刻，庞德认为"从惠特曼那里比从别的作家可以学到更多美国19世纪的东西"，他又说："惠特曼之于我的祖国有如但丁之于意大利。"[2] 批评家刘易斯·蒙福特1926年说："惠特曼不只是一个作家，他几乎就是文学家。"[3]

[1] 李野光:《惠特曼研究》，漓江出版社，1988，第565、570页。

[2] Roy Harvey Pearce, *Whitman A Collection of Critical Essays*（London: Prentice-Hall, Inc., 1962），p.8-10.

[3] 惠特曼:《草叶集》，楚图南、李野光译，人民文学出版社，1988，第35页。

11 弗朗西斯·艾伦·沃特金斯·哈珀
(Frances Ellen Watkins Harper, 1825—1911)

哈珀是美国黑人女作家、诗人、演说家和政治活动家。她出生在马里兰的（Maryland）巴尔的摩市（Baltimore）一个自由黑人的家庭，3岁时父母去世，由叔父抚养成人。她13岁开始自食其力，当过教师，积极参加反奴隶制活动，为黑人争取民权，到处发表演说，20多岁时便成了家喻户晓的人物。她的第一部诗文集《林叶集》（*Forest Leaves*）于1845年出版，第二部诗集《杂诗集》（*Poems on Miscellaneous Subjects*）于1854年出版，共出版了10部诗集。她的长篇史诗《摩西，尼罗河的故事》（*Moses, A Story of the Nile*, 1889) 用不规则的无韵体写成，把圣经故事中的摩西写成一个白人、黑人混血儿，他自主选择回去帮助他的受奴役的人民，取得很大成功。在哈珀有生之年，此书再版多次。她又是美国第一个出版小说的黑人女作家，小说有《两个提案》（*Two Offers*）、《伊俄拉·莱里伊》（*Iola Leroy*）、《米妮的献祭》（*Minnie's Sacrifice*）等。此外，她还写有许多演说名篇。由于哈珀撰写的大量报刊文章具有很大的社会影响力，她被称为"美国黑人新闻报道之母"。

哈珀是位多产作家，擅长使用诗歌、散文、小说、杂文等多种文学体裁，至今仍受到众多读者欢迎。她的作品大多描写种族和女性问题。她的诗歌清新流畅，悦耳动听，充满社会道德和种族理想。

Bury Me in a Free Land

Make me a grave where'er you will.

In a lowly plain,or a lofty hill,

Make it among earth's humblest graves,

But not in a land where men are slaves.

I could not rest if around my grave

I herd the steps of a trembling slave;

His shadow above my silent tomb

Would make it a place of fearful gloom.

I could not rest if I heard the tread

Of a coffle gang to the shambles led,

And the mother's shriek of wild despair

Rise like a curse of the trembling air.

I could not sleep if i saw the lash

Drinking her blood at each fearful gash,

I saw her babes torn from her breast,

Like trembling doves from their parent nest.

I'd shudder and start if I heard the bay

Of blood-hound seizing their human prey,

And I heard the captive plead in vain

As they bound afresh his galling chain.

If I saw young girls from their mother's arms

Bartered and sold for their youthful charms,

My eye would flash with a mournful flame,

My death-paled cheek grow red with shame.

I could sleep dear friends where bloating might

Can rob no man of his dearest right;

My rest shall be calm in my grave

Where none can call his brother a slave.

I ask no monument, proud and high,

To arrest the gaze of the passers-by,

All that my yearning spirit craves,

Is bury me not in a land of slaves.

把我埋入自由的国土

随便你把我埋在什么地方，

在低洼的平原或是高山上；

要把我埋在最低贱者的坟墓之间，

不要埋我在人们被奴役的国土上面。

我不能安息，假如在我的墓地，

听到颤抖的奴隶的脚步声，

他投在我静寂的坟上的阴影，

会给这地方蒙上可怕的愁云。

我不能安息，如果我听见踏地声，

是用锁链串在一起的奴隶被押向屠宰厅，
且母亲绝望的尖叫，
像诅咒在空中颤动、缭绕。

我不能入睡，如果我看见，
皮鞭在每个可怕的伤口把血吸舔。
我看见婴儿在她胸口被夺走，
就像被拖出母巢的鸽子在颤抖。

我会战栗、惊起，如果我听到，
猎狗抓到人时的狂叫，
听到被抓者求救无效，
他们又将她套上可恨的镣铐。

如果我看见年轻女孩离开母亲的怀抱，
去交易，出卖她们的青春美貌，
我的眼会发出愤怒的火光，
我死灰般的面颊因羞耻而发烫。

我睡的地方，亲爱的朋友，再高的权势，
不能夺走任何人宝贵的权利。
我要在墓地里平静休息，
那里没有人敢叫兄弟们奴隶。

我不要让令人骄傲的、高大的纪念碑，
吸引过路行人的注意。
我思慕的灵魂所有的渴望；
就是不要把我埋葬在奴隶的国土上。

赏析

《把我埋入自由的国土》用第一人称写成。诗中的"我"要求死后被埋在没有奴隶制压迫，没有权贵，人人平等的地方。

诗人要求埋葬在最低贱的人中间，那里没有奴隶走过，没有成队的奴隶被送去屠宰场，没有婴儿从母亲的怀里被夺走，没有酷刑，没有妇女被迫卖淫，揭露了奴隶制的种种罪行和社会弊端，表现了诗人反对奴隶制、种族歧视，要求获得解放、民主、自由的思想。全诗共八节。第二、三、四节的第一句"我不能安息"强调诗人对黑人的现状感到忧虑不安，死后不能安身，死不瞑目。每节诗按 aabb 押韵，语言简洁，通俗易懂，音乐性强。

这首诗创作于 1858 年，当时奴隶制在美国仍广泛存在，尤其是在南方地区，奴隶们遭受着非人的待遇。随着社会的发展，废奴运动逐渐兴起。哈珀是一位坚定的废奴主义者，这首诗揭露了奴隶制的残酷和不人道，反映了诗人对自由、平等的追求与对奴隶制的批判。

Song for the People

Let me make the songs for the people,

　　Songs for the old and young;

Songs to stir like a battle-cry

　　Wherever they are sung.

Not for the clashing of sabres,

　　For carnage nor for strife;

But songs to thrill the hearts of men

　　With more abundant life.

Let me make the songs for the weary,

　　Amid life's fever and fret,

Till hearts shall relax their tension,

　　And careworn brows forget.

Let me sing for the little children,

　　Before their footsteps stray,

Sweet anthems of love and duty,

To float o'er life's highway.

I would sing for the poor and aged,

　　When shadows dim their sight;

Of the bright and restful mansions,

　　Where there shall be no night.

Our world, so worn and weary,

Need music, pure and strong,
To hush the jangle and discords
Of sorrow, pain, and wrong.

Music to soothe all its sorrow,
Till war and crime shall cease;
And the hearts of men grown tender
Girdle the world with peace.

为人民歌唱

让我为人民写歌，
歌唱老人和年轻人；
歌声无论在哪里响起，
像战斗号角，鼓舞人心。

不写刀剑的撞击，
不写争斗，不写残害，
但写激励人心的歌，
使人们生活丰富多彩。

让我为疲惫的人写歌，
使生活的焦虑与忧患
和紧张的心情得以和缓，
愁眉得以换笑颜。

让我为孩子们唱歌，
使他们日后免入歧途。

唱甜蜜的爱情和忠于职守，
歌声飘荡在人生的大路。

我要为穷人和老人歌唱，
当阴影模糊了他们的双眼，
我要歌唱明亮和悠闲的寓所，
那里没有夜的黑暗。

我们的世界多破旧，令人厌倦，
需要清纯、强烈的和音
让丛林平静，纷争失声，
悲伤、疼痛和冤屈消失殆尽。

音乐抚慰所有的悲痛，
让战争结束，犯罪停手，
人心变得温柔敦厚，
寰宇共享和平繁荣。

赏 析

《为人民歌唱》是一首公共诗，诗人希望用诗和歌声激励人民为正义、和平而斗争，给人以安慰和鼓舞。

这首诗表达了诗人对人民的深切热爱，同时也很好地反映了她的诗学观。在为什么人写作这一点上，她明确指出是为人民，特别是为穷人，为劳苦的、忧伤的人写作。在怎样写上，她认为要写鼓舞人、激励人，能使人缓解痛苦、抚平心中伤痕，具有正能量，有道德意义的诗。在诗歌的社会功能方面，她认为诗歌能驱散黑暗，带来光明，甚至结束战争，给世界带来和平与繁荣。整首诗二、四句押韵。在那个年代，诗人具有如此先进、正确的观点是很独到的，表现了她的人道主义思想。不过，她在诗中说"不写刀剑的撞击 / 不写争斗，不写残害/"，也表现了她的温和一面，体现了她的局限性。

哈珀出身于黑人家庭（父母是自由的非裔美国人）。当时美国社会存在严重的种族歧视和奴隶制度，她渴望通过诗歌来表达对种族平等的追求及对黑人同胞苦难的同情，希望用诗歌给苦难中的人们带来安慰和希望，给世界带来和平，让生活更美好。哈珀作为一名黑人女性作家发出这样的呼吁更具社会意义。

12 艾米莉·狄金森
(Emily Dickinson, 1830—1886)

狄金森被认为是美国最伟大的女诗人，与惠特曼同是 19 世纪诗歌成就最高的诗人。她不受传统诗歌的约束，大胆创新，生前写有诗歌 1775 首，书简 1649 件。她的诗歌短小，诗中使用比喻、意象，描写内心世界，影响了庞德、艾米·洛威尔、艾略特等诗人。1915 年，意象主义诗人艾米·洛威尔说："美国诗歌在内战结束时处于停滞状态，尽管停滞，但还有一个细小的声音，这细小的声音就是现代主义的先驱。"艾米指的就是狄金森。狄金森是美国现代主义诗歌的先驱。

狄金森 1830 年生于马萨诸塞州的阿默斯特乡村一个有名望的家庭，祖父是阿默斯特学院的创建人之一，父亲是有名的律师、国会议员，掌管阿默斯特学院的财务达 40 年之久。狄金森在阿默斯特中学毕业，在校期间，她性情活泼开朗，爱开玩笑。毕业后，她在邻近的霍里约克女子神学院 (Mont Holeyoke Female Seminar) 学习了一年。除短期旅行去过波士顿、首都华盛顿外，她一直留在父亲有着大花园的住宅里，终生未嫁，埋头读书、写诗，与亲友书信交往，过着修女似的生活。她生前发表了的 7 首诗，均为友人背着她投稿的。她去世后，经人整理，她的诗稿于 1891—1896 年陆续出版；1894 年，她的书信也开始出版，使得她被国人发现。直至 1955 年，由托马斯·H.约翰逊编辑的《艾米莉·狄金森全集》出版，《艾米莉·狄金森书信集》于 1958 年出版，让人们在 20 世纪重新发现了艾米莉·狄金森这位天才女诗人。

狄金森的诗用词简洁、凝练，常用短小精悍的诗句表达深刻的思想和丰富的内涵。在诗的格律方面有所创新，基本采用四行一节的形式，常将抑扬格四音步与三音步相间，偶行押韵，类似赞美诗体，但不拘泥于此，诗的节奏比较灵活。她使用破折号起到停顿、转折的作用，给读者留下思考空间。她的诗不设标题，多以诗的首行作为标识，以增加诗的神秘性和解读的多样性。

'Death sets a thing significant'(360)[1]

Death sets a thing significant
The eye had hurried by,
Except a perished creature
Entreat us tenderly

To ponder little workmanships
In crayon or in wool,
With "This was last her fingers did," —
Industrious until—

The thimble weighed too heavy—
The stitches stopped themselves—
And then 't was put among the dust
Upon the closet shelves—

A book I have, a friend gave—
Whose pencil, here and there—
Had notched the place that pleased Him,—
At res—His fingers are—

Now—when I read—I read not—
For interrupting tears—
Obliterate the etchings
Too costly for repairs.

---

[1] 括号中的数字代表《狄金森诗集》(1775 首诗) 诗的编号，下同。

"死亡使某事具有意义"（360）

死亡使某事具有意义，

那事物曾经匆匆看过一眼，

除非某个死者温和地

恳请我们

考量小巧的手工艺品

无论铅笔画还是羊毛编织，

心想"这是她最后的手笔"——

勤奋工作，直至——

顶针太沉重——

缝线自动停止——

随后被放进

衣橱架上积满灰尘的废品堆里——

我有一本书，是朋友给的——

他用铅笔——这里——那里——

在他喜欢的地方画上印记——

他的手指就停留在此——

如今——当我在读时——我读不下去——

因为纷扰的泪水不止——

涂抹了这些痕迹

太昂贵，没法补回。

赏 析

　　狄金森在这首诗里说，人死后留下的遗物，哪怕是最小、最不起眼的东西，譬如一幅铅笔画、一件毛线制品，都可能是很有意义的纪念品。它是一个象征，表现他的劳作和付出的努力，能唤起人们对他的缅怀和记忆。所以人死后的某些遗物特别有意义，如烈士的遗物、博物馆珍藏的展品等。人死后，无论职位高低，贡献大小，开个追悼会，寄托人们的哀思很有必要。这首诗每节2、4行押韵，1、3行不押韵。

　　这首诗写睹物思人，看见逝者留下的物品，如一幅画、一件织品、一本书，会引起很多关于此人的联想，甚至热泪盈眶、难以平静，表达了对逝者深切怀念这种人之常情。这首诗也表现了诗人在感叹生命的易逝与无常及对生命这一宏大主题的思考。

'Hope is the thing with feathers'(254)

Hope is the thing with feathers —

That perches in the soul—

And sings the tune without the words—

And never stops at all—

And sweetest in the gale is heard—

And sore must be the storm—

That could abash the little bird

That kept so many warm—

I've heard it in the chillest land—

And on the strangest Sea—

Yet, never, in Extremity,

It asked a crumb of me.

"希望是件有羽翼之物"（254）

希望是件有羽翼之物——

它栖息在灵魂深处——

唱没有歌词的曲谱——

从不停息歌喉——

在大风中——听到它——最甜蜜——

在暴风雨中想必极为猛烈——

它能使小鸟感到羞愧

而使许多人感受到暖意——

我听到它，在最寒冷的陆地——

和最奇妙的大海——

然而，在极其困难的境地，

它从不向我乞食一块面包皮。

赏　析

　　此诗强调信心、希望的重要性。希望是生命的源泉，生命的支柱。《庄子》说"哀莫大于心死"[1]，意即心灰意冷、没有希望是最大的悲哀。只要坚守理想和希望，无论什么痛苦都可化解，什么困难都可克服。

　　这首诗把希望比作一只长着翅膀、能飞翔的鸟，它栖息在人们的灵魂和内心深处。它的歌声最甜蜜，能消除你的忧愁和烦恼，能给你温暖。它能使你精神振奋，在"暴风雨""最寒冷的陆地""最困难的境地"，以及逆境中前进，并且希望"从不向我乞食一块面包皮"，表示它不求回报。

　　总的来说，这首诗歌颂希望，赞美它的力量与美好的品质，传达出希望在人生中所具有的重要意义。哪里有困难、失望，哪里就有希望，这首诗给了人们战胜困难的力量和勇气。

　　在19世纪60年代前后，狄金森经历了许多亲友的离世，包括表妹索菲亚·霍兰以及朋友本杰明·牛顿，还有美国内战1/5的士兵、60万人的死亡，人间的生离死别对她心灵产生很大的冲击，她可能想通过这首关于"希望"的诗来缓解内心的痛苦，并给他人以力量。

---

[1]　出自《庄子·田子方》："夫哀莫大于心死，而人死亦次之。"

'I died for beauty—but was scarce'(449)

I died for beauty, but was scarce

Adjusted in the tomb,

When one who died for truth was lain

In an adjoining room—

He questioned softly why I failed?

"For beauty," I replied.

"And I for Truth, themself are one;

We brethren are," He said.

And so, as kinsmen met a night,

We talked between the rooms,

Until the moss had reached our lips,

And covered up our names.

"我为美而死——但几乎来不及"（449）

我为美而死——但在坟墓里，

几乎没来得及适应，

其时，有位为真理而死的人

躺在毗邻的房间里——

他轻声问我为何失败？

"为了美。"我答道——

他说: "我为了真理——两者是一回事";

我们是兄弟。"

就这样，像亲戚在夜间相会，

我们隔墙交谈，

直到青苔长到了嘴边，

把我们的名字遮掩。

赏 析

  这首诗写两个死人在坟墓里交谈。狄金森笔下的死人是会说话的，是有生命的，这一点她继承了爱伦·坡哥特诗的传统。

  这是一首用对话体写成的寓言诗，两个坟墓里的人讨论美和真，为了美和真而死，宣称两者一致，是兄弟。真善美是一体的，人生、文艺创作要追求真善美，这与莎士比亚的观点一致。他们讨论"直到青苔长到了嘴边，把我们的名字遮掩"，表示这个问题很重要，一直探讨到嘴舌长了东西，说不出话，直到死，人们把他们的名字遗忘。其实，真善美就存在于我们的日常生活中，只要你细心去观察和体验。只要人人都做好事，善待他人，我们的生活之地就会是一个美好的地方。

  美和真是文学艺术，也是人生追求的目标，甚至为了美和真人们可以不惜牺牲生命。这是一个具有永恒价值的命题，以致两个为之奋斗的人，在墓室里长期讨论。美和真是一体、并不分割的，是精神层面两个重要的部分，是人们为它们可以献身的。诗人在诗中探讨这个问题，突显诗人思想的崇高与目标的伟大。

'This is my letter to the world'(441)

This is my letter to the world
   That never wrote to me, —
The simple news that Nature told,
   With tender majesty.

Her massage is committed
   To Hands I cannot see;
For love of her, sweet countrymen,
Judge tenderly of me!

"这是我写给世界的信"（441）

这是我写给世界的信
世界从不给我回答——
这是自然所告诉的简单消息，
以温柔、庄严的方法。

她的信息交托给了
我看不见的手中；
亲爱的同胞们，为了爱护她
请温和地将我评价！

赏 析

　　本诗中，信是一个象征，指诗人所有的诗，表明狄金森的诗是写给公众、写给世界的。除了诗歌，她给亲朋好友的书信留存的就有1000多封。她希望与社会、群众保持联系，并把读者当做亲朋好友，与他们交流思想。这首诗聚焦隔离、疏远和渴望融入群体，同时也表明她的诗来自对自然的观察和体会，来自生活。诗人写关于自然的诗有500多首，通过花草、蝴蝶、蜘蛛、苍蝇、蜜蜂等小东西或以天空、大地做对应物写刹那间的感受，给自然物以象征性和道德意义。她认为自然有两重性，既善良、仁慈，又险恶、残忍。既然是传达自然的信息，各种情况都可能会发生，还请读者评价时温和一些，诗人这样说也不失其幽默。

　　这首诗按民谣的格式写成，前半部分按abcb押韵，后半部分1、3行有变化，2、4行仍是按b押韵。诗中使用了拟人、头韵、中间停顿等修辞手法。

'My life closed twice before its close'(1732)

My life closed twice before its close;

  It yet remains to see

If Immortality unveil

  A third event to me,

So huge, so hopeless to conceive,

  As these that twice befell.

Parting is all we know of heaven,

And all we need of hell.

"我的生命终止前结束过两次"（1732）

我的生命终止前结束过两次；

然而它继续在看

　永生是否能

第三次对我展现。

像这样的事情两次发生，

　太严重，太无望，不敢去想象。

我们全部所知的天堂是死亡，

我们全部所需的是地狱。

赏 析

　　此诗被认为是一首爱情诗。狄金森虽终生未嫁，但也有过两次刻骨铭心的爱情经历。

　　她珍惜爱情，将爱情比作无价之宝，拥有它要以整个生命为代价，所以她说两次爱情的失败就是两次生命的死亡。她仍然渴望得到爱情，希望死后在永生中得到。人们只知道死后进天堂，但实际上是进坟墓——进地狱，表明了她的生死观。

　　狄金森的第一个情人是本杰明·牛顿，是一个学法律的学生，在她父亲的办公室工作。他把爱默生和其他有名作家的作品介绍给狄金森，使她走向文学创作的道路。1853 年，牛顿因病去世，年仅 32 岁。1854 年，狄金森遇见查尔斯·沃兹沃斯，是一个已婚的牧师，并与他相爱。1862 年，沃兹沃斯为了狄金森而离开美国，引发狄金森一年内写了 140 多首诗，并从那以后足不出户，过着隐居生活。

　　这首诗写两次短暂的死亡后，失去亲人的痛苦使说话人思考第三次最终的死亡及死后永生（immortality）的神秘去向：是去天堂，还是地狱，或什么都不是？结论是去地狱——进坟墓。

'Success is counted sweetest'(67)

Success is counted sweetest
By those who ne'er succeed.
To comprehend a nectar
Requires sorest need.

Not one of all the purple host
Who took the flag today
Can tell the definition,
So clear, of victory

As he defeated, dying,
On whose forbidden ear
The distant strains of triumph
Break, agonized and clear.

"成功是最甜蜜的"（67）

成功是最甜蜜的，
那些未成功者总这么认为。
有极其强烈的需要，
才能品出事物的甜蜜味道。

穿紫袍的大军中，
今日之举大旗者，

无一人能将

成功的定义说清。

只有当他被打败，即将死去——

失聪的耳不能听，

却能听到远处突发的

痛苦、明晰的凯旋之声！

赏 析

　　在本诗中，成功意味着达到预期的目标或效果，即在各类竞赛、战争中击败对手、敌人，从而取得胜利。

　　成功使人高兴，感到甜蜜。这首诗大胆提出一个似是而非、相互矛盾的观点（paradoxical view），即最懂得胜利的意义的是那些失败了的人，战场上被打败了的、行将死亡的战士。也就是说，得到了的东西，你可能并不太珍惜、在乎它；缺少的、没有的东西，你更会渴望得到它。世事艰难，生活中不如意事十有八九，战场情势多变，胜败乃兵家常事，说明取得成功不容易。成功往往要经历无数次失败，不断总结经验教训，才能变失败为成功。付出的代价越高，得到的胜利越宝贵，越值得珍惜。

'I'm nobody! Who are you?'(288)

I'm nobody! Who are you?

Are you nobody, too?

Then there's a pair of us!

Don't tell! They'd banish us, you know.

How dreary to be somebody!

How public, like a frog

To tell your name the livelong day

To an admiring bog!

"我是无名小卒！你是谁？"（288）

我是无名小卒！你是谁？

你也是无名小子？

正好，我们是一对——莫吱声！

你知道，他们会广而告之。

做个大人物，太索然无味！

像只青蛙，太招摇过市

整天地宣扬自己——

对着羡慕的池子！

赏 析

本诗是一首戏剧独白的哲理诗。狄金森是位大诗人，却把自己放在无名小卒的地位，愿与无名小卒为伍，与绝大多数普通的老百姓画等号，表现了她洁净的灵魂、高尚的品德。她要求死后将其诗稿和书信付之一炬，说明她不慕荣利，不出风头，愿做无名英雄。她对招摇过市、吹嘘自己的所谓名人辛辣讽刺，有所不齿。

"我是无名小卒！"打了一个感叹号，表示说话者身为无名小卒很激动、自豪。她希望与同样的人为伍，所以不等答复，迫不及待地说"正好，我们是一对"。说话者对那些追名逐利、哗众取宠，喜欢在公众面前刷存在感的人很厌恶，把他们比作池塘里呱呱叫个不停的青蛙，很形象生动。全诗按 abcb, defe 押尾韵。

'Because I could not stop for Death'(712)

Because I could not stop for Death—

He kindly stopped for me—

The Carriage held but just ourselves—

And Immortality.

We slowly drove— He knew no haste

And I had put away

My labor and my leisure too,

For His Civility —

We passed the School, where Children played,

At Recess— in the Ring—

We passed the Fields of Gazing Grain,

We passed the Setting Sun—

Or rather—He passed Us—

The Dews drew quivering and chill—

For only Gossamer, my Gown—

My Tippet—only Tulle—

We paused before a House that seemed

A Swelling of the Ground;

The Roof was scarcely visible,

The Cornice but a Mround.

Since then—'tis centuries—and yet

Feels shorter than the Day

I first surmised the Horses' Heads

Were toward Eternity—

"因为我不能停下来去死"（712）

因为我不能停下来去死——

他好心为我停下来——

马车装载的不仅是我们自己——

还有永生在一起。

我们驾车缓行，他知道不用赶紧

而且我已抛下

我的工作和我的闲暇，

为了答谢他的殷勤——

我们路过学校，孩子们

课间休息，在操场围圈游戏——

我们路过谷物张望的田地，

我们走过，落日渐渐隐去——

倒不如说——他从我们身边走过 ——

露水颤抖扩散，并且严寒——

我的长袍——仅是薄丝——

我的披肩也是薄纱所做——

我们在一座房子前停下

它像一堆隆起的黄土；

屋顶很难看清，

檐板在土墩里。

从那后，数百年过去——然而

各自感觉它短过那一天

我首次猜到众马首

正朝永恒向前行走——

赏 析

　　本诗是用第一人称写成的。狄金森用第一人称写成的诗占其全部诗作的五分之一，但实际上不是指她自己。

　　诗中的"死亡"像是一位文质彬彬的绅士或骑士驾车前来接一位女士，去到一堆黄土前，同座的有"永生"。死亡就是永生、永恒，不是宗教所说的再生、轮回。这首诗通过对学校、田野、夕阳的描写，把人生写成一次旅行：从青少年到体弱的老年，从春秋到冬天，从日出到晚霞。人生就是一趟旅行、一个过程，死亡是归宿，坦然对待，没有什么可怕的。

　　这首诗把死亡比喻为赶车人、恋人，把人生比喻为一趟旅行，平静地对待死亡、享受死亡，心情愉悦，正面积极。但对于死后如何，诗人没有作说明，只是说死就是永恒。"马首正朝永恒走去"表示诗人对永恒的思考，死亡并非终结，而是通向永恒的必经之路。但永恒究竟是什么样的，诗人也没有说，显得有几分神秘感。此诗采用四行为一节，抑扬格、四音步与三音步相间，偶行押脚韵的赞美诗体；不拘泥于音步，不勉强押韵，多押近似韵、半韵、邻韵或不押韵。

　　狄金森的诗实际已成为一种松散格律的自由体诗歌形式。她的诗主要围绕自然情趣、生与死、友谊、爱情、读书写作等主题。据统计，她写有关自然和死亡的诗各有五百多首，有关爱情的诗近三百首。

'If I can stop one heart from breaking'(919)

If I can stop one heart from breaking,

I shall not live in vain;

If I can ease one life the aching,

Or cool one pain,

Or help one fainting robin

Unto his nest again

I shall not live in vain.

"如果我能使一颗心免于破碎"（919）

如果我能使一颗心免于破碎，

我就没有枉活此生；

如果我能宽慰一个痛苦的生命，

或者使其痛苦减轻，

或帮一只昏厥的知更鸟

重回旧窝，

我就没有枉活此生。

赏　析

　　这是一首比喻生动，思想深刻的小诗。它告诉我们人生的意义和价值或许不在于做了好大的、轰轰烈烈的事业，人若有同情、恻隐之心，有爱心，为他人着想，多做好事，就可以成为一个高尚的人和心安理得的人。在狄金森看来，善良、为他人的幸福和利益着想、帮人于危难之中就是成功的人生、有意义的人生。这首诗也说明诗人要有炽热的情感，给人安慰、快乐与鼓舞，传播正能量。这首诗在第一节里用了首语重复法（anaphora），重复"如果我能……我就没有枉活此生"加重语气，强调作者的决心。重复句式也形成了一种回环的节奏，读起来朗朗上口，具有音乐性。同时诗中也用了行中辅音重复（consonance）加强音乐效果，用暗喻等修辞手法拓宽诗的意蕴。

'Tell all the truth but tell it slant —'(1129)

Tell all the truth but tell it slant —

Success in circuit lies

Too bright for our infirm delight

The truth's superb surprise

As lightning to the children eased

With explanation kind

The truth must dazzle gradually

Or every man be blind.

"说出所有真理，但不要太直——"（1129）

说出所有真理，但不要太直——

成功在于曲折迂回

我们不稳定的欢欣承受不起强光闪烁

真理引起的极好惊奇

就像闪电雷鸣会吓坏孩子

须解释，好言安慰

真理须慢慢闪光、照亮

否则人的眼睛会失明灼伤。

赏　析

　　此诗是说真理光亮耀眼，如午间的太阳不能直视，即不是很容易被人理解、接受的。即使你掌握了真理，也必须用恰当的让人容易理解、接受的方式解释，方能收到好的效果，就像对孩子解释闪电、雷鸣一样。真理（真相）往往有强大的冲击力，人们接受、理解有一个过程，需要用一种委婉、渐进的方式，以便人们逐步地去认识和接纳。文学评论家普遍认为这是一首关于创作方法的诗。诗写得太直白虽然易懂，往往显得像白开水一样淡而无味，缺少诗味。写诗要把日常、大家熟悉的东西写出新意，就要从不同的视角用不同的方法表达。"tell it slant"就是用迂回（circuit）、不直说的方法。

　　狄金森之所以被誉为现代主义诗歌的先驱，就在于她在诗中大量使用隐喻、意象、象征等修辞手段，不直说，说此指彼，把抽象的东西具体化，缓缓、委婉道来，把真理和深层的意蕴揭示出来。不直抒胸臆，虚虚实实，甚至晦涩，给诗披上一层神秘的色彩，以此表现心理特征，这大概就是现代诗人所推崇的写法。

　　这首诗用了闪电这个意象表现真理（真相）强烈、耀眼、具有突如其来的震撼力，又用儿童象征他们的天真、单纯，对世界的认识和承受能力有限，用迂回、偏倚（slant）表示委婉、渐进的方式是合乎情理的，是成功之道。

'There is no Frigate like a book'(1263)

There is no frigate like a book

To take us lands away

Nor any coursers like a page

Of prancing poetry—

This traverse may the poorest take

Without oppress of toll—

How frugal is the chariot

That bears the human soul.

"没有一艘快帆船快得像一本书那样"（1263）

没有一艘帆船快得像一本书那样

能把我们带到离岸很远、很远的地方

也没有一匹骏马像一页诗——

能在纸上驰骋千里

这曲折的航路，最穷的人取道——

没有交税的压力和烦恼

四轮马车装载人类的灵魂

多么地节省！

赏 析

　　本诗谈论文学的力量，没有快船、骏马能像书本一样能把人类即刻送到另外一个真实或想象的世界，而且非常经济、便捷。书本象征知识、自由和力量。读书能使人获取知识，净化灵魂，走向远方、走向成功。狄金森认真读书看报，勤奋写作，所以获得成功。

　　她熟读莎士比亚、济慈、布朗宁、乔纳森·爱德华、托马斯·布朗、爱默生、爱伦·坡等作家的作品，吸取其精华，有所创新。这是一首用意象表达的告诫诗。理查德·休厄尔在评价狄金森时说："她是美国的老师，不仅希望治愈、安慰，而是教育人……她有一半的真实作品称得上'智慧的篇章'。"[1] 这首诗把读书比喻为乘坐快船和骑上骏马去到远方、探索未知，愉快又节俭，形象、生动，表现诗人对书籍的重视、对阅读的痴迷以及对知识所带来的精神满足之情。

---

[1]　引自 Helen Vendler(eds),*Voice and Vision*（New York: Random House,1987),p.53.

13 艾玛·拉扎勒斯
(Emma Lazarus, 1849—1887)

艾玛·拉扎勒斯是美籍犹太人，1849 年出生在纽约一个犹太人家庭。她的家族从殖民时期就定居在美国纽约。

艾玛是这个大家庭中 7 个孩子中的老四，父亲是糖商。家中雇有家庭教师，艾玛自幼受到良好的教育。她学习欧美文学，并懂得德语、法语、西班牙语、意大利语等多种语言。她的父亲在她 17 岁那年，为她印行了第一部著作《诗和翻译》（*Poems and Translation*）。19 世纪七八十年代，她在美国公开的报纸、杂志上发表诗歌、杂文、书信和短篇小说。

艾玛的作品引起拉尔夫·沃尔多·爱默生的注意。他们作为师生，一直以书信联系，直至 1882 年爱默生去世。她的诗歌《闪米特人之歌》(*Song of a Semite*) 和戏剧《死亡之舞》（*The Dance of Death*）于 1882 年发表。她为自由女神雕像所写的十四行诗《新巨像》1902 年被刻在雕像的内部铜板上，后来移到雕像的主要入口处，使她闻名于世。

艾玛对 20 世纪 30 年代被驱赶和受压迫的犹太人深表同情，并为死难者申冤，后加入救济美国难民的组织工作中。她早期的作品都以犹太民族为主题：捍卫犹太民族的信仰，诉说犹太人的苦难。她是最早成功和高度可见的犹太美国作家之一。

The New Colossus

Not like the brazen giant of Greek fame,

With conquering limbs astride from land to land;

Here at our sea-washed, sunset gates shall stand

A mighty woman with a torch, whose flame

Is the imprisoned lightning, and her name

Mother of Exiles. From her beacon-hand

Glows world-wide welcome; her mild eyes command

The air-bridged harbor that twin cities frame.

"Keep, ancient lands, your storied pomp!" cries she

With silent lips. "Give me your tired, your poor,

Your huddled masses yearning to breathe free,

The wretched refuse of your teeming shore.

Send these, the homeless, tempest-tost to me,

I lift my lamp beside the golden door!"

新巨像

不像新希腊著名钢铸的巨人，
用征服的双足骑跨两片土地；
在我们这海水冲洗沐浴着落日的大门里
将耸立一位伟大、手执火炬的女性。
这火是被禁锢的闪电。她的姓名
是流亡者之母。她手中的明灯闪示
对寰宇的欢迎；她温和的眼俯视
空运连接的海港两城。

"古老的陆地，保留你藏有的壮丽！"
她缄默双唇叫道："把你贫苦劳作
蜷缩，渴望自由的群体，
把你拥挤在海岸不幸的被遗弃者给我，
给我这些无家可归，风雨中漂泊的人！
我在金色大门旁举着火炬等您！"

赏 析

《新巨像》是指坐落在纽约湾内自由神岛（又名贝德罗岛）上的自由女神像。它是法国在美国建国 100 周年之际赠送的一尊代表自由的女性雕像。雕像于 1876 年开始建造，建造期间因资金短缺停工了一段时间，1886 年 10 月 23 日竣工。

自由女神像重 45 万磅，高 46 米，底座高 45 米。自由女神穿古希腊风格服装，头戴冠冕，右手高举象征自由的火炬，左手捧着《独立宣言》；脚下是打碎的手铐、脚镣，象征挣脱暴政的约束。1984 年，自由女神像被联合国教科文组织世界遗产委员会列入《世界遗产名录》。自由女神像代表自由、民主、文明与同情，反对征战；公元前约 280 年矗立在罗德港入口的太阳神阿波罗的青铜铸像被称为西方古代七大奇迹之一，它两腿分开横跨港口两地，让船只在它胯下穿过，在所征服的土地上大摆威风。两尊雕像的象征意义全然不同。

《新巨像》中的 "torch"（火炬）、"flame"（火焰）、"lightening"（闪电）、"beacon"（灯塔）、"lamp"（明灯），表明希腊神话中的普罗米修斯为人类盗来天火（闪电）。自由女神则要囚禁天火，点燃灯塔，为航船及迷路者指引方向。这也表明她接纳在苦难中煎熬、在大海及旅途漂泊的人群，给移民带来希望。诗中的 "golden gate"（金门）指希腊神话中的金世纪（the golden age），表明要走向一个没有压迫、没有苦难的金色世界，让人民过上幸福的生活。

这首诗用意大利式的十四行诗体写成，按 abba, abba, cdcdcd 的规律押韵。前 8 句是诗人所说，说明新旧雕像有所不同；后 6 句是新雕像所说，女神闭着嘴表明了她内心的呼唤与诉求，表明她是渴望自由，是风雨漂泊中的移民的保护神。

14 艾拉·惠勒·威尔科克斯
(Ella Wheeler Wilcox, 1850—1919)

艾拉·惠勒·威尔科克斯是美国诗人、记者，出生于威斯康星州的约翰斯顿。她被认为是美国 19 世纪末期最有影响、作品最畅销的诗人之一。她的几十部作品充满东方模糊的唯灵论，但在她那个年代仍然是非常传统的。

艾拉很小年纪就开始写诗，十几岁时在《韦弗利杂志》（*Waverly Magazine*）和《莱斯利周刊》（*Leslie's Weekly*）上发表诗歌，到中学毕业时已经是她所在州的著名诗人了。她曾就读于威斯康星大学，但仅一年后就离开，专心写作。22 岁时，艾拉出版了她的第一部著作《水滴》（*Drops of Water*）。她的著作《激情诗》（*Poems of Passion*, 1883）在短短 2 年内就销售了 6 万多册。她是一位多产作家，她的其他诗集包括《经验论》（*Poems of Experience*, 1910）、《和平诗》（*Poems of Peace*, 1906）、《贝壳》（*Shells*, 1873）。她还出版了小说集，包括《世界的女人》（*A Woman of the World*, 1904）、《甜蜜的危险》（*Sweet Danger*, 1892）、《双重生活》（*A Double Life*, 1890）、《马尔莫莱》（*Mal Moulee*, 1885）等。她出版了两部自传《世界与我》（*The Wold and I*, 1918）和《文学生涯的故事》（*The Story of a Literary Career*, 1905）。她的诗平实质朴、清新自然，韵律精美，意象典雅而纤丽，是她那个时代受人们欢迎的诗人。

Solitude

Laugh, and the world laughs with you;

　　Weep, and you weep alone.

For the sad old earth must borrow its mirth,

　　But has trouble enough of its own.

Sing, and the hills will answer;

　　Sigh, it is lost on the air.

The echoes bound to a joyful sound,

　　But shrink from voicing care.

Rejoice, and men will seek you;

　　Grieve, and they turn and go.

They want full measure of all your pleasure,

　　But they do not need your woe.

Be glad, and your friends are many;

　　Be sad, and you lose them all.

There are none to decline your nectared wine,

　　But alone you must drink life's gall.

Feast, and your halls are crowded;

　　Fast, and the world goes by.

Succeed and give, and it helps you live,

　　But no man can help you die.

There is room in the halls of pleasure

　　For a long and lordly train,

But one by one we must all file on

　　Through the narrow aisles of pain.

孤 独

你笑，世界与你同笑；
你哭，你独自哭泣。
因为这古老悲伤的世界有足够多的烦恼，
它必须把快乐借到。
你引吭高歌，山岳与你同唱；
你叹息，声音在空中消失。
欢歌才有回响，
忧愁之音会销声匿迹。

你快乐，有人来找你；
你悲哀，人们走开。
他们要你尽情欢乐，
不需要你烦恼和悲哀。
高兴，你朋友多多；
苦恼，你会把朋友全失掉。
没有人会拒绝你的美酒，
但生活烦恼的苦酒，你需要自饮自酌。

款宴，你家高朋满座；
斋戒，你门庭冷落。
成功又慷慨解囊，你得道多助，
但人要死，却无人能帮你。
欢乐的大厅容得下
气派十足、长列的宾客，
但我们也得依次排队
通过痛苦的狭窄教堂通道。

赏 析

《孤独》是艾拉最著名的作品，被读者选为最难忘的诗歌之一。这首诗是她在火车上看见一个悲伤流泪的女人，对她进行安慰后写成的，1883 年发表在《纽约太阳报》，收集在《激情诗》一书中。这首诗平易、流畅、押韵，具有音乐美，诗的头一句广为流传。这首诗表达的意思是笑比哭好，乐观比悲观好，尽管人生不如意事十有八九，最后得依次排队，通过狭窄的教堂通道去见上帝，表达了诗人乐观、豁达的生活态度。这首诗讲人是孤独的，讲个人与外界的关系。每个人都有快乐与忧愁，这两种情感或情绪有传导和反弹作用。痛苦忧愁，你自己忍受，把快乐与人分享是正面、积极的生活态度。

15 埃德加·李·马斯特斯
(Edgar Lee Masters, 1868—1950)

　　埃德加·李·马斯特斯，生于美国堪萨斯州一个律师家庭，在伊利诺伊州乡村长大，曾在克诺克斯学院就读一年，后在父亲的律师事务所学习，1892 年到芝加哥成为著名律师，退休后到纽约生活。他业余从事写作，1892 年出版《诗集》(*A Book of Verse*)，1902 年出版剧本《马克西米里恩》(*Maximilian*)。他的成名作是以伊利诺伊的一条河流而取名的诗集，叫《匙河诗集》(*Spoon River Anthology*, 1917)。他一生出版诗集、小说、传记 50 多部。后期，他写有《新匙河》(*The New Spoon River*, 1924)、《世界末日之书》(*The Doomsday Book*, 1920)、《新世界》(*The New World*, 1937)等，但其艺术成就及受欢迎程度都不及《匙河诗集》。在这部诗集里，他以埋葬在公墓里死者叙述的形式描写一个中西部小镇闭塞、沉闷的生活状态；写自杀、谋杀，不正当的婚姻和爱情，自私、奸诈等人们熟知的发生在邻里之间的不端的品行，把小镇的黑暗面揭露得淋漓尽致。使用自由诗体、散文式的语言，松弛而不失简洁。这部诗集多次再版，有文学评论家说也许没有诗集再版过这么多次。

167

The Unknown

Ye aspiring ones,listen to the story of the unknown

Who lies here with no stone to mark the place.

As a boy reckless and wanton,

Wandering with gun in hand through the forest

Near the mansion of Aaron Hatfield,

I shot a hawk perched on the top

Of a dead tree.

He fell with guttural cry

At my feet, his wing broken.

Then I put him in a cage

Where he lived many days cawing angrily at me

When I offered him food.

Daily I search the realms of Hades

For the soul of the hawk,

That I may offer him the friendship

Of one whose life wounded and caged.

无名氏

你们有抱负的人们，听听这个无名氏的故事，
他躺在这里，没有石碑标记。
他小时候就鲁莽顽皮，
手持一杆枪在树林里游来荡去，
在靠近艾伦·哈特菲尔德的宅地，
射中了一只秃鹰。
它栖息在一棵枯树的树顶，
随着喉咙发出粗哑的叫声，它落地
就落在我脚下，断了肢。
我把它放进鸟笼里，
在笼里许多天，它总生气地对我呱呱叫喊，
当我把鸟食放在它面前。
每天我搜索在黄泉区域，
为了找到秃鹰的灵魂，
以此我能奉献给它友谊，
因为我也曾伤害、囚禁它。

赏　析

　　这首诗选自诗人的《匙河诗集》。该诗集 1915 年初版时收有 215 首诗，次年再版扩充至 240 多首。这是一部以诗人生活过的彼得斯堡（Petersburg）和刘易斯顿（Lewiston）为原型塑造的中西部小镇匙河来命名的诗集。

　　随着 19 世纪末 20 世纪初美国工业化、城市化的兴起，匙河小镇的生产、生活方式开始转型，人们鼓吹物质主义、金钱至上，昔日小镇宁静、安适的田园生活被打破。人们的思想、道德观念、人际关系等产生了矛盾和变化。诗人以现实主义和讽刺的手法，让每首诗的不同死者讲述自己的故事，是一部现实主义、现代主义的杰作。初版时印刷了 19 次，此后再版了 70 多次，被翻译成多种文字，成为美国历史上一个里程碑。

　　在这首诗中，无名氏对生前被自己射伤了翅膀、被关在笼子里的一只秃鹰表示忏悔，表示自己是它的朋友、同类，生活中有着同样的遭遇，虽有理想抱负，但如断了翅的鸟飞不高，像笼中的鸟没有自由，反映了诗人对民主、自由的向往与追求，同时提醒活着的有抱负的人们要冲破牢笼，莫蹈无名氏的覆辙。

16 埃德温·阿林顿·罗宾逊
(Edwin Arlington Robinson, 1869—1935)

　　罗宾逊生于美国内战后国家重建和快速发展变化时期，这个时期占主导地位的价值观是不断增长的物质利益。罗宾逊被认为是这个过渡时期的重要诗人，是在惠特曼和庞德等现代派诗人之间承上启下的诗人。他用传统的诗歌形式评价现存社会，包含先验论和清教成分。他生于缅因州一个商人家庭，自幼爱好诗歌，曾在哈佛大学上过两年学，因家业衰落而辍学。

　　罗宾逊 1896、1897 年自费出版了两部诗集，1902 年诗体小说《克雷格上尉》(*Captain Craig*) 出版。罗斯福总统欣赏他，帮助他在海关谋得关检员一职，就像皮尔斯总统帮助霍桑在海关谋得检验员职位一样。罗宾逊的著作还有《河上的城镇》(*The Town Down the River*, 1910)、《衬托着天空的人》(*The Man Against the Sky*, 1916)、《埃冯的收成》(*Avon's Harvest*, 1921)和《诗集》(*Collected Poems*,1921) 等。第一次世界大战后，罗宾逊得到读者重视并影响包括弗罗斯特等众多诗人。20 世纪 20 年代，他 3 次获得普利策诗歌奖，仅少于弗罗斯特（弗罗斯特 4 次获得此奖）。

Richard Cory

Whenever Richard Cory went down town,

We people on the pavement looked at him:

He was a gentleman from sole to crown,

Clean favored, and imperially slim.

And he was always quietly arrayed,

And he was always human when he talked;

But still he fluttered pulses when he said,

"Good -morning," and he glittered when he walked.

And he was rich—yes,richer than a king—

And admirably schooled on every grace;

In fine, we thought that he was everything

To make us wish that we were in his place.

So on we worked, and waited for the light,

And went without the meat, and cursed the bread ;

And Richard Cory, one calm summer night,

Went home and put a billet trough his head.

理查德·科里

每当理查德·科里来到镇上，
人行道上的人都要把他张望。
他从头到脚一副绅士模样，
外表干净、斯文、庄重，身材修长。

他穿着总是那么高雅、素净，
谈吐又温暖，富有同情心。
道声早安，让人心动起敬，
走起路来光彩照人。

他富有，是的，富过王侯——
他优雅、教养有素，令人羡慕不已。
总之，他什么都拥有，
让我们梦想处于他的境地。

就这样我们夜以继日地工作，等待好运来临，
每天食无肉，把面包诅咒。
但理查德·科里在一个宁静的夏夜里，
回到家里，一颗子弹打穿了自己的头。

赏　析

　　罗宾逊以写叙事诗见长,《理查德·科里》和《米尼弗·奇维》都是他有名的代表作,用传统的英诗形式写成;每节四行,每行抑扬格、五音步,隔行押韵。《理查德·科里》讲科里这个人仪表堂堂,知书达理,和蔼可亲,富过王侯,住在乡村别墅,每次来到市镇,使食无肉、每天啃面包的市井民众羡慕不已。科里生活在一个追求物质利益的社会,是个成功人士,但他突然自杀了。这首诗写贫富差别,反映了美国19世纪90年代的经济萧条所带来的社会现象。

　　这首诗语言简洁、朴素、夸张,没有使用明喻、暗喻、象征等修辞手段,平铺直叙,极具讽刺意义。它说明外表有欺骗性,人不可貌相,不了解人的内心,不能真正了解一个人。理查德外表光鲜,风度翩翩,让人羡慕,但他孤独、内心的痛苦与空虚被他外在的完美所掩盖,直至他自杀,人们才意识到表象之下隐藏的真相。这首诗还说明财富、物质的满足,忽视精神生活的追求,并不能保证使人幸福。这首诗的社会意义在于它揭示了贫富差距,有产阶级和普通劳动者之间的矛盾。

　　这首诗描写表象与真实的矛盾,情节突然转折,给读者强烈的冲击。对理查德的自杀不做说明,让读者去回味和思考,余韵缭绕。

Miniver Cheevy

Miniver Cheevy, child of scorn,
　　Grew lean while he assailed the season;
He wept that he was ever born,
　　And he had reasons.

Miniver loved the days of old
　　When swords were bright and steeds were prancing;
The vision of a warrior bold
　　Would set him dancing.

Miniveer sighed for what was not,
　　And dreamed, and rested from his labors;
He dreamed of Thebes and Camelot,
　　And Priam's neighbors.

Miniver mourned the ripe renown
　　That made so many a name so fragrant;
He mourned Romance, now on the town,
　　And Art, a vagrant.

Miniver loved the Medici,
　　Albeit he had never seen one;
He would have sinned incessantly
　　Could he have been one.

Miniver cursed the commonplace

And eyed a khaki suit with loathing;
He missed the mediaeval grace
   Of iron clothing.

Miniveer scorned the gold he sought,
   But sore annoyed was he without it;
Miniver thought , and thought, and thought,
   And thought about it.

Miniver Cheevy, born too late,
   Scratched his head and kept on thinking;
Miniver coughed, and called it fate,
   And kept on drinking.

米尼弗·奇维

米尼弗·奇维，一个蔑视一切的人，
他愤世嫉俗，长得很瘦 。
他哭诉，不该这个时候出生，
并且蛮有理由。

米尼弗喜欢往昔，
古时刀剑发光，骏马奔驰，
战将勇武，威风凛凛，
幻象使他手舞足蹈，兴奋不已。

米尼弗为不存在的事物叹息

迷梦过去，劳作后休息。
他迷梦（埃及古城）底比斯和亚瑟王宫殿遗址，
还有普里阿魔斯的邻居。

米尼弗伤怀那成就了的名望
使太多的人百世流芳；
悲叹罗曼斯文学仅供玩乐，
艺术被遗弃流浪。

米尼弗喜欢（中世纪意大利贵族）麦第奇
和未曾见过的（英皇族）阿伯特王子。
倘若能成为其家族一员
他定会犯罪，接二连三。

米尼弗瞧不起平凡，
见土黄色军装特别讨厌。
他怀念中世纪的铠甲，
穿上它神奇、优雅。

米尼弗视金钱如粪土，
但少了它又万般痛苦。
米尼弗追寻啊、追寻啊、追寻啊，
苦苦地追寻。

米尼弗生不逢时，
抓着脑袋冥想、苦思。
米尼弗连声咳嗽，说命该如此，
拿酒浇愁，一杯又一杯。

赏 析

罗宾逊将他的故乡加德纳（Gardiner）幻化为蒂尔伯里（Tilbury），他所杜撰的人物都出自这个小镇。

《米尼弗·奇维》被认为是作者自画像诗中的一首；"米尼弗"（miniver）是中世纪的一种白色皮毛，"奇维"（cheevy）有孩子气、易激怒的意思，暗示作者和诗的主人公的性格特征。这首诗写一个青年在现代文明面前感到迷惘、悲观、失望。他怀念古代文明习俗，对轻视文学艺术、金钱至上的现代社会感到不满，但他又无能为力，改变不了现状，因而陷入矛盾和痛苦的深渊，只有借酒浇愁。19世纪末20世纪初，美国迅速从一个农村化的国家转变成一个城市化国家，机器代替人工，米尼弗的失落与怀旧与当时反现代主义的思想极为相似。米尼弗是个很可笑的悲剧性的人物，不像上一首诗中的科里，诗人直接揭示他的内心世界，使读者知道他的处境和问题的所在。他迷恋过去，放弃努力，不能与时俱进是失败的关键，他不甘于平凡，鄙视金钱，但又苦苦地去搞钱，表现他的矛盾心理、窘境与无奈，表现了人物性格的多面性、复杂性。米尼弗与周围环境格格不入，自艾自怨、眷念过去，对现实不满也反映他那个时代人们在社会变迁时感到的迷茫和无所适从。

罗宾逊的某些境况与诗中的奇维是吻合的。他一生穷困、潦倒，靠写作不能维持生活，有时要靠朋友接济。他终身未婚，酗酒、瘦弱，患有肺病。他的生活经历和他的努力造就了他脍炙人口的诗篇，使他成为美国一位伟大的诗人。

Mr. Flood's Party

Old Eben Flood,climbing alone one night

Over the hill between the town below

And the forsaken upland hermitage

That held as much as he should ever know

On earth again of home, paused warily.

The road was his with not a native near;

And Aben, having leisure, said aloud,

For no man else in Tilbury Town to hear:

"Well, Mr. Flood, we have the harvest moon

Again,and we may not have many more;

The bird is on the wing, the poet says,

And you and I have said it here before.

Drink to the bird." He raised up to the light

The jug that he had gone so far to fill,

And answered huskily: "Well, Mr. Flood,

Since you propose it , I believe I will."

Alone, as if enduring to the end

A valiant armor of scarred hopes outworn,

He stood there in the middle of the road

Like Roland's ghost winding a silent horn,

Below him, in the town among the trees,

Where friends of other days had honored him,

A phantom salutation of the dead

Rang thinly till old Eben's eyes were dim.

Then as a mother lays her sleeping child

Down tenderly, fearing it may awake,

He set the jug down slowly at his feet

With trembling care, knowing that most things break;

And only when assured that on firm earth

It stood , as the uncertain lives of men

Assuredly did not, he paced away,

And with his hand extended paused again:

"Well，Mr. Flood, we have not met like this

In a long time; and many a change has come

To both of us, I fear, since last it was

We had a drop together. Welcome home!"

Convivially returning with himself,

Again he raised the jug up to the light;

And with an acquiescent quaver said:

"Well, Mr. Flood, if you insist, I might."

"Only a very little, Mr. Flood—

For auld lang syne. No more, sir; that will do."

So, for the time, apparently it did,

And Eben evidently thought so too;

For soon amid the silver loneliness

Of night he lifted up his voice and sang,

Secure, with only two moons listening,

Until the whole harmonious landscape rang—

"For auld lang syne." The weary throat gave out,

The last word wavered; and the song was done.

He raised again the jug regretfully

And shook his head, and was again alone.

There was not much that was ahead of him,

And there was nothing in the town below—

Where strangers would have shut the many doors

That many friends had opened long ago.

弗勒德先生的聚会

年迈的埃本·弗勒德先生，一个夜晚

只身翻越横亘在下面小镇

和荒芜高地隐居地间的一座山。

这隐居地，他知道应是他世上的家，

他小心翼翼地再次停下。

这条路属于他，没有老乡靠近它，

埃本得闲暇，放开喉咙说话，

因为在蒂尔伯里镇，没有人能听见他。

"好啊，弗勒德先生！今又满月当空，

满月我们可以再见的机会不多；

鸟儿展翅高飞，是诗人所说。

你我以前在此也说过，

为鸟儿喝一杯！"他举杯向着月光，

走了老远把酒壶装满，

声音沙哑地回答："好啊，弗勒德先生！

既然你提议，我想，我哪能不奉陪。"

好似要孤军坚持到最后，
身着一副伤痕累累、希望破灭了的英勇盔甲。
老人站在路的中间，
像这位罗兰的幽灵，把无声的号角吹响。
山下树林中的小镇，
那里昔日的友人，对他无不尊敬，
幻想中的死者的致敬在耳边回响，
让老埃本热泪盈眶。

接着，像母亲轻柔地放下入睡的孩子，
生怕把他弄醒。
他慢慢把酒壶放在脚下，
小心得手发抖，因为大部分东西易破碎。
仅在他确信酒壶安然落地，
就像人的无常的生命确定不会有事后，
他这才离去，
重新站定，把手伸直。

"好啊，弗勒德先生！好长时间我们没有这样相会，
我想，自上次我们把盏同饮，
诸多变化对我俩都已发生，
欢迎你回家！"
与他自己一同归来非常开心，
向着月光，再次举起酒壶，
顺从而颤抖地说：
"好吧，弗勒德先生。你既然坚持，我就奉陪！"

"就喝这一点，弗勒德先生，

为了昔日的好时光。够了，先生不能再喝了。"

此时，看来情况属实，

并且埃本显然也以为如此；

在夜的孤寂的银色月光下，

很快他打开喉咙放声唱，

只觉得聆听的就只有两个月亮，

直至唱到周边一片和声响。

"为了美好往昔。"疲惫的喉咙已不支，

最后吐词颤抖不清，歌唱到此为止。

他懊悔地再次举杯，

还是孤单一人，只得摇头叹息。

眼前的东西不多，

山下的镇上也无一物属于自己，

众多友人多年前为他开门，

新的面孔总让他吃闭门羹。

赏 析

《弗勒德先生的聚会》写老人弗勒德从镇上买了一壶酒，在回高山隐居所的山路上举行了一个酒会。他年迈，亲朋好友多已仙逝。他虽然孤独寂寞，但对友谊、昔日美好时光充满怀念，所以他决定举行一个酒会。他举目无亲，请不来朋友，只能自说自唱，独酌独饮，举杯邀明月，对影成三人，在虚幻中苦中作乐。这首诗反映了进入现代社会，人际关系疏远、冷漠、精神空虚，特别是老年人更是晚景凄凉。不过，诗中的老人虽孤苦伶仃，但活得很顽强，有品位、有尊严，值得尊重。老人离群独居、形单影只，在中秋满月的夜晚，回首往事，举杯和已逝的朋友畅饮，苦中作乐，好不凄凉，道出了人们该如何度过晚年以及社会如何关心、对待老人这个社会问题。

诗中有几处用典，映射人物的心理，使诗歌更有内涵和张力。"鸟儿展翅高飞，是诗人所说"是引用中世纪波斯著名诗人、科学家奥马·海亚姆（Omar Khayyam）《鲁拜集》（*The Rubaiyat*）中的诗句。诗中"罗兰的幽灵"指传说中的中世纪法国查理·马格里大帝的一位猛将罗兰掩护部队撤退后，孤军与敌人顽强战斗至死，不吹救援号角。"昔日的好时光"是引用苏格兰诗人罗伯特·彭斯的诗句，"为往昔时光，为友谊干杯"。

这是一首戏剧独白诗，共7节，每节8行，用传统的形式、抑扬格、五音步写成。诗人孤独、嗜酒，经常喝得酩酊大醉，诗如其人。这首诗也是诗人的自我写照。

17 斯蒂芬·克莱恩
(Stephen Crane, 1871—1900)

斯蒂芬·克莱恩，著名小说家、诗人，出生在美国新泽西州一个牧师大家庭，是 14 个兄弟姐妹中最小的。

他曾在克拉弗拉克一所准军事院校学习，后又在拉斐特学院和锡拉丘兹大学学习过，没有毕业，后在纽约从事新闻工作。21 岁发表小说《街头女郎梅姬》（*Maggie A girl of Streets*, 1893），两年后发表代表作《红色英雄勋章》（*The Red Badge of Courage*, 1895），一举成名，得到英国作家康拉德、H.G. 威尔斯、亨利·詹姆斯等人的推崇。克莱恩 29 岁时死于肺病。他在 9 年的文学生涯中，发表长篇、短篇小说各 6 部，诗集 2 部，剧作 1 部。《街头女郎梅姬》被认为是美国第一部自然主义小说，克莱恩因此也被认为是美国自然主义诗歌的先驱。

《红色英雄勋章》的发表也首开美国战争小说的先河。克莱恩的短篇小说《新娘来到黄天镇》（*The Bride Comes to Yellow Sky*, 1898）、《蓝色旅馆》（*The Blue Hotel*, 1898）等都是杰作，对美国小说和电影创作产生积极影响。他的诗集《黑衣骑士及其他》（*Black Rides and Other Lines*, 1898）、《战争是仁慈的》（*War is Kind*, 1899）具有强烈的自然主义色彩，无论从内容还是从形式上看，都具有现代性。

I Saw A Man Pursuing the Horizon

I saw a man pursuing the horizon;

Round and round they sped.

I was disturbed at this;

I accosted the man.

"It is futile," I said,

"You can never —"

"You lie," he cried,

And ran on.

我看到一个人追逐地平线

我看到一个人追逐地平线，

他开足马力绕着圈子、绕着圈子跑。

对此，我感到困惑，

走近与他搭讪。

我说："你这是徒劳无益，

你永远追不上的——"

"你撒谎。"他高声叫，

接着继续跑。

赏　析

　　这首诗描写一个试图与自然交流的人想追上地平线。地平线是自然景象，是追不上的。这表明有理想、有抱负是人性中好的一面，但去追求根本不可能实现的目标是不可能成功的。"地平线"在诗里是一个隐喻，表明人们往往追求不可能得到的东西。自然对人的愿望与欲求是冷漠的、不关心的。另外，追逐者追求理想、坚持己见，对理性的劝告者嗤之以鼻，听不进意见，体现了理想主义者拒绝接受现实束缚的勇气与决心，也反映了人性中固有的性格缺陷，同时也表现了作者的自然主义观点。诗歌短小，采用对话的方式，增强了诗歌的戏剧性和动态感。

In the Desert

In the desert
I saw a creature, naked, bestial,
Who, squatting upon the ground,
Held his heart in his hands,
And ate of it.
I said, "Is it good, friend?"
"It is bitter—bitter," he answered;

"But I like it
"Because it is bitter,
"And because it is my heart."

在荒漠

我看到一个怪物，赤裸着，野性十足，
他蹲在地上，
把自己的心捧在手，
大口大口地吃．
我问："朋友，好吃吗？"
"是苦的——苦的。"他回答。

"但是我喜欢它，
就因为它苦呀，
还因为它是我的嘛！"

赏 析

　　这首诗把现代社会比喻为荒漠，把现代人比喻为野性十足、吃自己的心的怪物，表明高度物质文明的现代社会是精神贫瘠、空虚和人情淡漠的荒漠，荒漠里的人孤独、野性，过着茹毛饮血，甚至吞食自己的心的生活。

　　"心"代表人性中美好的一部分，代表情感、善良、自由意志。"吃心"，即没有了心，表示伤心、心痛，没有了自由意志，是自我毁灭。"心是苦的"在诗中重复了三次，突显人的生存状况的悲苦。旁观者没有去安慰，反倒问"好吃吗？"，表现了人际关系的冷漠。

A Man Said to the Universe

A man said to the universe:

"Sir, I exist!"

"However," replied the universe,

"The fact has not created in me

A sense of obligation."

一个人对宇宙说

一个人对宇宙说：

"我存在，先生。"

"可是，"宇宙回应，

"事实未让我产生

对你，我有义务要尽。"

赏　析

这首诗讲的是人与神的关系。人对上帝说："我存在，先生。"表示上帝会关照自己。殊不知现代社会已不是人人为自己、上帝为大家，上帝说他对人没有义务要尽。表明上帝冷酷无情，是靠不住的。这表现了克莱恩认为现代社会人是孤立无助的自然主义观点。

克莱恩受到狄金森诗歌的影响，摒弃传统的诗歌形式，不讲究音节，不受韵律的限制，写短小的自由诗，语言朴实、生动、活泼，含义深刻。

以上三首诗写人的变态心理、反常事情，用寓言、意象表明一个思想或一个哲理。三首诗主要写人与自然、人与神、人与人的关系以及人的命运。

这三首叙事诗形象、生动地体现了克莱恩的自然主义思想。自然主义文学于19世纪下半叶兴起于法国，法国作家埃米尔·左拉是这个流派的领袖，后传播到欧美。

有人称自然主义为悲观的现实主义，它要求作家按照事物的本来的面貌描写，不加观点与评说，主要写社会的腐朽阴暗面，人的心理与痛苦境遇。自然主义认为控制世界的主要力量对人类既罪恶又敌视。人的行为是由遗传和环境的力量所决定，人是虚弱的，无法控制这种力量，人没有自由意志，不能决定自己的命运，这种思想显然不同于内战前的充满乐观主义时美国的思潮，而是工业化、机械化，工人成为机器的奴隶，贫富悬殊等社会问题出现后产生的。

18 詹姆斯·韦尔登·约翰逊
(James Weldon Johnson, 1871—1938)

詹姆斯·韦尔登·约翰逊，美国黑人作家、诗人。生于佛罗里达州杰克逊维尔，母亲是教师，父亲是酒店侍者。受母亲影响，约翰逊热爱音乐，毕业于亚特兰大大学，获学士、硕士学位，后来在哥伦比亚大学进修，成为一位律师。

约翰逊是美国重建时期最早进入佛罗里达的律师。他曾与兄弟约翰一起创作歌曲，为百老汇乐坛写了 200 多首歌，写有音乐喜剧和抒情诗。他们为纪念林肯诞生的《引吭高歌》（*Lift Every Voice and Sing*）在民间广为流传，被称为美国黑人国歌。1906—1912 年，他被总统罗斯福任命为美国驻委内瑞拉卡贝略港领事和驻尼加拉瓜林托领事。1916 年，他参加创办全国有色人种促进协会，在会内任执事、书记至 1930 年，接着担任菲斯克大学创作文学教授。

约翰逊用标准的英语写十四行诗，用南方方言写诗，发表长篇小说《假白人的自传》（*The Autobiography of an Ex-Colored Man*, 1912—1927），编辑了《美国黑人诗歌荟萃》（*The Book of American Negro Poetry*, 1921），诗集《上帝的长号》（*God's Trombones*, 1927）、《美国黑人圣歌》（*Two Books of Spirituals*, 1925—1926）、《诗选》（*Selected Poems*, 1935）、自传《走这条路》（*Along This Way*, 1933）。

约翰逊曾与杜波伊斯一起工作，是哈莱姆文艺复兴运动的奠基人之一。

Sence You Went Away

Seems lak to me de starts don't shine so bright,

Seems lak to me de sun done loss his light,

Seems lak to me de der's nothing goin' right,

    Sence you went away.

Seems lak to me de sky ain't half so blue,

Seems lak to me dat ev'ything wants you,

Seems lak to me I don't know what to do,

    Sence you went away.

Seems lak to me ev'ything is wrong,

Seems lak to me de day's jes twice es long,

Seems lak to me de bird's forgot his song,

    Sence you went away.

Seems lak to me I jes can't he'p but sigh,

Seems lak to me ma th'oat keeps gittin dry,

Seems lak to me a tear stays in ma eye,

    Sence you went away.

自打你走后

对我来说，好像星星不那样明亮，
对我来说，好像太阳失去了光芒，
对我来说，好像一切都不顺畅，
自打你走后。

对我来说，好像天空一点都不蓝，
对我来说，好像什么事都需要你来干，
对我来说，好像不知所措，一片茫然，
自打你走后。

对我来说，好像一切都异样，
对我来说，好像一天变得两日长，
对我来说，好像鸟儿忘记了歌唱，
自打你走后。

对我来说，好像禁不住要叹息，
对我来说，好像喉干口冒气，
眼睛里饱含泪水，
自打你走后。

赏 析

  这首诗也是一支歌，抒发情侣离开后的苦闷心情，好像一切都变了，变得不顺当、不顺心了，有度日如年的感觉，禁不住叹息、流泪。诗歌用通俗、简洁的语言，民歌的形式和南方方言，使用叠句反复吟唱，强调思念的痛苦，诗人希望失去的爱人能够回来，情真意切，令人感动，是一首佳作。全诗四节，每节四行，按 aaab 押韵。

19 保尔·劳伦斯·邓巴
(Paul Laurence Dunbar, 1872—1906)

保尔·劳伦斯·邓巴是 19 世纪美国读者比较喜欢的黑人诗人。他是自菲利斯·惠特利之后享有盛名的黑人作家，生于俄亥俄州顿肯，父母都是以前肯德基种植园的奴隶，父亲逃到北方。邓巴在德顿公立中学毕业后，由于家庭经济拮据，他没有读大学，在酒店开电梯谋生，同时进行诗歌创作。1893 年，他的第一部诗集《橡树和常青藤》(*Oak and Ivy*)自费出版，1896 年第二部诗集《大调和小调》(*Majors an Minors*)出版。

The Lesson

My cot was down by a cypress grove,
    And I sat by my window the whole night long,
And heard well up from the deep dark wood
    A mocking-bird's passionate song.

And I thought of myself so sad and lone,
    And my life's cold winter that knew no spring;
Of my mind so weary and sick and wild,
    Of my heart too sad to sing.

But c'en as I listened the mocking-bird's song,
    A thought stole into my saddened heart,
And I said, "I can cheer up some other soul

By a carol's simple art."

For oft from the darkness of hearts and lives
    Come songs that brim with joy and light,
As out of the gloom and the cypress grove
    The mocking-bird sings at night.

So I sang a lay for a brother's ear
    In a strain to soothe his bleeding heart,
And he smiled at the sound of my voice and lyre,
    Through mine was a feeble art.

But at his smile I smiled in turn,
And into my soul there came a ray：
In trying to soothe another's woes
Mine own had passed away.

一堂课

我的小床在一片柏树林旁，
整夜我坐在窗户边
从幽深黑暗的树林深处，我听见，
一只模仿鸟的动情歌声。

想到自己如此悲哀孤独，
我生命的寒冬不见春来临。
我心疲惫，厌倦与愤怒，

我心伤透哪能把歌儿哼。

当听到模仿鸟的歌声，
一个想法在悲痛的心里滋生，
我说："我能激励他人，
用欢歌这一简单的技艺。"

因为常常从人们心灵和生活的黑暗处，
会传来充满欢乐轻快的歌唱，
如同在那幽暗和柏树丛的深处，
模仿鸟在夜里歌唱一样。

所以，我要为兄弟轻唱一曲，
让他流血的心得到慰藉；
他笑听我的歌喉和琴声，
尽管我的技艺并不高明。

他笑，我以笑回报，
一道阳光照进了我的灵魂；
安抚他人的苦恼，
我自己的忧愁也会抛掉。

赏 析

诗人是黑人农奴的儿子，生活在种族压迫和种族歧视的社会，受到种种不公平的待遇。他虽有才华，但贫病交加、悲伤孤寂，英年早逝，和惠特利一样死于肺病，死时年仅 34 岁。不公正的社会现象使他感到愤怒，唱不出歌。

这首诗写在寒冷的冬夜，诗人感到孤独、痛苦，夜不能寐。当听到柏树林里模仿鸟欢乐、轻快的歌声，他受到启发，决心为解除人们的痛苦、抚慰他人的烦恼而唱歌写诗。这首诗的最后一句点明了诗的主题："安抚他人的苦恼，我自己的忧愁也会抛掉。"给人快乐和安慰，自己也会得到快乐和安慰，同时也说明音乐（文学艺术）给人精神力量使人的心灵得到升华，消除痛苦和烦恼。

狄金森说的"如果我能使一颗心免于破碎，我就没有枉活此生"[1]与这首诗的意思是一致的，说明了写诗和文学创作的目的和功能。

这首诗的创作与诗人的个人经历及其对生活的感受密切相关。邓巴出生在一个黑人家庭，饱受歧视，生活艰难，所以有"我生命的寒冬不见春来临""我心疲惫、厌倦与愤怒，伤透了的心哪能把歌儿哼"。他感到孤独苦闷，但林中模仿鸟的歌声给了他灵感与启迪。他决定用自己的诗给受苦的、包括黑人在内的人们以慰藉。这再次说明大自然能给人创作灵感，生活是创作的源泉。

---

[1]　Emily Dickinson, "If I can stop one Heart from breaking," *The complete Poems of Emily Dickinson* (Boston: Little,Brown and Company,1960).

Sympathy

I know what the caged bird feels,alas!

   When the sun is bright on the upland slopes;

When the wind stirs soft through the spring grass

And the river flows like a stream of glass;

   When the first bird sings and the first bud opes,

And the faint perfume from its chalice steals—

I know what the caged bird feels!

I know why the caged birds beats his wing

   Till the blood is red on the cruel bars;

For he must fly back to his perch and cling

When he fain would be on the bough a-swing;

   And a pain still throbs in the old, old scars

And they pulse again with a keener sting—

I know why he beats his wing!

I know why the caged bird sings, ah me,

   When his wing is bruised and his bosom sore,—

When he beats his bars and would be free;

It is not a carol of joy or glee,

   But a prayer that he sends from his heart's deep core,

But a plea, that upward to Heaven he flings—

I know why the caged bird sings!

同 感

啊，我知道笼中鸟的感受！
当灿烂的阳光照在高地的山坡上；
当风儿轻柔地吹过春天的草坪，
河水流淌像明镜一样，
当第一只鸟歌唱，第一朵花含苞待放，
淡淡的清香从杯状的花口释放——
我知道笼中鸟的感觉！

我知道笼中鸟为何扑打自己的翅膀，
直到鲜血染红了残酷的栏杆；
它必须飞回栖木，牢牢立住，
它情愿站在树枝上摇摆；
尽管旧的、旧的伤口还是在抽痛，
伤疤搏动如针扎，
我知道它为何要扑打它的翅膀！

哎哟！我知道笼中鸟为何歌唱，
当它翅膀瘀血，胸部疼痛时。
当它敲击鸟栏，并将获得自由，
那不是一首快乐、兴奋的歌曲，
而是发自它内心深处的祈祷，
是它对高天上上帝的恳求，
我知道笼中鸟为何要歌唱！

赏 析

前面的诗《一堂课》写夜里幽暗的林中一只自由的鸟在歌唱，这首《同感》则是写一只被关在笼中失去了自由的鸟不停地用它的翅膀扑打围栏，想冲出牢笼。它碰得头破血流，遍体鳞伤，伤口像刀扎一样疼痛，仍继续扑打，永不放弃。笼中的鸟也歌唱，虽然唱的不是欢快的歌，但那是希望之歌，是对自由的向往和诉求，它相信它终将获得自由。

这首诗用笼中鸟被囚禁、没有自由来比喻美国黑人的生存状况和争取自由的坚强意志与愿望，为黑人民族反压迫、反种族歧视和争取自由而呐喊，在美国民权运动中起到了很好的作用。诗人写这首诗时，在美国国会当侍从。此诗发表在1899年诗人的抒情诗集《炉边集》中，是一首拟人化和有象征意义的诗。

这首诗运用象征的手法，用笼中鸟象征被囚禁、遭受束缚和压迫的群体，把笼中鸟与柔和、美丽的大自然做对比，反衬黑人群体的痛苦和对自由的渴望，用鸟在笼中的扑打和流血抗争展现被压迫者的抗争精神。诗人在每一节中重复"我知道"，不仅加强了语气，表现与笼中鸟感情的共鸣，而且感情越来越深化和激越，同时也增强了诗的节奏感。

We Wear the Mask

We wear the mask that grins and lies,

It hides our checks and shades our eyes—

This debt we pay to human guile;

With torn and bleeding hearts we smile

And mouth with myriad subtleties.

Why should the world be over-wise,

In counting all our tears and sighs?

Nay,let them only see us, while

　　We wear the mask.

We smile,but oh great Christ,our cries

To Thee from tortured souls arise.

We sing, but oh the clay is vile

Beneath our feet,and long the mile;

But let the world dream otherwise,

　　We wear the mask!

我们把假面具戴上

我们把咧嘴、撒谎的假面具戴上，
它把我们的面颊、眼睛遮盖——
这是我们对人类狡诈的还债。
我们笑，心被撕裂，心在流血，
我们说，说无数让人难以捉摸的话。

为什么世界要过分聪明，
算计我们所有的泪水和叹息？
不，要让他们仅看见我们，
当我们戴着假面具。

我们笑，但是啊，伟大的救世主，
我们对你的呼救是出自被折磨的灵魂深处。
我们唱，但是泥地上满是卑鄙、肮脏，
它在我们脚下延伸，很远、很长；
但是，要让世界在梦中另一个样，
我们把假面具戴上！

赏 析

　　美国黑人，包括诗人在内，为什么要在公众面前戴上咧嘴微笑和说谎的假面具？诗中已有答案：因为人们说谎、欺诈，算计他人的痛苦和叹息，幸灾乐祸，把快乐建筑在别人受痛苦之上，是因为这土地卑鄙、肮脏……黑人戴假面是被种族压迫和歧视逼迫所为，是对社会的不满的消极反抗，也是一种个人保护。"我们笑，心被撕裂，心在流血"正如休斯在《小丑》一诗中所写的"眼泪是我的笑！笑是我的心痛"。

　　黑人忍痛强作微笑，唱歌当哭，不得不戴上假面具。从美国内战到 19 世纪末，黑人的生存状况表面上似有改善，但实际上种族压迫和歧视仍然十分严重，黑人生活艰难、痛苦，为了生存不得不隐忍痛苦，强颜欢笑。戴上假面具，表现了黑人群众对那个没有同情、充满偏见社会的反抗与蔑视。《哥伦比亚美国文学史》评论认为这首诗表达了"黑人民族历史上长期隐忍的痛苦，虽然它没有公开抗议和反抗"。有评论家说这首诗和《同感》是邓巴用普通英语写得最好的诗。

20 罗伯特·弗罗斯特
(Robert Frost, 1874—1963)

　　罗伯特·弗罗斯特是美国 20 世纪伟大的诗人，生于旧金山，父母亲都是教师。他 11 岁时父亲去世，母亲带他到她的家乡新英格兰地区的劳伦斯市生活。1892 年，弗罗斯特在劳伦斯中学毕业后，在哈佛大学学习 2 年（1897—1899 年），在此前后当过工人、农民、教员、编辑。16 岁开始写诗，19 岁发表诗作《我的蝴蝶》(*My Butterfly*)。1912 年移居英国，次年发表他的第一部诗集《少年的心愿》(*A Boy's Will*)，接着发表《波士顿以北》(*North of Boston*，1914)，这两部诗集得到庞德和叶芝等人的赞扬，也使弗罗斯特一举成名。1915 年他回美国定居在新罕布什尔，断断续续十多年在阿默斯特学院当教授。他的抒情和叙事诗主要写大自然、新英格兰农民及风土人情，既反映了农村生活，又与现代工业社会城市的各种弊端形成对比，诗歌具有现代性。他被认为是传统诗歌与现代诗歌交替、过渡时期的诗人。

　　他基本上使用传统的形式写诗，但大胆创新，使用日常口语。他生前除了发表散文和剧本之外，出版了 10 多本诗集，4 次获得普利策诗歌奖，44 所大学、学院授予他荣誉学位。他 75 岁和 85 岁生日时，受到美国参议院特别嘉奖，1961 年 1 月 20 日应邀在肯尼迪就职总统大会上朗诵诗歌。他被认为是美国"非官方的桂冠诗人"。

The Pasture

I'm going out to clean the pasture spring;
I'll only stop to rake the leaves away
(And wait to watch the water clear, I may):
I sha'n't be gone long.— You come too.

I'm going out to fetch the little calf
That's standing by the mother. It's so young,
It totters when she licks it with her tongue.
I sha'n't be gone long.— You come too.

牧　场

我要去清洁牧场的泉水，
只待在那儿耙去草叶
(希望能等到看见泉水清澈)；
我不会去得太久——你也来吧。

我出去牵小牛犊，
它站在母牛身边，刚出生不久。
母牛舔它，它摇晃站不住。
我不会去得太久——你也来吧！

赏 析

　　《牧场》是一首以新罕布什尔的德里农场为背景的牧歌、田园诗，歌颂农村、劳动及大自然的恬静、美丽。弗罗斯特在 1900—1910 年这 10 年间一直在德里农场——他祖父帮他买的农场里务农，写下了许多诗篇，汇集在《少年的心愿》中。他 1912 年卖掉农场，全家去英国。

　　这首诗作为诗集《波士顿以北》的序诗载入其中，并且在他以后出版的各种诗合集、全集中都以此诗作为序诗。诗人非常喜欢它，并表示该诗能体现他所有诗集的内容、写作风格和特点。

　　这首诗用简单、朴实的语言勾勒出了新英格兰地区农村田园、牧歌般美丽和谐的生活画面。第一节写冬天过去，春天来临，农民诗人拿着耙具清除泉水渠中冬天的枯叶，并邀请夫人前来参加劳动。第二节写小牛犊，一个新的幼小生命与母亲的亲密关系。

　　乍看起来，这首诗很简单，但它有其他的含义。正如诗人自己所说的"我经常说的事正好接近更多事的边缘"，表明他的诗具有象征、引申意义。农村的质朴美丽，母牛与牛犊的亲密，使人感到田园生活的温馨、美好，恰与正在工业化、城市化，喧嚣、人际关系复杂的美国社会形成对照。

　　有评论说清除落叶表示他崇尚廉洁，要与腐败作斗争；也有说诗人表示要突破旧的诗歌传统写新的篇章，诗人也在邀请读者参加劳动和阅读他的诗。从诗的自然背景、人和动物的描写可以看出诗的主题是表现劳动、人，以及人与人、人与自然的关系。

　　这首诗只有 2 节，共 60 个字，其中 10 个字是双音节，其他的是单音节字。除了两三个形容词，其他全是名词、动词，简洁但内容丰富，具有动感、戏剧性。使用五音步抑扬格及头韵，具有音乐性。

Mowing

There was never a sound beside the wood but one,

And that was my long scythe whispering to the ground.

What was it it whispered? I knew not well myself;

Perhaps it was something about the heat of the sun,

Something, perhaps, about the lack of sound —

And that was why it whispered and did not speak.

It was no dream of the gift of idle hours,

Or easy gold at the hand of fay or elf:

Anything more than the truth would have seemed too weak

To the earnest love that laid the swale in rows,

Not without feeble-pointed spikes of flowers

(Pale orchises), and scared a bright green snake.

The fact is the sweetest dream that labor knows.

My long scythe whispered and left the hay to make.

割　草

林中没有其他声音，除了割草声；
那是我的长柄镰刀与大地絮语。
它说些什么，我本人也说不清，
也许说的是太阳太酷热，
也许说林中无声，太安静——
这就为什么它絮语不大声。
虚度时光不要梦想得到礼品，
或从仙女、精灵手中轻易得到黄金。
比起一排排用真挚的爱心在洼地里垒起的草堆，
任何事越过了真实，定会显得苍白无力。
不是不会割掉嫩草的花穗
（灰白的兰花），还会惊起光亮的青蛇。
事实是劳动才懂得梦的甜蜜，
我的长柄镰絮语，让草堆高高垒起。

赏 析

　　《割草》是一首有名的田园诗、劳动诗，是诗人的第一部诗集《少年的心愿》中的一首。弗罗斯特曾说："它无疑是第一本诗集中最好的诗歌。"这首诗写一个寂寞、孤独的割草人在炎热的夏天于林边挥镰割草。他的长柄镰刀发出的声音，像是在与大自然低语；他们说了些什么，割草人不知道。

　　按美国超验主义诗人爱默生的人与自然具有精神上的统一性，自然对人有象征意义，及天人合一的思想，诗中所说的"虚度时光不要梦想得到礼品，或从仙女、精灵手中轻易得到黄金"，"劳动才懂得梦的甜蜜"，"我的长柄镰絮语，让草堆高高垒起"正是大自然的告诫与启示。这首诗的主题是歌颂劳动，劳动创造财富并给人带来幸福和快乐。从另一层面来讲，这首诗也是对艺术、诗歌、爱和生活的思考。它表明艺术、诗歌和生活要追求真实，拒绝不切实际的幻想（浪漫主义）和物质主义。割草也会割掉嫩草、花卉，驱赶青蛇，表明在诗人的天堂里容不下撒旦，他不信宗教。

　　这是一首具有创新性的十四行诗：它既不像意大利彼得拉克十四行诗分前八节（octave）和后六节 (sestet)，按 abba/ abba / cdcdcd 押韵，也不像莎士比亚按 abab/ cdcd /efefgg 押韵，而是按 abcabdecdfegfg 押韵，也没有按传统的要求前八行提出问题，后六行解答问题。诗行长短不一，大多数诗行没有严格遵守五音步、抑扬格的规则，但全诗通顺流畅，有很强的音乐效果。

　　这首诗写长镰与大地絮语，将镰刀拟人化与大地交流，增添了诗的生动性，也营造出一种人与自然的亲密关系。"劳动才懂得梦的甜蜜"，这里的劳动不仅是指体力劳动，而是指踏实工作、热爱生活、积极向上的生活态度，具有象征意义。

Acquainted with the Night

I have been one acquainted with the night.
I have walked out in rain—and back in rain.
I have outwalked the furthest city light.

I have looked down the saddest city lane.
I have passed by the watchman on his beat
And dropped my eyes, unwilling to explain.

I have stood still and stopped the sound of feet
When far away an interrupted cry
Came over houses from another street,

But not to call me back or say good-bye;
And further still at an unearthly height,
One luminary clock against the sky

Proclaimed the time was neither wrong nor right.
I have been one acquainted with the night.

我熟悉夜晚

我是个熟悉夜晚的人，
我在雨中出行——也在雨中回来。
我走了很远很远，不再有街灯。

我俯视最悲哀的城市小巷，
我从打更的守夜人身边走过，
我垂下双眼，不愿多讲。

我站着不动，停止了脚步声，
当越过屋顶，从远处另一条街道，
传来断断续续的哭叫声。

然而它没叫我回去或要说声再见。
在更远的地方，越过尘世的高地，
一座发亮的时钟在天边高悬，

不对也不错地报告时间。
我这人熟悉夜晚。

赏 析

　　《我熟悉夜晚》被收入弗罗斯特1928年出版的诗集《西流的小溪》中。这首诗写一个夜晚在雨中行走的人，走到离城市最远、接近郊区和农村的地方。那里是城市中狭隘的小巷，是穷人居住的地方。

　　行者见到悲凉的情景，遇见夜晚巡逻打更的人，行者垂头无语，听到远处传来的哭叫声，那既不是呼唤他，也不是要向他说再见。在城市，他孤独，无法与人交流；在农村，他被黑暗包围。

　　天上明亮的月亮像座大钟报时，既不说对也不说错，表明宇宙（自然）对人的处境和命运漠不关心，人是无助的这种悲观的自然主义思想。这首诗的主题就是表现人的孤独与凄凉。说话人讲他熟悉夜晚，夜晚是黑暗的、不可逃避的，这个隐喻表示他和所有人内心都有痛苦与悲哀。天下着雨，象征痛苦和流泪。这首诗以黑夜为主题，表现美国社会工业化、城市化的进程加快，人际关系日趋复杂、压力增大的情况下，人们的孤独、疏离、茫然与困惑感。

　　《我熟悉夜晚》从形式到内容都和但丁的诗有相似之处。"这是但丁《神曲》的韵律格式，使用这种韵律格式唤起诗中所有的痛苦"[1]，同时也表现出一种但丁式的"沉思与冥想"。

---

[1]　*Monarch Notes:The Poetry of Robert Frost, A Guide to Understanding the Classics*, p.59.

20 罗伯特·弗罗斯特 (Robert Frost, 1874—1963)

Mending Wall

Something there is that doesn't love a wall,

That sends the frozen-ground-swell under it,

And spills the upper boulders in the sun;

And makes gaps even two can pass abreast.

The work of hunters is another thing:

I have come after them and made repair

Where they have left not one stone on a stone,

But they would have the rabbit out of hiding,

To please the yelping dogs. The gaps I mean,

No one has seen them made or heard them made,

But at spring mending-time we find them there.

I let my neighbor know beyond the hill;

And on a day we meet to walk the line

And set the wall between us once again.

We keep the wall between us as we go.

To each the boulders that have fallen to each.

And some are loaves and some so nearly balls

We have to use a spell to make them balance:

"Stay where you are until our backs are turned!"

We wear our fingers rough with handling them.

Oh, just another kind of out-door game,

One on a side. It comes to little more:

There where it is we do not need the wall:

He is all pine and I am apple orchard.

My apple trees will never get across

And eat the cones under his pines, I tell him.

215

He only says, "Good fences make good neighbors."

Spring is the mischief in me, and I wonder

If I could put a notion in his head:

"Why do they make good neighbors? Isn't it

Where there are cows? But here there are no cows.

Before I built a wall I'd ask to know

What I was walling in or walling out,

And to whom I was like to give offense.

Something there is that doesn't love a wall,

That wants it down." I could say "Elves" to him,

But it's not elves exactly, and I'd rather

He said it for himself. I see him there

Bringing a stone grasped firmly by the top

In each hand, like an old-stone savage armed.

He moves in darkness as it seems to me,

Not of woods only and the shade of trees.

He will not go behind his father's saying,

And he likes having thought of it so well

He says again, "Good fences make good neighbors."

修 墙

有一种东西不喜欢墙，

它使冻结的土在墙下隆起，

使墙顶上的鹅卵石坠落在阳光下，

它打开缺口，使二人可并排通过。

猎人干的是另一回事，

我曾紧跟其后，做些修补；

他们所过之处，不是把石头垒上，

为的是要把兔子引出藏身之地，

让汪汪叫的猎豹狗欢快追击。

这缺口没人见过或听说如何造就，

只见它们出现在每年春天补墙的时候。

我让山那边的邻居知道，

约好一天沿着墙巡视，

重又把我们之间的墙砌起。

我们边走边保持有墙隔离，

落在各方的鹅卵石由各方处理；

有的石头如面包，有的几近球的大小。

我们念咒语，以期石头摆平稳：

"你就待在原地，等我们转过身子。"

处理它们时，我们的手会受到磨损。

噢，就当作另一种户外游戏；

墙两边各站一个，没有更多趣味，

其实，这里是个无需有墙之地；

他种的全是松树，我的是个苹果园。

我告诉他，我的苹果树不会跑到

松树下，偷吃松果。

他只是说:"好墙造就好邻居。"
春天让我有了淘气的念头,我思忖
假如我让他脑中有这样的思绪
"为什么墙能造就好邻居?并不是
此地有母牛?但此地无牛。
造墙之前,我要问清楚,
墙内墙外围的是什么?
还有,我可能会把谁激怒。
有些东西,它不喜欢墙,
希望将其拆除。"我可对他说
那是"小精灵",但也不确定它就是,我宁愿
他自己弄明白。只见他那里
手紧抓石头,放在墙头,
像石器时代手拿武器的野人,
在黑暗中移动,我看来好像
不仅是在树林和树荫中。
他不去深究父辈说话的含义,
喜欢把它想得无缺完美。
他一再说:"好墙造就好邻居。"

赏 析

《修墙》是诗集《波士顿以北》中的一首诗。它表面看来是一首有关农事的叙事诗。每年春天，新英格兰地区的农民要对寒冬破损的围墙进行修补；弗罗斯特本人也参加这种劳动。但是在与人论及这首诗时，弗罗斯特说："《修墙》非常可能被认为是一则寓言。"[1] 言下之意是诗人假托修墙一事说明一个深刻的道理。诗中有两个声音：一个是"有一种东西不喜欢墙"，另一个是"好墙造就好邻居"。是修墙还是拆墙，需要读者来回答。墙这个意象可以象征自我防御与保护、界限，也象征障碍与隔阂。"有一种东西不喜欢墙"，弗罗斯特把它称为隐喻、寓言（dark saying），指的是自然的力量冰霜（frost），也暗指弗罗斯特本人。

诗中的"我"不喜欢墙，但他又主动邀请邻居修墙，似是出于习俗，因为他把它当作另一种户外游戏——一种少有趣味的游戏。而且他质疑在无需有墙的地方砌墙是否有必要：墙内外围是什么？会激怒谁？

看来诗中的"我"是拆墙派。因为"我"用另一隐喻的精灵暗示邻居让其自说拆墙，但顽固的他像个石器时代的野蛮人坚持"好墙造就好邻居"这一先辈的遗训。这再次证明诗人本人是拆墙派。但在谈及此诗的时候，有人说知道他站在哪一边，弗罗斯特却说："这是个大骗局，我最终要说的是，我写的人，在这里是一个人的两面，人既是墙的修建者，又是墙的拆除者。"[2] 可见诗人主张的是在必要的时候修墙，也在必要时拆墙。

这首诗非常口语化，采用叙述和戏剧性独白的形式，围绕着墙这个中心意象展开，语言幽默、风趣，隐晦而富有戏剧性和哲理，发人深省。诗中的两个格言似的句子很有张力，既有深意又有现实意义。美国总统约翰·F.肯尼迪就曾在视察柏林墙时情不自禁地引用这首诗的第一句："有一种东西不喜欢墙。"

---

[1] 罗伯特·弗罗斯特:《剑桥文学指南》，上海教育出版社，2004，第231页。

[2] 罗伯特·弗罗斯特:《剑桥文学指南》，上海教育出版社，2004，第232页。

After Apple Picking

My long two-pointed ladder's sticking through a tree

Toward heaven still,

And there's a barrel that I didn't fill

Beside it, and there may be two or three

Apples I didn't pick upon some bough.

But I am done with apple-picking now.

Essence of winter sleep is on the night,

The scent of apples: I am drowsing off.

I cannot rub the strangeness from my sight

I got from looking through a pane of glass

I skimmed this morning from the drinking trough

And held against the world of hoary grass.

It melted, and I let it fall and break.

But I was well

Upon my way to sleep before it fell,

And I could tell

What form my dreaming was about to take.

Magnified apples appear and disappear,

Stem end and blossom end,

And every fleck of russet showing clear.

My instep arch not only keeps the ache,

It keeps the pressure of a ladder-round.

I feel the ladder sway as the boughs bend.

And I keep hearing from the cellar bin

The rumbling sound

Of load on load of apples coming in.

For I have had too much

Of apple-picking: I am overtired

Of the great harvest I myself desired.

There were ten thousand thousand fruit to touch,

Cherish in hand, lift down, and not let fall.

For all

That struck the earth,

No matter if not bruised or spiked with stubble,

Went surely to the cider-apple heap

As of no worth.

One can see what will trouble

This sleep of mine, whatever sleep it is.

Were he not gone,

The woodchuck could say whether it's like his

Long sleep, as I describe its coming on,

Or just some human sleep.

摘苹果后

我长长的两脚尖梯穿插入树里，
伸向静静的蓝天。
有一个桶我尚未把它装满，
旁边可能还有两三个苹果
在树枝上没有摘；
但现在摘苹果的工作已完结。
冬夜睡觉时香气弥漫，
苹果的香气让我昏昏欲睡。
透过玻璃门窗，那奇异景象，
在眼前怎么也挥之不去。
今晨我从饮水槽抓起一块薄冰，
举着它望向灰白的霜草世界。
冰融化。把冰摔碎，我让其落地。
但它堕地前，
我好瞌睡，
并且我能告诉自己，
我即将要做何种形式的梦。
放大了的苹果出现又消失，
叶柄和花端，
甚至黄褐色的斑点都一一可见。
我的脚背不仅一直在疼痛，
还承受着梯子横档的压力。
当树枝弯曲，我感到梯子摇曳，
我一直听到地窖的苹果箱
发出隆隆的声响；
那是一桶桶苹果往里装。

摘苹果这活干得太多，

我已非常厌倦

我期望的大丰收。

有成千上万的苹果要摘，

珍爱在手在于轻放，不让落在地上。

因为所有

那些摔在地上的苹果，

无论有没有刺破擦伤，

肯定要压成苹果汁，

渣子成一堆无用的东西。

你会明白有什么会搅乱

我的睡眠，不管这是什么样的睡眠。

要是土拨鼠没有离去，

它会说这或许像它的长长冬眠，

或仅是某些人的入睡一样，

当我描述瞌睡来袭。

赏 析

《摘苹果后》是一首有名的田园诗，收录在弗罗斯特第二部诗集《波士顿以北》。这首诗写秋天果园结满苹果，年迈的果农登上伸向蓝天的长梯，摘下硕大的苹果，小心翼翼地放入桶中，心中充满丰收的喜悦。树枝上还剩下两三个没有摘，有一个桶还没有装满，但也要收工了。夜幕降临，果农劳累不堪，苹果的香味使他昏昏欲睡。

诗的表层意思是有关摘苹果和睡觉，但弗罗斯特认为"诗歌就是隐喻，说此指彼"。此诗隐含的意思与《圣经》神话故事有关。苹果是智慧之果，让亚当和夏娃获得知识，也是诱惑之果，使他们触犯天规，被逐出伊甸园、堕入尘世，在世上辛勤劳作，遭受各种苦难。苹果降落（fall）有堕落、死亡之意。摘苹果的长梯伸向蓝天，使人联想起《创世纪》中雅各的神梯（Jacob's ladder），有人死后从大地回归天堂。因此，可以认为这是一位临死的老人在回顾他的生活、成就、遗憾和未竟的事业。

树上有两三个苹果没有摘，苹果掉到地上，无论有无刺破或擦伤，或压榨成果汁，渣滓都成为一堆无用的东西。有评论认为这也是本诗的一个重要的主题。它暗含达尔文的进化论、物种选择优胜劣汰的原理，提醒人们勤劳、谨慎，提升自身的价值，避免被淘汰。

诗中人的睡眠与土拨鼠的冬眠是不同的。土拨鼠只是逃避严寒、暂时的休眠，而人的长眠就是死亡不能复生，但人因获得丰收有成就感，死时会有好梦。这表现了弗罗斯特的死亡观。

这首诗层次分明，42行不分节，诗行长短不一。全诗以抑扬格五音步为主（占26行）；其他诗行一至六音步都有，是一首半格律半自由体的诗。

Nothing Gold Can Stay

Nature's first green is gold,

Her hardest hue to hold.

Her early leaf's a flower;

But only so an hour.

Then leaf subsides to leaf.

So Eden sank to grief,

So dawn goes down to day.

Nothing gold can stay.

没有黄金色能永存

大自然的新绿是黄金，

她这色泽最难存。

最初的嫩芽是一朵花，

但瞬间就变化。

嫩芽蜕变成了叶，

伊甸园也会陷入悲切。

晨曦之后白天跟，

没有黄金色能永存。

赏 析

　　《没有黄金色能永存》看似是一首田园诗，实为一首哲理诗，发表在 1923 年，收录在诗人获得普利策奖的《新罕布什尔》诗集中。

　　这首诗讲青春、美丽、财富以及人的生命都是短暂易逝的。春天是生长的季节，万物复苏，一片青绿。叶子的新芽是金黄色的，美丽，贵如黄金。但春天很快被其他季节替代。青绿、金黄的东西将褪色枯萎、死亡，这是不可抗拒的自然规律。人生也如此，遵循从青春、老弱到死亡这一规律。甚至，没有苦难，欢乐的（delighted）伊甸园也会沉沦，一切都会沉沦（sank, goes down）、消亡。自然界生死循环，周而复始。这首诗表现了诗人的宇宙观、生死观。

　　这首诗共 8 行，不超过 40 个词，每个词不超过 7 个字母；语句简单、凝练，把大自然比作女性，用名词"gold"表示她的最初的金黄色如黄金一样贵重，但美丽易失。全诗采用抑扬格、三音步、用头韵，押 aa bb cc dd 韵。一半以上的句子哀叹事物贬损、消失，最后的结论是诗的题目。

The Road Not Taken

Two roads diverged in a yellow wood,
And sorry I could not travel both
And be one traveler, long I stood
And looked down one as far as I could
To where it bent in the undergrowth;

Then took the other, as just as fair,
And having perhaps the better claim,
Because it was grassy and wanted wear;
Though as for that the passing there
Had worn them really about the same,

And both that morning equally lay
In leaves no step had trodden black.
Oh, I kept the first for another day!
Yet knowing how way leads on to way,
I doubted if I should ever come back.

I shall be telling this with a sigh
Somewhere ages and ages hence:
Two roads diverged in a wood, and I—
I took the one less traveled by,
And that has made all the difference.

没走的路

两条路在黄树林里分岔，
很遗憾，我不能同时走两条路。
我这个旅行者伫立良久，
朝一条路极目远望，
它在树丛里拐弯深藏。

然后，望着另一条同样应该走的路，
甚至也许有更好的理由；
因为它草深需要有人走。
尽管如此，那里的两条路，
走过的人，实际同样少得可数。

那天早晨，两条路同样铺满落叶，
没有游人的脚印可见。
唉，我把第一条路留待来日再走。
却也知道前路环环相扣，
很怀疑还会回去走这条路。

多年，多年过后，在某地
说起这事，我一声叹息；
两条路在林中分岔，我——
我选择了一条少有人走的路，
不同的选择结果截然不同。

赏 析

　　《没走的路》是一首有名的哲理诗，写于 1915 年，收录在诗人的第三部诗集《山间》（1916）中。

　　这首诗写林中路的岔口分成两条，虽然看上去差不多，但前途如何并不知道，行路人只能二选其一。前路环环相扣，得一直走下去，不可能重回未选之路，而且不同的选择，结果会大不相同。

　　路在这里是一个隐喻，象征人生之路、职业、信仰、生活方式，包括选择学校、专业、配偶等。人的生活本身就是由选择连接而成的长链，我们每天都在做选择，从两个或多个选项择其一，选此失彼。选择需要智慧、学识、决心。这首诗的主题是"人生（生活）就是选择"（life is choices）。

　　弗罗斯特的人生选择告诉我们正确选择的重要性。在人生的十字路口，道路的选择往往决定你的未来和命运。弗罗斯特决心从事写诗这项事业，他说"穷就穷吧"。1912 年，他 38 岁时，为了写诗，毅然放弃在一所师范学校稳定的教职工作，卖掉祖父遗留下来的农场，偕同妻子去到英国，居住在伦敦附近的一所茅屋里，从事创作，日后成为著名的诗人。诗人选择的，如诗中所说"选择了一条少有人走的路"，也是前路茫茫，不知能否成功。按照传统的观念，人们会选择稳定、顺利的、符合常规的生活道路。诗人选择的成功，说明他具有反传统的思想，敢于反对传统观念的束缚，有独特的胆识和勇于探索的精神，这也是现代主义精神。

　　艾略特称赞弗罗斯特也许是当今英美诗人中最卓越、最优秀的一位。道路的选择很重要，鲁迅先生说"路是人走出来的"，选对了路，坚毅地走下去才能获得成功。

Stopping by Woods on a Snowy Evening

Whose woods these are I think I know.

His house is in the village though;

He will not see me stopping here

To watch his woods fill up with snow.

My little horse must think it queer

To stop without a farmhouse near

Between the woods and frozen lake

The darkest evening of the year.

He gives his harness bells a shake

To ask if there is some mistake.

The only other sound's the sweep

Of easy wind and downy flake.

The woods are lovely, dark and deep,

But I have promises to keep,

And miles to go before I sleep,

And miles to go before I sleep.

雪夜林边伫立

这是谁的树林？我想我知道，
虽然他的屋在村子里，
他不会看到我在此伫立，
观赏他盖满冰雪的林子。

我的小马儿肯定很好奇；
我们待在树林与冰湖间，
附近没有农舍可见，
在这一年最黑暗的夜晚。

它摇动马具上的铃铛，
质问是否停错了地方。
另外仅有一个声音，
是轻风和雪片的飘落声。

树林美丽、黑暗、幽深，
但我有承诺要履行，
在睡觉之前，要赶完路程，
在睡觉之前，要赶完路程。

赏 析

《雪夜林边伫立》是弗罗斯特最有名的诗歌之一，收录在 1923 年出版的诗集《新罕布什尔》中。

这首诗写在一年中最长、最黑暗的风雪之夜（即冬至，约在公历 12 月 21 日），行人牵着他的马来到同村邻居的树林欣赏美景。又黑又冷的冬夜来到如此荒凉的地方，马儿也怀疑是否来错了地方。这首诗看似是"向晚意不适，驱车登古原"，一次牵马夜游而已。

从诗的第四节第一行，我们可以看出诗的象征意义。树林（woods）除了美丽，还有危险、死亡之意（如习语"out of woods"意为脱离危险和困难，"dark"有黑暗、神秘莫测之意，"deep"也有深奥、危险、可怕之意）。所以有不少评论说这是一首死亡诗。行人想自杀，站立了很久，经过思考，认识到自己肩负的社会、家庭责任，以及自己的承诺，决定勇敢前行，积极进取。

树林盖满了雪，宁静、美丽，只有清风和雪花飘落的声音，诗人被这片自然景观深深地吸引，沉浸在自然美之中，驻马停留不忍离去。但他想到有前路要奔，有任务在肩，必须履行自己的承诺，不能在此久留，必须继续前进，表现了他是一个理性、有责任心、一个敢于担当的人。

这首诗采用四音步、抑扬格写成，尾韵押 aaba bbcb ccdc dddd，即每行第二、四字押韵，第三行与下一诗节第二、四字同韵。这是连锁韵律（interlocking rhyme），像但丁《神曲》中的用韵。这与《我熟悉夜晚》的韵律相似，不过《我熟悉夜晚》每节是三行，而这首诗是每节四行，四个诗节环环相扣，节奏感强，充满韵律之美。

'Out, Out—'

The buzz saw snarled and rattled in the yard

And made dust and dropped stove-length sticks of wood,

Sweet-scented stuff when the breeze drew across it.

And from there those that lifted eyes could count

Five mountain ranges one behind the other

Under the sunset far into Vermont.

And the saw snarled and rattled, snarled and rattled,

As it ran light, or had to bear a load.

And nothing happened: day was all but done.

Call it a day, I wish they might have said

To please the boy by giving him the half hour

That a boy counts so much when saved from work.

His sister stood beside him in her apron

To tell them 'Supper.' At the word, the saw,

As if to prove saws knew what supper meant,

Leaped out at the boy's hand, or seemed to leap—

He must have given the hand. However it was,

Neither refused the meeting. But the hand!

The boy's first outcry was a rueful laugh,

As he swung toward them holding up the hand

Half in appeal, but half as if to keep

The life from spilling. Then the boy saw all—

Since he was old enough to know, big boy

Doing a man's work, though a child at heart—

He saw all spoiled. "Don't let him cut my hand off—

The doctor, when he comes. Don't let him, sister!"

So. But the hand was gone already.

The doctor put him in the dark of ether.

He lay and puffed his lips out with his breath.

And then—the watcher at his pulse took fright.

No one believed. They listened at his heart.

Little—less—nothing!—and that ended it.

No more to build on there. And they, since they

Were not the one dead, turned to their affairs.

"熄灭吧，熄灭吧——"

嗡嗡的电锯，在院子里叫，格格作响，

扬起锯末，锯出炉子般长的木条，

微风吹过散发阵阵清香。

从这里抬头远望，

可见五座山岳层层叠嶂，

在夕阳下向着佛蒙特州延长。

电锯在咆哮，格格地叫，咆哮，格格地叫，

当它轻快运转或负荷大块的木料。

都无事发生；一天差不多就要过去，

说是一天过去，我倒希望如此。

给孩子半小时休息，就能让他欣喜，

从劳动中解脱，半小时对孩子无比珍贵。

孩子的姐姐系着围裙在身边站立，

喊了声"吃晚饭"，话音刚落，

电锯似要证明懂得其意思，

跳出来指向孩子的手臂，或好像是如此——

一定是他伸出了手，不管怎样，

电锯和手没有避开接触，可这手啊！

孩子的第一声呼叫是悲惨的笑。

当他举起手向他们摇摆，

半是哀求，半是要保住生命不丢——

接着孩子一切都明了；

因为他大到可以懂事，是个大孩子

干着成人的活，还是孩子的心。

看到血肉模糊，医生来时，

直呼"不要让他割掉我的手——

不要让他——姐。"

情况是手已脱离胳膊，

医生用麻醉剂使他没有知觉。

他躺着伸出舌头喘气，

接着量血压的人猛然一惊，

没人敢相信，他的心跳

微弱、更弱、停止！就这样结束了生命。

这里，人们无能为力，既然他们

不是死者，各自去干自己的事情。

赏　析

这首诗写于1914—1916年间，收录在诗集《山间》（*Mountain Interval*，1916）中，是源于一个真实的事件。诗人的邻居和朋友的儿子在锯木厂工作，被锯断了一只手，休克死亡，引发诗人写出这首具有深刻社会意义和悲剧色彩的叙事诗。

诗的标题出自莎士比亚的喜剧《麦克白》。在该剧的第五幕第五场，当麦克白从仆人口中得知妻子死亡后说："熄灭吧，熄灭吧！短促的烛光！/人生不过是一个行走的影子，一个在舞台上指手画脚的伶人，登场片刻，就在无声无息中悄然退下。"从标题不难看出这是一首关于死亡的诗。

诗的开头写新英格兰农村山岳重叠，风吹花香，夕阳下分外美丽。但随着第一次世界大战的爆发，美国加快了工业化的进程，以机器生产取代手工劳动，农村办起了小工厂。诗人笔锋一转，美丽的背景下悲剧发生了，一个未成年的孩子手被电锯锯断了，血肉模糊，休克死亡，呈现出一幅反差极大、极不和谐的景象。童工的死，"短促的烛光"，过早地"悄然退下"实际是对资本主义社会不遗余力地追求物质利益，无视人的安全与生命的揭发与批判。令人心寒的是孩子死后，"不是自己死亡"，事不关己，周围的人很快离开去干自己的事，抓紧时间挣钱，反映了围观的人们麻木绝情，人际关系冷漠。

这首诗是用无韵体（blank verse）写成的，即用抑扬格、五音步。每行长短不一，行数不限，不押韵。这是一般戏剧和叙事诗常用的形式。

这首诗使用了象征、隐喻和拟人化等修辞手段，是诗人描写农村人民生活最强有力、最阴暗，最有代表性的叙事诗中的一首。

Fire and Ice

Some say the world will end in fire,

Some say in ice.

From what I've tasted of desire

I hold with those who favor fire.

But if it had to perish twice,

I think I know enough of hate

To say that for destruction ice

Is also great

And would suffice.

火与冰

有人说世界将毁于火，

有人说毁于冰，

从我对欲望的感知，

我赞同持火的观点的人。

倘若世界要毁灭两次，

我想我对仇恨了解颇深，

谈到破坏，冰

也很厉害，

将足以毁灭世界。

赏 析

　　《火与冰》1920 年发表在《哈泼斯杂志》，1923 年收集在《新罕布什尔》诗集。这首诗只有短短的九行，以火和冰做象征的喻体，探讨世界末日怎样到来。据弗罗斯特的一位传记作家说，这首诗的灵感来自但丁的《神曲·地狱》的第三十二章。地狱中最坏的罪犯、叛逆者，被淹没在火热的地狱，他们的脖子以下都是冰。但丁在第九层地狱与封在冰中的叛逆者对话。为与之对称，弗罗斯特将此诗定为九行，诗行长短不一，为不规则的抑扬格四音步混合体，尾韵为 abaabcbcb。

　　火与冰（水）都是生活中的必需品，不可须臾缺少；水火无情，它们也能造成火灾和水患危害人类。它们是矛盾对立的统一体。火象征情感、激情和欲望，冰暗喻冷静、理智、残酷、仇恨。人没有情感、欲望不行，没有理智，不冷静也不行。走入两个极端的危害很大，甚至可以造成世界毁灭。

　　在这首诗里，诗人用火与冰启示我们凡事不要走极端，物极必反，真理过度就成谬误。

Design

I found a dimpled spider, fat and white,
On a white heal-all, holding up a moth
Like a white piece of rigid satin cloth—
Assorted characters of death and blight
Mixed ready to begin the morning right,
Like the ingredients of a witches' broth—
A snow-drop spider, a flower like a froth,
And dead wings carried like a paper kite.

What had that flower to do with being white,
The wayside blue and innocent heal-all?
What brought the kindred spider to that height,
Then steered the white moth thither in the night?
What but design of darkness to appall?—
If design govern in a thing so small.

设　计

我发现一只又胖又白的蜘蛛带着笑靥，
在白色万灵花上将一只飞蛾举起。
飞蛾像一块白色的绸缎挺直，
死亡和被毁的性质互联，
准备用作早晨的哀悼庆典。
内容像女巫肉汤里的东西，
雪花莲般的蜘蛛像泡沫花一枝，
僵硬的翅膀支撑开来像纸风筝一般。

那花变成白色是为哪般，
那路边的蓝色、无辜的万灵花？
是什么引诱同宗族的蜘蛛爬到顶端，
然后将白蛾引向哪里，趁着夜晚？
除了黑夜的设计还有什么更可怕？
要是设计连这样的小事也不放过呀！

赏 析

这首诗原名为《白色》(In white), 写于 1922 年, 1936 年改名为《设计》(Design), 收录在《又一重山脉》(A Further Range, 1936) 诗集中。

这是一首仿意大利的彼得拉克体(略有不同)十四行诗, 但丁、彼得拉克用这种诗体写神圣的爱情, 但这首诗里没有爱。诗的前八行(octave)写一只带着笑靥、胖胖的突变成白色的蜘蛛, 在由蓝色突变成白色的、有治愈作用的万灵花上布网, 夜晚捉住了一只与自己同宗的白色飞蛾, 准备早晨的哀悼仪式。

这是自然界一场密谋屠杀同宗的恐怖事件。看似可爱的蜘蛛是杀手, 无辜有治愈作用的万灵花成了帮凶, 白蛾成了牺牲品。这说明事物有两面性: 有好的、善良的(goodness)的一面, 也有邪恶的(evil)一面, 就看如何管控引导。

诗的后六行(sestet)对前八行的问题用三个提问做了回答, 表明这个"设计"的设计者(designer)是超自然的、万能的上帝。这与布莱恩特在《致水鸟》中的仁慈的上帝不同, 他掌握万物的生死大权, 事无巨细都由他设计安排, 显示了他的另一面。因此, 人的命运、安危是没有保障的, 上帝是不可信赖的。

这首诗的前八行按照常规的韵律 abba abba 押韵, 但后六行不是按常规的 cdecde, 而是改为 acaacc。最后用了一个对句, 使语气显得平缓。

诗中飞蛾的翅膀像绸缎暗喻死亡。英国、美国习惯在死人的棺材里安放此物。诗中有三个角色, 两个双关语——morning-mourning, right-rite, 增添了诗的凝重、幽默气氛。

21 卡尔·桑德堡
(Carl Sandburg, 1878—1967)

卡尔·桑德堡，诗人、传记作者、新闻记者，芝加哥学派诗人的重要代表人物。他继承、发展了惠特曼自由体和诗歌风格，描写美国中西部大草原、芝加哥的快速发展及普通的人和事，用通俗的语言描写现实生活，粗犷有力，真实大胆，反映人民的心声，表达乐观、民主精神，被誉为"普通人民的诗人"。他一反美国诗歌的伤感、无病呻吟的所谓斯文传统，为 20 世纪二三十年代的美国诗歌文艺复兴新诗运动吹进一股清新之风，成为该时期最受欢迎的诗人。

他曾三次获普利策奖，其中两次为诗歌奖，一次为六卷本《林肯传记》。诗人晚年享有极高荣誉。他 75 岁生日时，伊利诺伊州宣布该日为"卡尔·桑德堡日"。1967 年他去世时，时任总统林登·约翰逊赞扬他说："卡尔·桑德堡不仅是美国之声，而且是代表美国力量与天赋的诗人，他就是美国。"

桑德堡出生在伊利诺伊州一个瑞典移民的家庭，父亲是农民、铁匠，当过铁路工人。他 13 岁即八年级时辍学谋生，当过看门人、赶车人、木匠、洗碗工、农场短工等。1898 年美西战争时，任《格尔斯堡晚报》战地通讯员。美西战争结束后，进入盖尔斯堡伦巴学院半工半读四年，未毕业，接着到处打工、流浪，当过记者、编辑和社会民主党工作人员。

桑德堡的主要著作有《芝加哥诗抄》（*Chicago Poems*, 1916）、《剥玉米的人》（*Cornhuskers*, 1918）、《烟与钢》（*Smoke and Steel*, 1920）、《是的，人民》（*The People, Yes*, 1936—1964）、《诗歌全集》（*Complete Poems*, 1950）、《美国歌谣集》(*The American Songbag*,1927, 1950)、《亚伯拉罕·林肯战争年代和草原年代》（*Abraham Lincoln, The Prairie Years and The War Years*, 1929—1939）。

Chicago

Hog Butcher for the World,

Tool Maker, Stacker of Wheat,

Player with Railroads and the Nation's Freight Handler;

Stormy, husky, brawling,

City of the Big Shoulders:

They tell me you are wicked and I believe them, for I have seen your
  painted women under the gas lamps luring the farm boys.

And they tell me you are crooked and I answer: Yes, it is true I have seen
  the gunman kill and go free to kill again.

And they tell me you are brutal and my reply is: On the faces of women and
  children I have seen the marks of wanton hunger.

And having answered so I turn once more to those who sneer at this my
  city, and I give them back the sneer and say to them:

Come and show me another city with lifted head singing so proud to be
  alive and coarse and strong and cunning.

Flinging magnetic curses amid the toil of piling job on job, here is a tall
  bold slugger set vivid against the little soft cities;

Fierce as a dog with tongue lapping for action, cunning as a savage pitted
  against the wilderness,

Bareheaded,

Shoveling,

Wrecking,

Planning,

Building, breaking, rebuilding,

Under the smoke, dust all over his mouth, laughing with white teeth,

Under the terrible burden of destiny laughing as a young man laughs,

Laughing even as an ignorant fighter laughs who has never lost a battle,

Bragging and laughing that under his wrist is the pulse, and under his ribs
the heart of the people,

Laughing!

Laughing the stormy, husky, brawling laughter of Youth, half-naked,
sweating, proud to be Hog Butcher, Tool Maker, Stacker of Wheat,
Player with Railroads and Freight Handler to the Nation.

芝加哥

为世界杀猪的屠夫，

制造工具的工人，堆麦垛的人，

铁路操作和国家货运经管人；

粗狂、壮实，吵吵嚷嚷的，

一个肩膀宽大的城市。

他们告诉我，你邪恶，我相信；因为我看见

那些涂脂抹粉的女人在煤气灯下勾引乡下男人。

他们还对我说，你为非作歹，我回答：是真的，我看见

枪手杀人，扬长而去，继续杀人。

并且他们告诉我你残忍，我的回答：是，

女人和孩子们的脸上，我看见满是饥色。

这样回答后，我再次转向那些嘲笑这座城市的人，

我以嘲笑回敬，对他们说：

举出另一个城市呀！他也高昂着头，骄傲地歌唱，

如此活跃、粗俗，强壮和灵巧。

在堆积如山的工作中辛劳，发出吸引人的咒骂，

一个高大、勇敢的拳王傲然立于一群弱小城市之上。

它犹如伸出舌头要行动的一只猛狗，

机灵像个与荒原抗衡的野人；

光着头，

掀着铲，

捣毁着，

计划着，

建设、破坏、重建，

烟雾笼罩下，灰尘满面，露出雪白的牙齿欢笑，

在命运的重压下，像年轻人一样欢笑，

像从未输过一场战斗的憨厚的战士一样欢笑，

夸耀、欢笑。手腕下，脉搏在跳；肋骨下，人民的心脏在跳，

欢笑！

笑出年轻人的粗犷、壮实、喧嚷，

光着半身，汗流浃背，

骄傲！为是屠夫、制造工具的工人，堆麦垛的人，

铁路运作和国家货运经管人而自豪！

赏 析

　　《芝加哥》是桑德堡在1910年芝加哥市府举办的诗歌竞赛中所写的一首诗，获得一等奖，发表在1914年的《诗刊》上，是1916年出版的《芝加哥诗集》中的主题诗，诗人由此开始他的诗歌创作生涯。这首诗的主题是歌颂芝加哥这座现代化的工业城市，歌颂城市的建设者；他也因为他诗歌中的这一内容而被誉为"工业美国的诗人""普通人民的诗人"。

　　这首诗用惠特曼的自由诗体写成，继承发扬了惠特曼热情奔放、歌颂人民群众和民主自由的传统，使用人民群众的语言，不押尾韵，依靠语句的音节、说话的抑扬顿挫取得音乐效果。诗的前五行是这首诗的序诗，勾勒出城市的风貌和功能，说它肩膀宽大。

　　整首诗用比喻、拟人化的写法，把城市写成有生命的东西。诗歌在歌颂城市的同时，也指出城市的丑陋及其阴暗面，紧接着诗人理直气壮地为城市辩护，一反一正、一贬一褒，跌宕起伏，雄辩有力，瑕瑜互见，虽然表现了诗人的矛盾心理，但更显诗人对城市及人民真诚的热爱。

　　桑德堡受意象派的影响，诗行不像惠特曼的那样长，诗中使用意象，如把芝加哥比喻为"勇敢的拳王""伸出舌头要行动的一只猛狗"等，修辞有所节控，甚至有几行只有一个字，显得短小有力。另一个特点是诗的音乐性很强。开篇的五行有五个以 -er 结尾的字，最后几行用了十五个现在分词以 ing 结尾，读起来朗朗上口，铿锵有力；前者突出了人，后者尽显人的行为动作。诗的结尾重复序诗，首尾呼应，显得结构严谨。《芝加哥》是桑德堡的代表作，受到读者一致好评。

Fog

The fog comes
On little cat feet.

It sits looking
over harbor and city
on silent haunches
and then moves on.

雾

雾来了，
蹑着猫的细步。

它蹲坐着俯视
海港和城市，
静静地蹲着，
然后朝前移去。

赏　析

　　《雾》这首类似日本俳句和中国古诗的诗是桑德堡受到当年兴起的"意象派诗歌"发起人庞德等人的影响，用惠特曼的自由体诗歌形式，使用意象的手法，于1916年写成。此诗发表后，好评如潮，被誉为意象派的典型代表作之一。所谓意象诗，意是指意念、思想，象就是物象，具体的事物。意象诗就是把要表达的抽象的思想情感用具体的物象呈现出来，也就是把主观的思想和外在的物象联系起来的方法。

　　《雾》这首诗中的两个物象是雾和猫。雾移动轻快，猫轻巧敏捷，有共同之处。两者结合表达思想，避免直说。雾朦胧、不明朗，意味着这个城市有问题，有阴暗、阴郁，不为人知一面；朦胧也能给人一种神秘感。猫不动声色，静静蹲坐着，朦胧中俯视海港和城市，好像一种无名的自然力量在监控着，使人害怕，感到有威胁。但雾终归要散开，太阳会出来，海港和城市将走向光明。诗人在歌颂城市，对城市的未来充满希望与期待。这首诗用意象表达思想，简洁、明了，有节奏感和音乐性。

　　诗人热爱这座城市，既看到问题，也看到光明，歌颂了工业文明。本诗是一首公认的佳作。

I Am the People, the Mob

I am the people—the mob—the crowd—the mass.

Do you know that all the great work of the world is done through me?

I am the workingman, the inventor, the maker of the world's food and
clothes.

I am the audience that witnesses history. The Napoleons come from

me and the Lincolns. They die. And then I send forth more Napoleons and
Lincolns.

I am the seed ground. I am a prairie that will stand for much plowing.
Terrible storms pass over me. I forget. The best of me is sucked out and
wasted. I forget. Everything but Death comes to me and makes me work
and give up what I have. And I forget.

Sometimes I growl, shake myself and spatter a few red drops for history to
remember. Then—I forget.

When I, the People, learn to remember, when I, the People, use the lessons
of yesterday and no longer forget who robbed me last year, who played
me for a fool—then there will be no speaker in all the world say[1] the
name: "The People," with any fleck of a sneer in his voice or any far-off
smile of derision.

The mob—the crowd—the mass—will arrive then.

---

[1] 原诗中 "there will be no speaker...say"，此处应省略了 "who can(dare)"，所
以译为 "没有人能（敢）"。

我是人民，暴民

我是人民—暴民—平民—群众；
你可知道，所有世界上伟大的工程都由我完成？
我是劳动者、发明家，世界衣食的生产人。
我是历史的见证人：众拿破仑由我产生，
还有许多林肯。他们死后，
我送来更多的拿破仑和林肯。

我是育种的泥土，是可轮番耕作的草原；
经历过暴风雨袭击，我把它忘记。
我的精华被吸吮、被浪费，我把它忘记。
除了死亡，无论发生何事，让我付出劳动、
放弃我之所有，我把它忘记。

有时候，我也咆哮、抖动身子，洒几滴鲜血，
让历史铭记，然后我把它忘记。
当我，人民学会了记住时，
当我，人民用昨日的教训，
不再忘记去年被谁抢劫，
被谁把我愚弄，而整个世界
没有发言人敢道出他的姓名
"人民"，声音中带一点轻蔑，
或脸上露出谈谈的、鄙夷的微笑，
暴民—平民—群众，这时，我来了。

赏　析

在《我是人民，暴民》这首诗里，诗人指出人民群众是物质和精神文明的创造者，从他们中涌现了无数英雄人物。诗人把自己与人民群众画等号，表明他有很强的人民意识。他对"人民"做了解释：人民就是平民百姓，广大的劳动群众，必要时，也可以是暴民。诗人对暴民（mob）赋予正面意义，认为不能因为他们行为激烈而轻视他们。他们的目的是反抗压迫，夺取政权；目的正确，手段可以不同。

人民是历史的创造者，是物质文明和精神文明的创造者。他们刻苦勤奋，只要记起谁抢劫、愚弄了他们，他们就会起来反抗。这表现了诗人具有阶级和阶级斗争的思想和意识。

The People, Yes, 107

The people yes

The people will live on.

The learning and blundering people will live on.

They will be tricked and sold and again sold

And go back to the nourishing earth for rootholds,

The people so peculiar in renewal and comeback,

You can't laugh off their capacity to take it.

The mammoth rests between his cyclonic dramas.

The people so often sleepy, weary, enigmatic,

is a vast huddle with many units saying:

"I earn my living.

I make enough to get by

and it takes all my time.

If I had more time

I could do more for myself

and maybe for others.

I could read and study

and talk things over

and find out about things.

It takes time.

I wish I had the time."

The people is a tragic and comic two-face: hero and hoodlum:

phantom and gorilla twisting to moan with a gargoyle mouth:

"They buy me and sell me...it's a game...sometime I'll

break loose..."

Once having marched

Over the margins of animal necessity,

Over the grim line of sheer subsistence

Then man came

To the deeper rituals of his bones,

To the lights lighter than any bones,

To the time for thinking things over,

To the dance, the song, the story,

Or the hours given over to dreaming,

Once having so marched.

Between the finite limitations of the five senses

and the endless yearnings of man for the beyond

the people hold to the humdrum bidding of work and food

while reaching out when it comes their way

for lights beyond the prison of the five senses,

for keepsakes lasting beyond any hunger or death.

This reaching is alive.

The panderers and liars have violated and smutted it.

Yet this reaching is alive yet

for lights and keepsakes.

The people know the salt of the sea

and the strength of the winds

lashing the corners of the earth.

The people take the earth

as a tomb of rest and a cradle of hope.

Who else speaks for the Family of Man?

They are in tune and step

with constellations of universal law.

The people is a polychrome,

a spectrum and a prism

held in a moving monolith,

a console organ of changing themes,

a clavilux of color poems

wherein the sea offers fog

and the fog moves off in rain

and the labrador sunset shortens

to a nocturne of clear stars

serene over the shot spray

of northern lights.

The steel mill sky is alive.

The fire breaks white and zigzag

shot on a gun-metal gloaming.

Man is a long time coming.

Man will yet win.

Brother may yet line up with brother:

This old anvil laughs at many broken hammers.

There are men who can't be bought.

The fireborn are at home in fire.

The stars make no noise,

You can't hinder the wind from blowing.

Time is a great teacher.

Who can live without hope?

In the darkness with a great bundle of grief

the people march.

In the night, and overhead a shovel of stars for keeps, the people

march:

"Where to? what next?"

人民，是的（107）

人民生生不息，

学习、易犯错的人民继续活下去，

被欺骗，一次次被出卖，

又回归这沃土扎根。

人民如此特殊地复原、回归，

你不能笑看他们的生存能力。

猛犸象就是在接连不断的飓风间隙中生息。

人民经常这样昏昏欲睡、疲惫，神秘莫测；

是个巨大、众多群体的混合体，说着：

"我挣钱过活，

我挣的钱勉强糊口，

耗尽了所有的时间。

要是我有更多时间

我能为自己多做点事，
也许能为他人出力。
我可以读书学习，
议论点事情，
找出事情的原委。
这需要时间，
我多希望我有时间。"

人民有悲剧和喜剧两面性；
是英雄也是恶棍，
是幽灵和把丑陋嘴脸扭曲发出呻吟的猩猩。
"他们买下我又把我卖掉
……一场游戏……有朝一日我会把枷锁挣脱。"

一旦前进，
超越动物性需求的边界，
越过纯粹求生的严酷界限，
人民即迎来
他骨头更深处的礼仪；
来到比任何光亮更亮的明灯，
有时间深思熟虑，
唱歌跳舞、讲故事，
花时间追求梦想；
一旦这样前进。

在五官框定的界限
与人的无限欲求之间，
人民坚持做单调乏味，吩咐的工作，获取食物，

同时，当他们情势一到，超越五官的棱镜，
伸向光亮，伸向持久超越饥饿或死亡的纪念物。
这伸向充满活力，
献媚者和骗子侵犯玷污了它，
然而这伸向仍然充满活力，
追求光明与纪念物。

人们知道海水的苦涩，
刮向海角天涯的狂风的力量。
人们把地球当作
安息的坟场和希望的摇篮。
有其他的谁为人民的家族说话？
人民与宇宙星座运行规律
合拍同步。

人民是五光十色
系在转动的巨大石柱上的
光谱仪和棱镜；
是变幻主题的立地风琴，
多彩诗歌的彩琴，
那里大海升起迷雾，
迷雾在雨中消散。
拉布拉多的落日短暂，
明亮的星星唱着夜曲，
在北方亮光下喷出的水花让上空
显得明亮、宁静……

钢铁厂上空活跃非凡，

白色曲折的火光
射向青铜色的黄昏。
人民姗姗来迟，
然而他们一定会胜利，
兄弟会肩并肩站在一起。

旧铁砧嘲笑众多破铁锤；
人们不能被收买，
烈火中生，烈火中自在。
星星沉默不语，
你不能阻挡风儿不吹。
时间是伟大的导师，
谁能不抱希望而生？

人民忍着巨大的悲痛，
在黑暗中前行。
夜晚头戴星月，
人民大踏步前进。
"去向何处？下一步怎么样？"

赏 析

　　《人民，是的》是桑德堡的力作，发表于 1936 年，是年桑德堡 48 岁。桑德堡曾是一个劳工、一个流浪汉，长期和劳动人民生活在一起，经历过 1929—1942 年美国经济大萧条时期。这部著作是他人生经验的集结，反映了美国的历史及现状，人民的疾苦和人们的心声，为人民代言。这部诗共有 107 章，里面有散文、对话、小品、轶事、诗歌等。

　　诗的第 107 章是长诗的最后一章，共分 9 节。诗的主题是人民有无穷的力量，我们应该相信群众，相信人民。

　　诗的前两节讲人民有顽强的生命力和生存能力。第三节说人民有两面性，是英雄也是恶棍。人民是指"以劳动群众为主的社会基层成员"，不包括坏人和恶棍，桑德堡把恶棍列入人民范畴是错误的。下面几节讲生存是第一要务，衣食足而知礼仪，人民才有可能创造出更光明和美好的世界。

　　诗的最后两节把人民比喻为铁砧，压迫者比喻为铁锤。人民能在烈火中生存。人民虽像星星一样沉默不语，但谁也不能阻止风儿不吹；"树欲静而风不止"，人民会奋起，大踏步前进。这表明诗人相信人民的力量，相信人民一定胜利。

维切尔·林赛
(Vachel Lindsay, 1879—1931)

林赛是美国现代诗人，被认为是现代歌唱诗歌的创始人；他认为诗是用来歌唱的，是普通人民群众的一种口头艺术，要有强烈的韵律节奏，让听众立即喜欢；主张"为声音而声音"。林赛生于伊利诺伊州的斯普林菲尔德，由于家庭住地和人际交往，他很早就熟知中西部的农村生活，知道人们崇敬亚伯拉罕·林肯和安德鲁·杰克逊这两位亲民、爱国的美国总统，这在他的诗中都有所反映。

林赛在海德姆学院学习医学三年后，于1900年退学，转而就读于芝加哥艺术学院和纽约美术学校。开始写诗后，他走遍美国各地，以朗诵自己的诗来换取生活费。1913、1914年他的诗《布斯上校升天》(*General William Booth Enters into Heaven*) 和《刚果》（*The Congo*）在《诗刊》上陆续发表。他的这类诗把当时风靡美国的爵士乐的强烈节奏引入诗歌，充满生动的意象，表达了他激越的爱国热情和对大自然浪漫主义的欣赏。他的诗和他朗诵时戏剧性的姿势及伴有手鼓和其他乐器，深受听众喜爱，被誉为"草原行吟诗人"(prairie troubadour),也使他有了名望，结交了像 W. B. 叶芝、卡尔·桑德堡、埃德加·李·马斯特等诗人，并成为萨拉·蒂斯代尔和兰斯顿·休斯的导师。他们相互成就，促使美国中西部诗歌进一步发展繁荣。

林赛的诗歌集还包括《中国夜莺》(*The Chinese Nightingale*, 1917)、《斯普林菲尔德金书》(*The Golden Book of Springfield*, 1920)、《诗集》(*Collected Poems*, 1924)、《加利福尼亚的金色鲸鱼》(*The Golden Whales of California*, 1926)、《撒播希望种子的约翰尼》(*Johnny Appleseed*, 1928)、《每个灵魂都是马戏团》(*Every Soul is a Circus,* 1929)。他的书信被后人整理成《维切尔·林赛书信集》(*Letters of Vachel Lindsay*, 1979)。

迫于大萧条时期家庭经济压力，以及在六个月的徒步旅行中朗诵诗歌而身心交瘁，林赛于1931年服毒自杀。

Abraham Lincoln Walks at Midnight

(In Springfield, Illinois)

It is portentous, and a thing of state

That here at midnight, in our little town

A mourning figure walks, and will not rest,

Near the old court-house pacing up and down.

Or by his homestead, or in shadowed yards

He lingers where his children used to play,

Or through the market, on the well-worn stones

He stalks until the dawn-stars burn away.

A bronzed, lank man! His suit of ancient black,

A famous high top-hat and plain worn shawl

Make him the quaint great figure that men love,

The prairie-lawyer, master of us all.

He cannot sleep upon his hillside now，

He is among us:—as in times before!

And we who toss and lie awake for long，

Breathe deep, and start, to see him pass the door.

His head is bowed. He thinks on men and kings.

Yea, when the sick world cries, how can he sleep?

Too many peasants fight, they know not why；

Too many homesteads in black terror weep.

The sins of all the war-lords burn his heart.

He sees the drcadnaughts scouring every main.

He carries on his shawl-wrapped shoulders now

The bitterness, the folly and the pain.

He cannot rest until a spirit-dawn

Shall come;—the shining hope of Europe free;

The league of sober folk, the Workers' Earth,

Bringing long peace to Cornland, Alp and Sea.

It breaks his heart that kings must murder still,

That all his hours of travail here for men

Seem yet in vain.　And who will bring white peace

That he may sleep upon his hill again?

亚伯拉罕·林肯在午夜行走

（在伊利诺伊州，斯普林菲尔德）

这是一件令人惊奇的重大事情，

一个哀伤的人影，他没有休息，

午夜行走在我们这小镇，

在旧法院附近踱步，来来回回。

行走在他家宅或浓荫遮盖的庭院，

徘徊在孩子们经常玩耍的地方

或穿过市场，走过磨损的石板，

大踏步前行，直至晨星熄灭了光亮。

一个青铜皮肤、着老式黑衣、瘦长的人，
戴有名的高顶帽，围巾普通、破旧，
这就是一个人们爱戴的奇特伟人；
草原律师，我们大家的领袖。

此刻，在小山坡上，他不能安睡。
同以前的时候一样，他来到我们中间，
我们躺在床上辗转反侧、长久不能入睡，
猛然惊醒，长长吸一口气，看见他路过，门口出现。

他低垂着头，思考着人民和国君的问题。
是的，当一个生病的世界在哭叫，
太多的农民在打仗，却不知原因，
太多的住户人家在黑色恐怖中哭嚎，他怎能睡觉？

所有战争狂人的罪行，烧伤了他的心，
他看到了在海上航行的"无畏号"战舰。
他的双肩围着围巾，
承载着痛苦、愚昧和辛酸。

在精神黎明来到之前，他不能安息；
在欧洲获得自由光明的希望实现、
在觉醒的民众联盟，劳动者的大地
给玉米地、阿尔卑斯山和海洋带来和平之前。

让他心碎的是，国君仍要杀人，
他曾为人民日夜操劳，似是徒劳无益。

谁能带来纯粹的和平，

让他在山上睡得安稳？

赏　析

　　这首诗写于1914年第一次世界大战进行之时。全诗共8节，每节4行，按abab押韵。

　　诗人在梦中梦见已故的前总统林肯午夜在他的故乡伊利诺伊州的斯普林菲尔德到处游荡。他神情哀伤，依然穿戴旧的衣帽，围着破的围巾，显得那么朴实、亲民。战火在燃烧，人民在流血，君王仍在杀人，人民在苦难中哭叫，忧国忧民的林肯的灵魂不能安息，所以在此时出现。不难看出这首诗的主题是反对战争、冀求和平。林肯的出现，说明诗人怀念他，希望有他这样的明君重现，这兴许能给世界带来和平，给人民带来幸福。

　　这首诗回顾往事、缅怀林肯，把他的高大形象作为正义与和平的象征，对战争阴影笼罩、人们在痛苦中挣扎的现实进行批判。诗中充满悲哀、忧伤、遗憾和沉思，表现了诗人的忧思和爱国情怀。

The Leaden-Eyed

Let not young souls be smothered out before

They do quaint deeds and fully flaunt their pride.

It is the world's one crime its babes grow dull,

Its poor are oxlike, limp and leaden-eyed.

Not that they starve, but starve so dreamlessly;

Not that they sow, but that they seldom reap;

Not that they serve, but have no gods to serve;

Not that they die, but that they die like sheep.

目光呆滞

不要让年轻人受到压制，

在他们早年举止奇特，尽力炫耀才情之前。

让孩子们呆头呆脑是世上一大罪行，

让穷人像老牛一样跛足慢行，目光呆滞实为不幸。

并非怕他们挨饿，而是怕饿时梦想全无；

并非怕他们只播种，而是怕他们广种薄收；

并非怕他们事鬼神，而是怕他们没信仰；

并非怕他们死亡，而是怕他们死时像任人宰割的羔羊。

赏 析

　　这首诗呼吁社会不要忽视穷人，对他们的个性和才能、发展潜力进行压制。要重视对青少年人的培养、教育，创造良好的氛围和条件，使他们茁壮成长。不要因为他们有缺点、错误而粗暴对待，使其感到压抑。

　　诗人认为世界上最大的罪过莫过于压制穷人青少年，让他们成为驯服工具，像呆痴的老牛、沉默的羔羊任人宰割。诗人认为贫穷、劳苦、饥饿，甚至死亡都不可怕，最可怕的是人不会思考，失去理智，没有理想、抱负，没有敬业精神。诗人在这首诗里对社会的错误与不公正进行了批判，也表明了他的教育思想，即教育要为受教育者着想。这是一首很好的教育诗篇。用"眼睛模糊"（leaden-eyed）呆滞无神这个词指人思想、精神的麻木、痴呆，形象、生动，很有表现力。

23 华莱士·史蒂文斯
(Wallace Stevens, 1879—1955)

华莱士·史蒂文斯是美国重要的现代诗人。他在诗中，特别是在他的三首长诗《弹蓝色吉他的人》（*The Man With the Blue Guitar*, 1937）、《朝向最高虚构》（*Notes Toward a Supreme Fiction*, 1942）、《纽黑文一个平常的夜晚》（*A Ordinary Evening in New Haven*, 1949）中谈论现实与想象、客观与主观、抽象与虚构和它们之间的关系，谈论诗歌创作的目的、诗的功能和诗人的作用等问题，被称为"诗人的诗人"和"批评家的诗人"。

美国著名评论家哈罗德·布鲁姆 2004 年在其编纂的《最佳英语诗歌》中说："在本编者毕生的判断中，华莱士·史蒂文斯是继沃尔特·惠特曼和艾米莉·狄金森之后的首要美国诗人。"

史蒂文斯出生在宾夕法尼亚州雷丁镇一个律师家庭，父亲祖籍荷兰，母亲祖籍德国。他就读于哈佛大学，后在纽约大学法学院学习，从事律师工作多年后，在哈特福德一家保险公司任职，业余时间写诗。1934 年任该保险公司副总裁，直至 1955 年退休、去世。

Anecdote of the Jar

I placed a jar in Tennessee,
And round it was, upon a hill.
It made the slovenly wilderness
Surround that hill.

The wilderness rose up to it,
And sprawled around, no longer wild.
The jar was round upon the ground
And tall and of a port in air.

It took dominion everywhere.
The jar was gray and bare.
It did not give of bird or bush,
Like nothing else in Tennessee.

坛子的轶事

我放一只坛子在田纳西，
放在山顶，它是圆的。
它使凌乱的荒野
围绕着山峰。

荒野朝它涌起
匍匐在它周围，不再蛮荒。

坛子圆圆的，立在地上

它高大、如同天空中的一个港口。

它统领四野，

灰色，空的。

它不产鸟，不生树

不像田纳西别的事物。

赏 析

　　诗中的"我"把一个灰色的空坛子放在田纳西的山上，想把荒野变得驯服和文明有序，构成一个新的世界。这代表了现代人的愿望。

　　坛子是人造的，这个意象可代表艺术、想象，以及人的创造力和人类文明；荒山代表大自然、客观事物。因此，这首诗可以理解为探讨人类文明与自然、人与环境的关系。这首诗象征人类对自然的影响和征服，但具有讽刺意义的是，这个坛子是灰色的、空的，它不产鸟、不生树，而自然界繁衍不息，是生命的源泉。坛子只是一个让自然的生命力传达、通过的港口。"坛子"也指代现代社会文明在摧毁自然、自由有生命力的东西。这首诗可以看作是艺术（人类文明）与自然的关系，两者各有不同但又相互影响。艺术以一种抽象的、精神的方式区别于自然物中的其他事物；艺术又是建立在自然的基础之上，自然是艺术的源泉。在诗中，"坛子"被赋予了丰富的象征意义，体现了诗人对现代社会的混乱与无序进行了反思，表现了他对现实的关注与思考。

　　轶事指世人不大知道的关于某人的事迹和传说，多不见于正式记载。这里的轶事指叙述一件简短的不为人知的事。史蒂文斯的轶事通常把性质互相矛盾、对立的事放在一起，而这种矛盾和对立总可以解决或达到一致。

Valley Candle

My candle burned alone in an immense valley.
Beams of the huge night converged upon it,
Until the wind blew.
The beams of the huge night
Converged upon its image,
Until the wind blew.

山谷里的蜡烛

我的蜡烛独自在巨大的山谷燃烧。
苍茫的夜的光线在它上面汇集，
直到风吹来为止。
茫茫黑夜之光
汇集在它的影像
直到风吹动。

赏 析

　　蜡烛代表光明、想象、诗、智力、人的创造力等；风代表自然、现实和命运的威力。蜡烛点亮了沉寂的山谷的夜，发出光芒；尽管风吹过来熄灭了它的光焰，但它毕竟有过辉煌与光明，哪怕只是短暂的一瞬间，而且它还能留下影像。

　　有文学评论家认为史蒂文斯把蜡烛比喻为诗，诗像蜡烛能照亮黑夜，为人垂泪到天明，给人鼓舞与激励，让人在彷徨中找到希望，但同时也指出它也很脆弱，风会把它吹灭。

The Snow Man

One must have a mind of winter
To regard the frost and the boughs
Of the pine-trees crusted with snow;

And have been cold a long time
To behold the junipers shagged with ice,
The spruces rough in the distant glitter

Of the January sun; and not to think
Of any misery in the sound of the wind,
In the sound of a few leaves,

Which is the sound of the land
Full of the same wind
That is blowing in the same bare place

For the listener,who listens in the snow,
And, nothing himself,beholds
Nothing that is not there and the nothing that is.

雪 人

人必须有冬天的心
看待霜和松枝上
裹着的冰雪；

人须经历长期的严寒
去观看冰棱厚厚的杜松，
远处闪光的针枞蓬乱，

在一月的阳光下；不要去想
风吹和树叶沙沙响声中
任何痛苦的事情，

这风是大地的声响，
同样的风吹遍大地，
在同样光秃的地方劲吹，

为雪地里聆听的人而吹，
他自己就是虚无，看到
那里没什么不在和没什么在。

赏 析

《雪人》主要告诉人们要按照世界的本来面貌去看待世界。

雪人是人们建造用来供娱乐欣赏的，它不知道寒冷，也没有痛苦。所谓用冬天的心看待冬天的事物，即诗人主张的要成为目的物，才能看懂目的物的观点。必须坚定、全面地看待生活，不带任何个人的感情、幻想，不要把冬天的寒冷和荒凉看作人的冷漠与痛苦（只有看到无所不在，才能看到没什么在）。同时，诗人也在诗中探索主观与客观、自然与人的想象之间的关系，把这首诗提高到哲学的层面。

这是一首自由诗，没有固定的音韵结构，诗歌用语简单，全诗只有一个句子。这首诗表现了诗人"第一观念"（the first idea）的诗歌创作理论，即强调去掉一切外加、外饰的东西，像雪人那样看待冬天。

The Man Whose Pharynx Was Bad

The time of year has grown indifferent.
Mildew of summer and the deepening snow
Are both alike in the routine I know.
I am too dumbly in my being pent.

The wind attendant on the solstices
Blows on the shutters of the metropoles,
Stirring no poet in his sleep, and tolls
The grand ideas of the villages.

The malady of the quotidian...
Perhaps, if summer ever came to rest
And lengthened, deepened, comforted, caressed
Through days like oceans in obsidian

Horizons full of night's midsummer blaze;
Perhaps, if winter once could penetrate
Through all its purples to the final slate,
Persisting bleakly in an icy haze;

One might in turn become less diffident —
Out of such mildew plucking neater mould
And spouting new orations of the cold.
One might. One might. But time will not relent.

喉咙不好的人

一年时间变得无关紧要。
夏天的霉菌，冬天不断加深的雪
就我所知的惯例，二者相同，
我过于沉默不语，在我的禁锢中。

夏至、冬至伴随着的风
吹在大都会的百叶窗，
搅动不了诗人的睡眠，
却敲响了乡村的宏伟构想。

每日发生的疾病……
也许，假如要是夏天处于平静安息
并且延长、加深、带来安慰、抚摸
度过像黑曜石般的海洋般的日子

地平线充满夜的仲夏光焰
也许，要是冬天一旦可以穿透
所有它的紫色到达最后的深的蓝灰色
在冰冷的阴霾中凄凉地坚持。

人可以随之变得不那么羞怯——
从这样的霉湿中采集纯净的沃土
喷发出关于寒冷的演说
人或可能，人或可能，但时间不会温和怜悯。

赏 析

　　这首诗讲时不我待，史蒂文斯勾画出了一幅现代城市生活惯于慵懒、无聊的图画。人们逃脱不了每日千篇一律的生活：面临的危险使人失望；夏天的霉菌和冬天的大雪，带来危险和疾病；喉咙坏了说不出话；诗人沉默被禁锢，沉睡，写不出诗。

　　"每日的疾病"不是夏天结束就可以治愈的。诗人希望穿越冬天，有更多的际遇来摆脱惯常的生存状态。对诗人来说，唯一能解脱的是找回自我的状态，不要羞怯、踌躇，从现实中"采集纯净的沃土"，穿透到最后的宇宙的颜色蓝灰色（final slate），即空茫、虚无的感觉（a perception of nothingness）。只有从实物和环境中抽离出来，虚怀若谷，才能"喷发出新的演说"，进行新的创作。

Tea at the Palaz of Hoon

Not less because in purple I descended

The western day through what you called

The loneliest air, not less was I myself.

What was the ointment sprinkled on my beard?

What were the hymns that buzzed beside my ears?

What was the sea whose tide swept through me there?

Out of my mind the golden ointment rained,

And my ears made the blowing hymns they heard.

I was myself the compass of that sea:

I was the world in which I walked, and what I saw

Or heard or felt came not but from myself;

And there I found myself more truly and more strange.

胡恩广场饮茶

不是因为我穿着紫袍

降落在西方白昼

穿越你所说的最孤寂的天空，我就少了一点我自己。

喷在我胡须上的油膏是什么？

在耳边嗡嗡唱的圣歌是什么？

在那里席卷我的潮水的海是什么?

金色油膏自我脑海如雨水般飘落
我的耳朵造出了他们听到的吹奏的圣歌
我自己就是那大海的罗盘。

我就是我在其中行走的世界
我所见,或所闻,或感觉到的,无不出自我自己
在那里,我发现我自己更真实,更奇异。

赏 析

《胡恩广场饮茶》同以上几首诗一样,都是从客观事物到主观思想的哲理诗,讲的是客观现实与想象的关系。布鲁姆认为读懂了像《雪人》《胡恩广场饮茶》等几首诗就能接近史蒂文斯诗论的中心和了解人类的忧患。不过他认为史蒂文斯展示的是唯我论,或主观唯心主义,也可以认为是像弗洛伊德的心理理论。这首诗讲自我 (self) 与思想 (mind);讲主观思想的力量,它创造自己个人的世界。"Palaz"是建筑物、是宫殿;"Hoon"是人。

第一节中,"西方白昼"是指第一次世界大战结束后废墟般的西方;"我"穿着国王般的紫袍,在孤寂的空中降落。第二、三节是提问和回答。诗人的"自我"如天马行空,在暮色中穿越静寂的天空、降临大海。他不像惠特曼在《草叶集》中写的"有个天天向前走的孩子,/他只要观察某一个东西,他就变成了那个东西/"。诗人没有变成油膏、圣歌、大海,但它们都出自诗人的思想。在想象中,他就是主宰、是大海的罗盘,其中行走的世界。这首诗表现思想,表现"自我"的扩张升华和心志的力量,体现了诗人从事物中抽象的创作理论。

The Emperor of Ice-Cream

Call the roller of big cigar,

The Muscular one, and bid him whip

In kitchen cups concupiscent curds.

Let the wenches dawdle in such dress

As they are used to wear, and let the boys

Bring flowers in last month's newspapers.

Let be be finale of same.

The only emperor is the emperor of ice-cream.

Take from the dresser of deal,

Lacking the three glass knobs, that sheet

On which she embroidered fantails once

And spread it so as to cover her face.

If her homy feet protrude, they come

To show how cold she is, and dumb.

Let the lamp affix its beam.

The only emperor is the emperor of ice-cream.

冰淇淋皇帝

喊卷大雪茄的壮汉，

那个肌肉发达的人，

叫他在厨房的杯子里搅拌黑色欲的凝乳。

让厨娘们游荡闲着，

穿着她们常穿的那种衣裙。

让男人们拿来上月报纸包的鲜花，

让是成为似乎是的结局。

唯一的皇帝是冰淇淋皇帝。

从少了三个玻璃抽屉手柄的松木厨柜，

取出那条床单

她曾在上面绣满了扇尾鸽，

把它铺开遮住她的脸。

要是她粗糙的脚伸出来，

就显出她何其冰凉、缄默，

让灯投射出光芒

唯一的皇帝是冰淇淋皇帝。

赏 析

《冰淇淋皇帝》讲一个女人死了，说话人吩咐人去厨房做冰淇淋，要女人们穿上平时穿的衣服，男人们送上鲜花，以示庆祝。

"冰淇淋皇帝"这个诗名听起来让人感到轻松、愉快。人们，特别是孩子们，爱吃冰淇淋，用它来庆祝很有特色；也表示死亡是普遍规律，死亡是人生的谢幕，人无能力反抗，但活着就有能力创造美好的生活，享受生活。第一节写冰淇淋皇帝是个有权威、可怕的统治者。第二节写女人擅长针绣，是个有才能、活泼、快乐的人。当死亡成为现实，让她穿上原来的衣装，灯的光线聚集，让死亡仍被意识拥抱，用有俗人欲念的冰淇淋来庆祝。

这首诗表明死亡这个现实存在是现象（似乎存在）的终结，是梦想的终结。没有其他皇帝，没有神和上帝能挽回生命，死亡才是最高的统治者，死亡才是皇帝。

The Reader

All night I sat reading a book,
Sat reading as if in a book
Of sombre pages.

It was autumn and falling stars
Covered the shriveled forms
Crouched in the moonlight.

No lamp was burning as I read,
A voice was mumbling, "Everything
Falls back to coldness,

Even the musky muscadines,
The melons, the vermilion pears
Of the leafless garden."

The sombre pages bore no print
Except the trace of burning stars
In the frosty heaven.

读 者

整夜我坐着读一本书，
坐着就仿佛人在
一本暗淡书页的书里。

时为秋天，陨落的流星
覆盖了蜷伏在月光下
枯萎的形体。

我读时没有把灯点燃
一个声音嘟囔
"一切回归寒冷"，

甚至连麝香葡萄，
甜瓜，无叶的花园里
鲜红色的梨。

暗淡的书页没有文字
除了霜天里，
燃烧的星星的痕迹。

赏 析

　　在《读者》这首诗里，诗人把世界比喻为一本书，一本没有文字的书。深秋的夜晚，他整夜观察坠落的星星，月光下枯萎的物体，无叶的花园里熟透了的瓜果，感受到霜天下的寒冷，他沉思、想象，如同读有文字的书一样。这首诗告诉我们大自然、这世界就是一本书，不同的人从不同的角度去观察和思考它，会有不同的看法、不同的感受。这首诗写现实世界与思想意识的关系（the relationship between the world and mind）。

　　史蒂文斯认为在客观现实的基础上经过作家思考、想象写出的作品与被观察物是不同而又彼此相关的，是"各其所是"，又"互为所是"。把事物和思想、客观和主观联系在一起并强调思想、想象，是史蒂文斯诗论的中心，与威廉·卡洛斯·威廉斯的诗论"思想只存在于事物中"颇有相似之处。

The Death of a Soldier

Life contracts and death is expected,

As in a season of autumn.

The soldier falls.

He does not become a three-days personage,

Imposing his separation,

Calling for pomp.

Death is absolute and without memorial,

As in a season of autumn,

When the wind stops,

When the wind stops and, over the heavens,

The clouds go,nevertheless,

In their direction.

士兵之死

生命萎缩，死亡是意料中的事

就像在秋季

这位士兵战死。

他不会成为一个三日名人

把离别强施于人

要求纪念盛大、壮观。

死亡是绝对的，无须纪念，
就像在秋季
当风停息时。

当风停息，天空之上
云朵仍然流动，
朝着它们的方向。

赏　析

　　《士兵之死》写于 1917 年，诗人用秋天的凋零比喻人的死亡，哀悼第一次世界大战中战死的无数无名的士兵。

　　没有纪念仪式，没有人为他们送葬，天体照常运行。第一节、第三节讲的是死亡是自然、生物的生命现象，如同秋天生物生命停滞后死亡。死亡是绝对的、不可避免的，无特别意义。第二节写士兵死亡，不是像耶稣死亡三天后可以复活，也无须盛大纪念仪式，说明死亡与基督教义无关，没有宗教意义。第四节讲的是死亡是自然规律，不会造成影响，天上的白云仍然流动，星体照样运转，只是人把意愿常加在天体之上。

　　这首诗没有对残酷、流血的战争做任何描写，没有外饰，表达诗人简化、还原（reduction）、第一观念（the first idea）的诗学观。

Thirteen Ways of Looking at a Blackbird

I

Among twenty snowy mountains,

The only moving thing

Was the eye of the blackbird.

II

I was of three minds,

Like a tree

In which there are three blackbirds.

III

The blackbird whirled in the autumn winds.

It was a small part of the pantomime.

IV

A man and a woman

Are one.

A man and a woman and a blackbird

Are one.

V

I do not know which to prefer,

The beauty of inflections

Or the beauty of innuendoes,

The blackbird whistling

Or just after.

VI

Icicles filled the long window
With barbaric glass.
The shadow of the blackbird
Crossed it, to and fro.
The mood
Traced in the shadow
An indecipherable cause.

VII

O thin men of Haddam,
Why do you imagine golden birds?
Do you not see how the blackbird
Walks around the feet
Of the women about you?

VIII

I know noble accents
And lucid, inescapable rhythms;
But I know, too,
That the blackbird is involved
In what I know.

IX

When the blackbird flew out of sight,
It marked the edge
Of one of many circles.

X

At the sight of blackbirds

Flying in a green light,

Even the bawds of euphony

Would cry out sharply.

XI

He rode over Connecticut

In a glass coach.

Once, a fear pierced him,

In that he mistook

The shadow of his equipage

For blackbirds.

XII

The river is moving.

The blackbird must be flying.

XIII

It was evening all afternoon.

It was snowing

And it was going to snow.

The blackbird sat

In the cedar-limbs.

看黑鸟的十三种方式

（一）
在二十座雪山中，
唯一动着的事物
是黑鸟的眼睛。

（二）
我有三个想法，
像一棵树
树上有三只黑鸟。

（三）
黑鸟在秋风中盘旋，
它是哑剧中的一个小角色。

（四）
一个男人和一个女人
是一体。
一个男人和一个女人和一只黑鸟
是一体。

（五）
我不知更喜欢哪个，
曲折变化的美
或影射之美，
是黑鸟吹着哨
或只在吹过后。

（六）

冰柱用粗野的玻璃

塞满了长窗。

黑鸟的影子

来回掠过窗外。

那心境

留在影子里

无法解释原因。

（七）

哦，哈达姆的瘦男人，

为什么幻想金鸟？

难道没有看到

黑鸟在你周边女人的脚下

转来转去？

（八）

我知道高贵的口音

清晰、明白，不可避免的节奏，

但我也知道

黑鸟也包含

在我所知之中。

（九）

当黑鸟飞出视线，

它标出了许多圆圈中的

一个圆圈的边缘。

（十）
见到一群黑鸟
在绿光中飞行，
甚至连声音悦耳的鸨婆
也会失声尖叫。

（十一）
他乘坐玻璃马车
穿越康涅狄克州。
有一次，恐惧刺痛了他，
他错把
马车的影子
当成了黑鸟。

（十二）
河水流动
黑鸟想必在飞翔。

（十三）
整个下午是夜晚
下着雪，
并将继续下雪。
黑鸟栖息
在雪松枝桠间。

赏 析

这首诗发表在 1917 年，是分成十三章并不连贯的像俳句 (haiku) 或意象诗 (imagist poems) 的组诗，讲的是现实与思想想象 (reality and mind) 之间的关系。黑鸟这个意象、隐喻，代表现实；看黑鸟的方法代表人的感觉、想象。诗的每一章都有明显、单独的意思；全诗构成一个整体，诠释诗人关于自然与想象、文化关系的观点。史蒂文斯认为自然"对创作提供物质、精神、心理、哲学以及日常生活方面的启示"。他对自然和文化持一元论的观点。有评论认为这是一首不同于二元论的解构诗。

在第一章中，白（雪）、黑（鸟），动、静在自然界并列出现，表现一个事物的两面。第十二章中，河水流动，黑鸟飞翔；黑、白并列，表示事物的运动、变化。第二、五、七、十一章中，现实与想象并列。第二章，三个想法像三只鸟在一棵树上，让人、黑鸟与自然融为一体。第三章，黑鸟在强烈的秋风中盘旋，表演像哑剧，它是自然的一部分。第四章，男、女合一，与黑鸟合一，与大自然合一，表现了东方人天人合一的思想。第五章，曲折变化之美，指黑鸟的呼叫，影射之美指黑鸟唱后的余音与沉静之美。第六章，黑鸟来回飞过结冰的窗，影子使人产生一种情绪。第七章写一个廋人追求财富，梦想金鸟，殊不知女人脚下就有一只黑鸟，表示他舍近求远，舍弃唾手可得的东西，追求不可能得到的东西。第八章中的高贵的口音指语言、诗歌、艺术创作，但代表客观、自然的黑鸟为创作提供素材和灵感。第九章写黑鸟飞出视线，看不见了，但它画出圆圈或飞过的长线也是许多景象中的一种，表现可见与不可见的关系。第十章赞美黑鸟在温暖的绿光中飞翔，甚至那些喜欢廉价、平庸诗歌的人看到黑鸟在绿光中飞翔也会大吃一惊。第十一章中，驾玻璃马车的人惊呆了，以为看到黑鸟，误把车的影子当作黑鸟的影子。第十二章暗示永恒的黑鸟是河流、大自然的一部分，大自然之间是彼此连接、相关的。第十三章与第一章前后呼应，与之相反，雪不停地下而黑鸟却静静地待在雪松树枝桠间。

　　整首诗表示现实（真实）不是单一的、不变的，它是变化的、多样的；不同的人，从不同的视角观察会得出不同的观感和结论。罗德·布鲁姆认为"黑鸟象征命运，它是'第一观念'的一个思考者"。他认为黑鸟就是他所知的诗，认为物质的诗和诗是同一的。史蒂文斯对"第一观念"的解释是："如果你从一幅画上清除掉几代人留下的外饰和尘埃，于其中你能看到'最初的观念'，如果你对世界的思考没有外饰和尘埃，你便是一个'最初的观念'的思考者。"

　　这首诗讲诗歌创作、诗人的想象与自然、现实的辩证关系，强调使用意象、诗人的感观与直觉，诗必须变化，必须抽象、有思想。诗人的这些诗学观，在之后创作的三首长诗《弹蓝色吉他的人》（1937）、《纽黑文一个平常的夜晚》（1949）和《朝向最高虚构笔记》（1942）中有明确和更为系统、清晰的论述。

24 威廉·卡洛斯·威廉斯
(William Carlos Williams, 1883—1963)

威廉斯是美国杰出的现代诗人，与埃兹拉·庞德、T. S.艾略特齐名，同为20世纪上半叶美国现代主义运动的领袖人物和重要诗人之一。

威廉斯出生于美国新泽西州鲁瑟福德镇一个商人家庭，父亲是英国人，母亲生于波多黎各。曾在巴黎学习绘画。威廉斯1902年进入宾夕法尼亚大学医学院学习，结识了庞德和希尔达·杜利特尔，并成为终身朋友。受其影响，威廉斯也写意象诗。医学院毕业后，他在纽约医院做过两年实习医生，后又在德国莱比锡大学攻读儿科。1909年，威廉斯回故乡行医，出版了他的第一部诗集《诗歌》(Poems)。

威廉斯同契科夫一样是医生作家，利用业余时间写作。他医术高明，乐于助人，一生为100多万人治病，仅接生的婴儿就有3000多个。他行医40多年，写有长篇、短篇小说，戏剧，诗歌，传记，出版了48部书。同时，他也是位画家。他的第二部诗集《性情》(Tempers)于1913年出版，接着，《地狱里的科兰》(Koran in Hell, 1920)、《酸葡萄》(Sour Grapes, 1921)、《春天和一切》(Spring and All, 1922)、《诗选》(Complete Collected Poems, 1938)等相继出版。他的最后一部诗集《布鲁格尔的绘画及其他诗歌》(Pictures from Brueghel, 1962)，使他获得当年的普利策奖。此外，他还于1950年获得过全国图书奖，1953年获博林根诗歌奖。他的代表作六集长篇史诗《佩特森》(Patterson)分别于1946、1948、1949、1951、1958和他去世后的1963年出版。

威廉斯继承惠特曼的传统，立足于美国本土，使用美国群众的语言，写普通的美国人，为美国文学的民族化、乡土化作出了卓越贡献。他在惠特曼的基础上发展了自由诗。他提出"客观主义"的主张，主张"思想进入画面"。他的诗一般短小、简洁、明晰、流畅、具体，给人直接印象。

威廉斯的诗如画，一首诗就是一幅小小的生活图景或人物素描。他的诗歌主张和实践对"投射派""垮掉派"产生很人影响，20 世纪 50 年代后反学院派诗兴起，威廉斯的影响越来越大。威廉斯被认为是二战后开拓新诗学、新诗风的一代宗师。

The Great Figure

Among the rain

and lights

I saw the figure 5

in gold

on a red

firetruck

moving

tense

unheeded

to gong clangs

siren howls

and wheels rumbling

through the dark city.

大数字

在雨水中

在灯光下

我看到数字 5

金色

在红色

救火车上

紧急

前行

不被注意

铜锣当当响

警报器嚎叫

车轮声隆隆

穿过黑暗的城市。

赏 析

威廉斯擅长绘画，善于把绘画艺术语言移植运用于诗歌创作；运用光和色彩的明暗对比，追求诗与画的融合。

他的诗诗中有画，画中有诗。《大数字》通过雨水、红色救火车、金色数字5、灰暗夜色下车轮滚滚、鸣锣开道等一系列视觉、动觉意象来表达思想，体现他把思想寓于事物中的诗学观。数字5是个中心意象。

诗人1955年7月27日在写给亨利·韦尔斯的信中说："大数字中的大具有反讽意义——我在当时对公众生活中一切'大'人物的鄙视之情，相比之下，那盛装游行般驶过城市街道的数字5却不被人注意，除了艺术家。"[1]

这首诗，如同诗人所说，具有双关意义：figure除有数字意义外，还有人物的释义，表明大人物闪亮登场，招摇过市并不引人关注。

这是一首即兴诗，是生活中所发生事件的记录。1916年7月一个炎热的夜晚，诗人从诊所开完会走在十五街去他的画家朋友默斯登·哈特利家的路上，看见救火车疾驰而过，随即从口袋拿出处方单记录和写下了这首诗。12年后，诗人的老朋友画家查尔斯·德穆斯受到此诗启发，画了一幅名为《我看见金色数字5》的油画，把威廉斯的诗抄写到画布上，并把它称之为"威廉斯画像"，鼓励他的朋友们要像威廉斯一样探索新的创作道路。

这是一首一个句子分成十三行的意象诗，采用的是自由诗体。这首诗是美国20世纪20年代城市生活的一瞥：救火车在夜晚昏暗的城市匆忙行驶，敲锣、鸣笛引不起人的注意。救火车的出现表示美国进入了机器时代，火灾表明城市并不安全。人们繁忙、紧张，生活节奏快，都在忙做着自己的事，反映了人们对周围事物漠不关心的不良心理和精神状态。

---

[1] 转引自傅浩译的《威廉斯传》。

The Red Wheelbarrow

so much depends
upon

a red wheel
barrow

glazed with rain
water

beside the white
chickens.

红色手推车

如此多地
依靠

一辆红色
推车

在雨水中
闪亮

旁边是一群
白鸡。

赏　析

　　《红色手推车》发表于1923年，诗人早年受庞德的影响写意象诗。这首诗和庞德的《地铁车站》被认为是意象诗的杰作。

　　它其实是一个简单的句子，一句散文无韵诗，描写一个农家庭院里摆着一辆红色的手推车，雨后初晴，水珠在阳光下闪闪发光，车旁围绕着一群咯咯叫的白色小鸡。诗人把它分为四节，每节两行；每节的第一行三个字（四个或三个音节），第二行一个字（两个音节）读起来轻快有力，具有节奏感和音乐性，也表现出诗的形式美。这首诗又是一幅速写画，凸显农村的自然风光和恬静、幽美，车红、鸡白，雨水闪光，鲜明的色彩对照给人视觉美的享受。

　　之所以说这首诗是典型的意象诗，是因为它符合意象主义的原则与要求；它具体、不抽象，直接处理事物，不说教，像散文一样，不用装饰。全诗只用了红、白两个形容词，其他全是名词、动词和副词。这首诗的主要意象是手推车，代表农民的劳动工具"如此多地／依靠"，表示它很重要，凸显农业和农民劳动的重要性，也表示日常生活中的事物是值得注意和欣赏的；美丽、宁静的乡村生活使人眷念。把车轮、雨水、鸡分开写，显得动静分明。

　　这首诗也显示了威廉斯的"客观主义"和"没有思想不在事物中"（no ideas but in things）的诗歌理论，表现了他写日常、普通的题材，认为任何事物都可以入诗，美可以在平常事物中发现的美学观点。这首典型的意象诗，充满乡土气息，是反映美国本土文化的重要作品，影响了许多美国后世诗人。

This is Just to Say

I have eaten

the plums

that were in

the icebox

and which

you were probably

saving

for breakfast

Forgive me

they were delicious

so sweet

and so cold

这就是说

我吃了

储藏在

冰箱里的

李子

这李子

也许是你

为早餐

储备

原谅我

它们味道很美

那么甜

又分外冰凉!

> ## 赏 析
>
> 　　这首诗写诗人未经允许吃了主人（妻子）冰箱里的李子后，写了一张便条，向主人道歉。词语简洁，近乎口语，却是一首有名的意象诗。
>
> 　　意象诗就是用客观事物之物象表达主观感情。诗人赞美李子连声说它味道真美、那么甜，又分外冰凉，尽管知道是主人留作早餐之用，但无法抗拒李子的诱惑力，把它吃了。诗人在赞美李子的同时，也在赞美主人及表达对她美好的感情。这首诗的引申意思是人们不能抗拒诱惑，犹如亚当和夏娃经受不了苹果的诱惑。但多数评论认为该诗赞美、欣赏人们热爱生活，享受日常生活中的小欢乐。这首诗简短、直白、轻松幽默，表现了与主人的亲密友好关系。
>
> 　　这首诗创作于 1934 年，美国正处于十年经济大萧条时期，人们面临失业、贫困、食物短缺，甚至处于饥饿状态。偷吃李子，反映人们在艰难时期的生活状况和对美好事物的渴望与珍惜。

The Widow's Lament in Springtime

Sorrow is my own yard

where the new grass

flames as it has flamed

often before but not

with the cold fire

that closes round me this year.

Thirty five years

I lived with my husband.

The plumtree is white today

with masses of flowers.

Masses of flowers

load the cherry branches

and color some bushes

yellow and some red

but the grief in my heart

is stronger than they

for though they were my joy

formerly, today I notice them

and turn away forgetting.

Today my son told me

that in the meadows,

at the edge of the heavy woods

in the distance, he saw

trees of white flowers.

I feel that I would like

to go there

and fall into those flowers

and sink into the marsh near them.

寡妇春怨

悲伤是我自己的庭院

庭院新草

光焰一如既往

但不像今年

那冰凉的火焰

在我周围蔓延

三十五年来

我与夫君一同生活。

李子树今又一片洁白

繁花似锦

繁花似锦

压住樱桃枝

把矮灌木丛染成

黄色，有些染成红色

但我心中的忧愁

比繁花更盛更浓

尽管它们曾是我的欢乐

那是以前，今见它们

转身离开，把它们忘却。

今天儿子告诉我

在密树林边缘

草地上

在远处，他看见

开白花的树。

我想，我想要

去那里

投进那花从

沉入靠近它们的沼泽地。

赏 析

《寡妇春怨》是威廉斯献给他母亲的诗，是一首哀悼逝者的田园挽歌。诗中的妇人与共同生活了三十五年的丈夫感情深厚，日夜思念亡夫。家中庭院里她喜欢的、在春天生长的繁花春草，不但引不起她的兴趣，反而使她睹物思人，更添愁苦。她甚至想去到远处开满白花草地上丈夫的墓地，投入靠近他的泥沼。这首诗写一对感情深厚的夫妻，生离死别，痛不欲生的心理，使人感动，催人泪下。作为献诗，诗人表达了对父亲的无比怀念之情，歌颂了伟大的母亲。

有评论说这首诗很像中国古代的闺怨诗。庞德向日本俳句和中国古诗学习，在英美发起意象主义，开启英美现代主义运动。威廉斯受其影响，在他的许多意象诗中，我们可以看到中国古诗的影子。

这是一首自由诗，没有标准的音韵格律，但采用一行里意思未完继续转入下行（enjabment）的跨行手法，如最后一节"在远处，他看见／开白花的树"等，使读者加快阅读速度，增强节奏感。另外使用比喻，把庭院说成是自己的悲伤，又用矛盾修饰法（oxymoron）通过冷的光焰（cold flame）表现对丈夫逝世前后的心理变化，很有表现力。

Between Walls

the back wings
of the

hospital where
nothing

will grow lie
cinders

in which shine
the broken

pieces of a green
bottle

两墙之间

医院的
后翼

是不毛
之地

铺满了
煤渣

破瓶子
绿色

片片在
闪耀

赏 析

《两墙之间》选自 1934 年的《诗选》(*Collected Poems*)。医院本是个卫生、整洁的地方，但这首诗的两墙之间却是个铺满煤渣的不毛之地，煤渣是丑陋的，绿色的破玻璃瓶在阳光下闪闪发光。就在这样一个被忽视、被遗弃的地方，在黑、红、绿等颜色相互搭配的衬托下，诗人却发现了美。整首诗的氛围比较压抑；绿色的瓶子破了，表示事物遭损、破碎，生命死亡，但仍在阳光下闪闪发光，给这种压抑的气氛带来一些缓和，表现出生机和希望仍然存在。

这首诗表现了他"美的获得在寻求"(The acquisition of beauty is the quest)、"平凡、普通事物中有美的存在"的美学观。把医院的两墙之间称为后翼，使人联想起鸟儿的翅膀；那是一个自由飞翔的地方，然而却成了不毛之地，有批评之意。

全诗有 22 个英文单词，其实，只要加几个虚词和标点，它就是一段散文。诗人把它分 5 节，每节按 3、2 字排列，没有标点符号，使用跨行手法，写成一首具有视觉和音乐美、典型的客观主义诗歌。

To a Poor Old Woman

munching a plum on
the street a paper bag
of them in her hand

They taste good to her
They taste good
to her. They taste
good to her

You can see it by
the way she gives herself
to the one half
sucked out in her hand

Comforted
a solace of ripe plums
seeming to fill the air
They taste good to her

一个贫穷的老妇人

大街之上
大口咀嚼一棵李子
手提装满李子的纸袋子

她觉得味道真美
她觉得味道
真美，她觉得
味道真美

从她一个劲
吮吸手上
半颗李子
你能看得出

好满足啊
成熟李子的安慰
似乎充满空气之中
她觉得味道真美。

赏 析

  《一个贫穷的老妇人》是一张街头小照，描述一名老妇人手提一纸袋李子，边走边嚼，全神贯注、一个劲地吸吮手上的半颗李子。

  从老妇人的吃相可以断定她很久没有吃这样便宜的水果了。诗中一连写了三个"她觉得味道真美"，又酸又甜的李子使得老妇人如此满足，说明她贫穷，更看出她对生活充满了热爱，是穷苦人的一个缩影。社会的贫富悬殊，使我们读这首诗时会感到心酸，同时也感到诗人对老妇人倾注了爱心，满怀同情。他在诗中写平民、老百姓，突破旧的传统，展现了现代诗歌的平等精神。

  这首诗写于1934—1935年，是对美国经济危机、大萧条时期的社会状况和穷人忍饥挨饿的真实写照。在《这就是说》里，诗人也用了李子这个物象，但表现的意义不同，它表明诗人经不起诱惑，偷吃了冰箱里的李子，对女主人表示歉意与赞美，是正面的表达；而《一个贫穷的老妇人》则是通过李子表现老妇人的贫穷，苦中作乐。这两首诗展示出用相同的客观物象，表现不同的主观意象和意图。这首诗使用了押头韵、跨行、重复等多种手法。

Proletarian Portrait

A big young bareheaded woman
In an apron

Her hair slicked back standing
on the street

One stocking foot toeing
the sidewalk

Her shoe in her hand. Looking
intently into it

She pulls out the paper insole
to find the nail

That has been hurting her

无产者画像

一个高大没戴帽子的年轻女人
系着围裙

头发向后梳得溜光
站在大街上

一只穿长筒袜的脚尖踮着
在人行道上

她手提着鞋
专注地望着鞋里

把鞋里的纸垫拔出
寻找那颗钉子

是它刺痛了她

赏　析

　　《无产者画像》选自《先驱》（*An Early Martyr*），作于 1935 年，是美国经济大萧条时期的一幅街头快照。诗人瞥见一位从衣着上看像是在工厂或厨房工作的女工，一个工薪阶层的无产者；这个年轻的女人手里拿着一只旧皮鞋，一只脚踮在人行道上，在鞋里找到了一颗刺痛了她的钉子。这是日常生活中常有的事，诗人把它写入诗中，使诗作成了一首脍炙人口的名篇。同前面的几首诗一样，这是一首社会诗，真实地反映了当时的无产者的生活状况。威廉斯的家乡一带是当年发达的工业城市，有大量贫困工人及外来移民，描写他们，大众喜闻乐见。诗人充满同情、欣喜地写下层人民，这在当年的美国文坛是少见的。

　　另外，诗的语言通俗、简洁，形式新颖；两行（或一行）一节，行首字母不大写，不用句号。句子短小，读起来轻快、流畅，有节奏，有动感和强烈的视觉感。威廉斯的诗表现了他在不断实验、创新，是一位开创性的诗人。

A Sort of a Song

Let the snake wait under

his weed

and the writing

be of words, slow and quick, sharp

to strike, quiet to wait,

sleepless.

—through metaphor to reconcile

the people and the stones.

Compose. (No ideas

but in things) Invent!

Saxifrage is my flower that splits

the rocks.

一种歌

让蛇在草丛

静候

让文字书写

缓慢和快捷

敏锐地敲击

静静地等候，

无眠无休。

——用隐喻调和

人与石头。

创作。（没有思想

不在事物中）发明！

虎耳草是我的花，它裂开

石头。

赏　析

　　《一种歌》是一首谈诗歌写作和诗歌理论的诗。蛇是一种充满活力又有点神秘的动物，这里可能代表一种潜伏、未驯服的、蓄势待发的元素，这里可以理解为诗人的象征。它在草丛中静候这个意象表示诗人要像蛇一样耐得住寂寞，待猎物出现时，伺机而动才能获得成功。

　　诗人只有在目的明确，感受深刻，有激情、冲动和有灵感时才能写出好诗。另外，诗是由字词组成的语言。20世纪20年代，随着科技的发展，诗人写诗已不再手写，而是用手指在打字机键盘上敲打，将美丽的思想打在纸上。威廉斯说"一首诗是一台小的（或大的）用字造成的机器"，表明一首诗是一个客体，阐明了他的"客观主义"诗歌理论。"用隐喻调和／人和石头"（石头代表自然，自然中原始、坚硬的部分），意即使用隐喻就是使用意象、不直说的手法，使人的思想和物融合。虎耳草（saxifrage）源于拉丁文 saxifraga，意为"分裂开石头"。这一形象表现了诗人对自然力的崇敬，以及攻坚克难的精神。

　　创作、发明要在"没有思想不在事物中"（凡思想都在事物中）的诗歌理论指导下进行。诗人把自己比作一株四季生长在岩石缝隙里的，有着黄、白、紫、灰色的虎耳草，表明他的任务就是像虎耳草一样，使石头分解而与人融合，再次表明他的客观主义、主客观融合的诗学观。

　　这首诗用自然界的蛇作为意象表达人的写作经验，用词简单、语句流畅，使用抑扬格，大部分都是单音节词。朗诵时语速要平缓。

To Waken an Old Lady

Old age is

a flight of small

cheeping birds

skimming

bare trees

about a snow glaze.

Gaining and failing

they are buffeted

by a dark wind—

But what?

On harsh weedstalks

the flock has rested,

the snow

is covered with broken

seedhusks

and the wind tempered

by a shrill

piping of plenty.

唤醒老妇人

老年是
吱吱叫的
小小鸟的飞行
掠过
冰雪覆盖的原野上
光秃的树。
跌撞前行、后退
它们遭受
阴暗风袭击——
这又何妨？
在粗糙的草埂上
群鸟歇息。
破碎的
种子壳
把雪地覆盖
风缓和了
被大量尖厉
如笛的声音。

赏 析

《唤醒老妇人》把年迈体衰的老妇人比喻为吱吱叫的小鸟，这是一幅欢快的春天图景。鸟又在寒冷的冬天里飞行，在雪地里觅食，在光秃的树枝上歇息，受到阴冷寒风的袭击，跌跌撞撞前行，举步维艰，表明老年人的困境和必然走向死亡。但"这又何妨？"，表明了小鸟的生活态度和对困难的回答，是全诗的转折点。它们实事求是，正视现实，适应环境找到了食物，欢快地歌唱，使大风变得和缓，困境转化为顺境。小鸟是诗中的唯一的意象，老妇人并未在诗中出现，是拟人化的手法。小鸟这个意象代表"生与新生"（birth and renewal），表现老年人虽然年老体衰，但只要有良好的心态、坚强的意志和克服困难的决心，就能幸福、平和地度过晚年。

20世纪初，随着社会的发展和医疗水平的提高，人的寿命逐渐延长，老龄化问题开始显现。威廉斯是医生，接触的老人多，对老人的生存状态和面临的困境有所了解。这首诗是对老年人生活的一种写照，以此鼓励老年人，并唤起社会对老年群体的关注，有其社会意义。

From *Paterson*, Preface

"Rigor of beauty is the quest . But how will you find

beauty when it is locked in the mind pass all remonstrance?"

To make a start,

out of particulars

and make them general, rolling

up the sum, by defective means—

sniffing the trees,

Just another dog

among a lot of dogs. What

else is there?And to do?

The rest have run out—

after the rabbits.

Only the lame stands— on

three legs. Scratch front and back.

Deceive and eat. Dig

a musty bone

For the beginning is assuredly

the end— since we know nothing, pure

and simple, beyond

our own complexities.

Yet there is

no return, rolling up out of chaos,

a nine month's wonder, the city

the man, an identity—it can't be

otherwise —an

Interpenetration, both ways. Rolling

up! obverse, reverse;

the drunk the sober; the illustrious

the gross, one.In ignorance

a certain knowledge and knowledge,

undispersed, its own undoing.

《帕特森》前言（节选）

美的艰难在寻求，但你怎么发现美呢?
当美锁于心中不听一切忠告。

开始
从特殊 (具体) 事物
再使之普遍，滚动增加
总量，用不完美的方法——
嗅着树的，
仅是一群狗中的一只，
还能有别的什么?
又能做些什么?
其他的都跑出去了——
追兔子去了。
唯有这跛脚狗——
三条腿仁立，前抓后扒。
骗、吃度日

挖起一根发霉的骨头。

对于开始肯定是结束——
既然我们什么都不知,
纯粹和简单的,除了
我们自己的复杂。

然而不存在
回头路,从混乱中滚动
一个九个月的奇迹,这城
这人,同一身份——
不可能是别的——
相互渗透,双向
累积!正面,反面
迷醉的、清醒的、杰出的、粗俗的
一个总体,一个。在无知中
有某种认知而认知
未曾消散,却自我消解。

赏　析

　　《帕特森》被认为是美国的史诗，与惠特曼的《自己之歌》、艾略特的《荒原》、克莱恩的《桥》并列为美国的四大史诗。

　　它与传统的以重大事件为题材、歌颂英雄的史诗不同，而是以美国本土、离诗人家乡不远的小镇帕特森为背景，在其史料基础上用日常口语书写，由不连贯的短诗和散文连缀起来，具有地方色彩的长诗。《帕特森》的序诗有 66 行，这里选译了 29 行。从中我们可以窥见诗人写这首诗的目的、方法及诗歌创作理论。

　　序诗开头两行说明写诗的目的是追求美，而找到美是困难的，它被锁在人的心中，怎么能得到它呢？答案是：文学艺术是打开人们心灵的钥匙，它可以让美释放出来。

　　"从特殊开始，使之普遍"说的是写诗的方法，表示普遍性寓于特殊性之中，写诗要从具体的事物开始使其具有普遍的意义。"滚动增加总量"就是表示用平行的结构列举众多的事实。"用不完美的方法"，一方面表示诗人的自谦，也表示要用日常的口语即兴写诗，不要过分雕琢。诗人把自己比喻为跛足的只有三条腿的狗（老弱，挂着拐杖），嗅着树（美的事物），"挖起一根发霉的骨头"（丑的东西，自谦写得不好），说的是像庞德、艾略特这些有才气的人都去欧洲，像其他的狗出去追兔子了，留下自己在国内消磨时光，有自嘲之意。

　　"开始肯定是结束"是引用艾略特在《四个四重奏》颠倒苏格兰女王玛丽·斯图亚特的名言"我的结束之时便是我的开始之日"所说的一句话。威廉斯嘲讽说，完全不知，超越我们自己的复杂，认为开始之后要去不断认知，而不是简单地回到开始。"城和人，同一身份"，表明帕特森是城，也是人，两者相互渗透，融为一体是分不开的。这是一种写作方法，体现了威廉斯"凡思想都在事物中"的创作理论。

　　诗中使用了意象和隐喻，如狗、跛脚狗和兔子；这些意象使诗具体、生动，幽默，有表现力。"美被锁在脑中"具有隐喻的性质，"美"是个抽象的东西，能锁在脑中，使它具体化了，暗示了美不仅是外在的，还涉及内心的束缚和难以跨越的障碍，它还是一个心理问题。"从特殊开始，使之普遍""开始是结束""无知与有知"，这些说法都具有哲理和思辨性质。

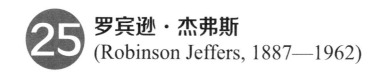

罗宾逊·杰弗斯
(Robinson Jeffers, 1887—1962)

罗宾逊·杰弗斯，美国著名现代诗人，他对现代派诗人庞德、艾略特、威廉斯等人的诗歌改革实验不感兴趣。他认为"现代派运动偏离了轨道，走进了一条狭窄的胡同，为求文体风格的独创，抛弃了本旨与意识、客观与心里的现实"。[1] 他反对物质主义和一味追求享乐，反对为追求发展而损毁大自然。他酷爱自然，同妻子一起在蒙特雷海岸的卡尔梅勒自己动手建造一座石屋，在悬崖上竖起一座石塔，离群索居，进行创作，表现了他厌世、摆脱人性、排除社会、融入自然的思想。他用传统的形式写诗，崇尚荷马史诗、古希腊诗歌，采用原始象征和古老神话表达思想，是一位思想和诗风独特的诗人。

杰弗斯生于匹兹堡市一个长老会教徒家庭。5 岁时，父亲教他学习希腊文。早年他随父母去欧洲游览，后在伯克利加州大学攻读医学、森林学和文学。他 1912 年开始诗歌创作。最初两部诗集《壶与苹果》(1912)、《加利福尼亚人》(1916)，由于墨守成规，没有新意，因此未能引起重视。1924 年发表的《塔马尔》把《旧约全书》中关于遗传、乱伦和报复的故事放在加利福尼亚的背景下，表明他对人类社会的看法和对人性的厌恶，引起轰动，使他一举成名。此后，他每年出一部诗集，1938 年的《自选集》达到创作高峰。

除两个剧本外，他共出版了 22 部诗集。20 世纪三四十年代，他因诗的形式、内容无新意而受到冷落。他的诗刚劲有力，感情丰富，富有哲理，特别是对自然的描写气势磅礴，具有象征意义。

---

[1] Christopher Bench:《20 世纪美国诗歌》，重庆出版社，2006，第 105 页。

Shine, Perishing Republic

While this America settles in the mould of its vulgarity, heavily thickening
to empire,

And protest, only a bubble in the molten mass, pops and sighs out, and the
mass hardens,

I sadly smiling remember that the flower fades to make fruit, the fruit rots
to make earth.

Out of the mother; and through the spring exultances, ripeness and
decadence; and home to the mother.

You making haste haste on decay: not blameworthy; life is good, be it
stubbornly long or suddenly

A mortal splendor: meteors are not needed less than mountains: shine,
perishing republic.

But for my children, I would have them keep their distance from the
thickening center; corruption

Never has been compulsory, when the cities lie at the monster's feet there
are left the mountains.

And boys, be in nothing so moderate as in love of man, a clever servant,
insufferable master.

There is the trap that catches noblest spirits, that caught—they say—God,
when he walked on earth.

闪耀吧，毁灭着的共和国

当这个美国留在庸俗的模子中，
沉重地凝结成帝国，
抗议，仅是熔化物冒起的气泡，爆发
叹息，变作冷硬一堆。

我悲伤地微笑，记起花儿谢了结果实
果实烂成泥。
出自大地母亲，经历春的欢欣，成熟
衰落，回归大地母亲。

你匆匆衰败，在衰败的路上，无可指责，生命可贵，让其
顽强延长或突然地

一道死亡的闪光：流星不比山更少需要
闪耀吧，毁灭着的共和国。

对我的子孙，我要他们保持距离
与凝结的中心，腐败

从不曾强迫，当城市匍匐于
魔鬼的足下，还有山林留下。

孩子们决不要像堕入情网，温婉地爱人
一个聪明的奴隶是令人难以忍受的主人。

有陷阱害高尚的灵魂，陷阱套住了

他们说——是上帝，当他在大地行走时。

赏 析

　　20世纪第一次世界大战后的十多年里，美国进入和平建设时期，工厂增多，面积扩大，机器生产、流水组装线进入工厂，工业迅速发展，出现繁荣景象。所以诗人在诗名中用了"闪耀吧"的字眼，肯定其物质文明取得的成绩。但诗人接着在诗里指出，美国"留在庸俗的模子中／沉重地凝结成帝国"，表明美国毁灭着的原因：它是一个体制、模式、结构性的问题，积重难返，抗议、罢工是无济于事的，像泡沫破裂，几声叹息而已。诗人认为，美国会像花果一样衰败，腐烂成泥，会像流星一样闪耀划空而过，然后消失。诗人用自然现象及其规律表明他对西方文明堕落和生命短暂是必然和不可避免的观点。

　　诗人要子孙远离腐败的中心，远离城市，认为腐败是国家毁灭的直接原因。诗人要子孙不要对爱人温婉，不要过多接近人群，因为到处是陷阱，陷害忠良，连上帝也逃脱不了，表明他对人性丑恶及"反人性（人类）主义"和反社会的思想。这首诗表达了作者对美国社会现状的不满和忧郁，认为它在一个"庸俗的模子里"追求权力和物质利益，贪污、腐败，正在不可逆转地走向灭亡，是合乎逻辑和自然规律的。他告诫子孙后代要远离腐败，警惕人为的陷阱，不要随波逐流。

　　杰弗斯是一位独特，有争议的诗人。

Hurt Hawks

The broken pillar of the wing jags from the clotted shoulder,

The wing trails like a banner in defeat,

No more to use the sky forever but live with famine

And pain a few days;cat nor coyote

Will shorten the week of waiting for death,there is game

without talons.

He stands under the oak-bush and waits

The lame feet of salvation; at night he remembers freedom

And flies in a dream;the dawns ruin it.

He is strong and pain is worse to the strong,incapacity is worse.

The curs of the day come and torment him

At distance, no one but death the redeemer will humble that head.

The intrepid readiness, the terrible eyes.

The wild God of the world is sometimes merciful to those

That ask mercy, not often to the arrogant .

You do not know him, you communal people, or you have forgotten him;

In temperate and savage, the hawk remembers him;

Beautiful and wild, the hawks,and men that are dying; remember him.

I'd sooner,except the penalties, kill a man than a hawk;but the

great red tail

Had nothing left but unable misery

From the bone too shattered for mending, the wing that trailed under his

talons when he moved.

We had fed him six weeks, I gave him freedom,

He wandered over the foreland hill and returned in the evening, asking for death,

Not like a beggar, still eyed with thc old

Implacable arrogance.I gave him the lead gift in the twilight.

What fell was relaxed,

Owl—downy, soft feminine feathers;but what

Soared;the fierce rush; the night-herons by the flooded river cried fear at its
　　rising

Before it was quite unsheathed from reality.

受伤的鹰

鹰翅破损的脊梁从凝血的肩膀凸起，

拖曳着像一面败北的旗帜，

再也不能在天空展翅飞翔，只能忍饥挨饿

疼痛了好些天，没有猫也没有狼

来缩短等待死亡的一周。一只没有爪子的禽鸟，

它站在橡树矮丛里，等待死亡。

能拯救的跛足使它晚上回想起自由，

在梦中翱翔，但黎明毁了梦。

它强壮，但疼痛对强者更糟糕，有心无力更可怕。

白天恶狗站在远处，把它折磨

只有死神，这救赎者能压低他的头，

这无畏态势，凶煞的眼神。

这世界狂暴之神时而也仁慈

对那些要求慈悲者，但不常对骄横之人仁慈。

你们不了解它，你们这些村社凡人，或者

你们已将它忘记，

但温和、粗野的鹰记得它；

美丽、野性的鹰和临死的人们记得它。

不受惩罚，我宁愿杀人

不杀老鹰，但那硕大的红尾鹰

它什么没留下，除了不能忍受的痛苦

骨头太破碎无法修复，它移动时

翅膀在脚底下拖曳。

我们喂养它六周，我给它自由，

它在海岬山上徘徊，晚上归来

要求一死了之，

却不像个乞丐那样，仍然露出昔日

傲慢不改的眼神。暮色中，我给它铅弹作礼物，

坠地之物松弛无力

是毛茸茸的猫头鹰，有着温柔女性的羽毛；

但当突然高飞，猛地冲刺；夜鹭在洪水泛滥的河畔

惨叫，升起

在完全摆脱现实之前。

赏 析

　　这首诗写一只折了翅膀不能飞翔，又饥又饿，疼痛难忍，等待死亡的鹰。在诗的第一部分，尽管它曾经威武雄壮，翱翔于天空，此时的它如虎落平川受人欺，连狗也虎视眈眈地折磨它。诗的第二部分写鹰得到人的帮助与喂养，身体有所好转，但因伤势太重，感到生不如死，遂突然高飞，猛地冲刺，消失在夜空中，离开尘世，得以解脱。

　　这首诗通过鹰的受伤、死亡及人类对它的帮助与喂养，诗人表达了他对死亡的看法，也表达了对人与自然关系的看法。

　　杰弗斯赞赏力量，认为力量就是品质（strength is the quality）。他赞赏两种品质：一种是像鹰一样具有即刻、突然（sudden）、迅速（swift）和闪光（flashing）的力；另一种是像岩石一样具有忍耐、持久（enduring）和永恒（permanent）的力。

　　他认为鹰比那些缺乏独立精神、贪图享乐的人品质高尚。诗人赞美鹰，实际是在赞美自然，赞美自然的力量和美，同时也表达了他对人类品质的不满。他认为自然界的生物与人类是平等的，人类不是自然的主宰；他宁肯杀人而不杀鹰（若不受惩罚），因为鹰的品德高于人，表现了他"非人类（人性）主义"的观点。

　　对鹰的受伤与死亡的描写，反映了诗人的死亡观。衰老、死亡是生理现象、自然现象。尽管鹰"温和、粗野、美丽、野性"，面对死亡，它也不得不屈尊。鹰对死亡的态度是现实的、坦然的，不乞怜、不害怕，甚至用傲慢的眼神看待死神，表现了鹰生时自由、欢快，死时从容而有尊严。

26 埃兹拉·庞德
(Ezra Pound, 1885—1972)

庞德是美国著名诗人、文学评论家，生于美国爱达荷州海利一个土地局职员的家庭，在宾夕福尼亚州长大。他先后就读于哈密尔顿和宾夕法尼亚大学，学习古英语、罗马语文学、英国历史及文学等学科，毕业时已掌握 9 种语言。为进一步学习了解世界各国文学与文化，1908 年庞德赴伦敦，并于 1912 年与几位英美诗人发起了"意象主义"运动。1914 年，他又主张"漩涡主义"，紧接着又推出"表意法"，并一直坚持以汉字表意的方法进行创作，在英美掀起了现代主义诗歌运动。庞德成了该运动的中心人物。

1909 年，庞德在伦敦出版了《狂喜》《人物》两部诗集。1915 年，他根据日本文学专家费诺罗萨的笔记翻译、改写中国古诗，出版了《神州集》(Cathay)，引发人们对中国古诗的兴趣。1916—1917 年，他翻译了日本戏剧。1910 年，他在伦敦的演说集《罗曼斯精神》出版。1920 年，讽刺英国文学、文化的诗《休·塞尔温·毛伯利》出版。庞德的代表作是 1917—1959 年分批发表的《诗章》。《诗章》内容庞杂，夹杂希腊语、拉丁语、意大利语、法语、汉语等 18 种语言，包括世界文学、艺术、建筑、神话、经济、历史、名人传等，是一部浓缩的人类文明史，是美国现代派的丰碑、世界文学的巨著，但它看起来支离破碎、互不连贯，晦涩难懂。

庞德知识渊博，不断创新，视野开阔，他帮助和成就了包括乔伊斯、弗罗斯特、艾略特、威廉斯、海明威等一大批英美杰出的诗人和作家，对英美文学作出了巨大贡献。

庞德 1924 年去意大利定居。第二次世界大战时，他在罗马电台为墨索里尼的经济及法西斯政策宣传，攻击美国的作战政策，1944 年被美军俘房、监禁在比萨俘房营，被指控为叛国罪，后在华盛顿受审定为精神失常被送医院。1958 年，经弗罗斯特等一批诗人及同情者呼吁，指控被取消，庞德回意大利威尼斯定居，1972 年去世。庞德是个有争议的人物。虽然他对英美现代文学的发展作出很大贡献，但他对二战的立场与政治态度是错误的，不可取的。

In a Station of the Metro

The apparition of these faces in the crowd;
Petals on a wet, black bough.

在地铁站

人群中这些脸的幻影闪现，
湿的黑枝上一片片花瓣。

赏 析

　　这是一首意象派的代表作，发表在美国 1913 年的《诗刊》上。庞德在巴黎地铁站看到女人、孩子一张张漂亮的脸突然出现，感到很欣喜，出来后写下初稿，经反复修改，一年后发表。他仿照日本俳句，用小实表现大虚的手法将两个不同的意象——地铁中的人群一张张凸显的、美丽的脸和雨后黑枝上的花瓣重叠，呈现一个新的思想与意象，一个新的心灵图景，表现一瞬间理智和情感的复合。这首诗用叠加的方法，有如电影蒙太奇的手法，把不同的画面连接在一起，让人产生对比、联想，表达思想，也体现了庞德要写具体，要直接处理主、客观事物，去掉一切不必要的修饰，句子短小、简洁、凝练的意象主义写作原则。

　　这首诗连题目在内共 20 个单词，用两个平行的、不同的意象作为隐喻，表现说话人瞬间的视觉连接和情感。它表现了城市生活与自然世界，眼睛看到的与头脑想到的，现实与想象（urban and natural world; reality and imagination; eye and brain）之间的关联。用 "apparition"（有幻象、怪影）这个词来形容地铁中行人的脸，表明行人来去匆匆，一闪而过，加之隧道阴暗如幻影，就如湿的、黑枝上的花瓣。诗歌使用头韵和谐音手法，使音韵和谐，具有音乐性。

A Pact

I make a pact with you,Walt Whitman—

I have detested you long enough.

I came to you as a grown child

Who has had a pig—headed father;

I am old enough now to make friends.

It was you that broke the new wood,

Now is a time for carving.

We have one sap and root—

Let there be commerce between us.

协　定

我与你签个协定，沃尔特·惠特曼——

我对你厌恶得太久。

作为长大了的孩子，我来到你身边

孩子有个愚顽的父亲；

现在我长大能交朋友。

是你开伐了新的木材，

是雕刻新篇的时候。

我们同汁同根——

让我们联系、交易。

赏　析

惠特曼的《草叶集》初出版时被封查，遭到学院派、保守派恶毒的谩骂、攻击和诋毁。受其影响，庞德一度对它厌恶，但随着庞德的成长与成熟，他不自觉地学习模仿，并喜欢上惠特曼的诗。有文学评论家说是惠特曼影响和成就了庞德、艾略特等一批美国现代诗人。庞德说："当我写东西时，我发现自己在使用惠特曼的韵律、节奏。""读他 (惠特曼) 的作品，明知他的技巧不像我的，却很容易就把它的做成了我的，这是件极妙的事（a great thing）." [1] 庞德对惠特曼高度评价说："他 (惠特曼) 是用他人民的语言写作的第一伟人。""他就是美国，他就是他的时代和他的人民。" [2]

这首诗描写了庞德受愚顽父亲 (a pig-headed father)，意即前辈的影响，曾经把惠特曼视为创作的对立面。他在 1909 年以《我对惠特曼作何感想》(*What I feel about Walt Whitman*) 为题的文章中斥责这位年老的诗人"粗糙""粗野"。在英国居住后，他对惠特曼在美国文坛第一等的地位并不看好，持有异议。他认为惠特曼的诗未能表现出足够克制、委婉与保留。现在他成熟了，表示接受惠特曼的影响，承认他的自由诗体为他和后人开辟了新的创作道路，把两人比喻为父子关系。

诗的最后一节，"你开伐了新的木材"，庞德认为木材仍是自然、原始的，未经雕琢；尽管我们同树液、同根，庞德仍保留他自己的创作观。他要与惠特曼做个交易（commerce），要在他砍伐的木材上雕刻新的篇章。

---

[1] Pearce, Roy Harvey (Ed.), *Whitman: A Collection of Critical Essays*. (London: Prentice-Hall, 1962), p.10.

[2] Pearce, Roy Harvey (Ed.), *Whitman: A Collection of Critical Essays*. (London: Prentice-Hall, 1962), p.10.

The River-Merchant's Wife

A Letter Translated From the Chinese Of Li Po [Rihaku]

While my hair was still cut straight across my forehead
I played about the front gate, pulling flowers.
Yon came by on bamboo stilts, playing horse.
You walked about my seat, playing with blue plumes.
And we went on living in the village of Chokan :
Two small people,without dislike or suspicion.

At fourteen I married My Lord you,
I never laughed,being bashful.
Lowing my head,I looked at the wall.
Called to, a thousand times,I never looked back.

At fifteen I stopped scowling,
I desired my dust to be mingled with yours
Forever and forever and forever.
Why should I climb the look out ?

At sixteen you departed,
You went into far Ku-to-yen,by the river of swirling eddies,
And you have been gone five months.
The monkeys make sorrowful noise overhead.

You dragged your feet when you went out.
By the gate now,the moss is grown, the different mosses,

Too deep to clear them away!

The leaves fall early this autumn,in wind.

The paired butterflies are already yellow with August

Over the grass in the West garden;

They hurt me.I grow older.

If you are coming down through the narrows of the river Kiang,

Please let me know beforehand,

And I will come out to meet you

As far as Cho-fu-sa.

江上船商之妻

译自李白《长干行》

当我的头发仍长得笔直越过前额，

我在大门口玩耍，摘花。

你过来，踩着竹高跷、玩骑马，

围绕我的座位走动，摆弄青梅。

我俩继续住在长干里，

两个小人，没有嫌弃，没有猜疑。

十四岁，我嫁给了夫君你，

我不苟言笑，因为害臊。

低着头，眼望墙壁，

不敢回头，哪怕唤我一千次。

十五岁，我不再紧锁双眉，

化作尘土也期望与你混合在一起，
永远，永远，永远在一起，
何苦要攀登望远台？

十六岁，你暂时离开，
去了瞿塘滟，在漩涡回旋的岸边，
一去就是五个月。
猿猴在头顶也悲苦叫唤。

离别时，你拖着脚、步履迟缓。
这门前，现已长满各种不同的青苔，
苔太深太厚，去不掉！
今秋风大，叶落早。
成双的蝴蝶随着八月变黄了，
飞舞在西花园的草丛里；
它们刺痛我的心，我渐渐老去。
你若过长江峡口顺流而下，
请告我先知，
我要前去迎接你，
一直去到长风沙那里。

赏 析

　　1913 年，庞德从美国东方学家费诺罗萨关于中国诗的笔记里约 150 首古诗中选译了 19 首，其中包括 2 首李白的诗。这首《长干行》是便其中之一。

　　1915 年，庞德的《华夏集》(*Cathay*，或译《神州集》) 出版。庞德不懂中文，他认为中国文字和古诗与他的意象主义原则相同与吻合，便以翻译中国诗作为意象派学习的榜样。应该说，《华夏集》不是严格的翻译，是翻译与改写相结合。20 世纪初，西方人对东方文化，尤其是对中国和日本文化产生浓厚的兴趣。庞德翻译中国古诗，试图将中国文化中的意象美和含蓄的情感引入美国；当时的美国虽然工业快速发展，但人际关系疏远，表现了他们对东方情感模式的赞赏。这首诗基本上保留了原作的故事情节和情感基调。它表达了原诗的主人公童年的天真无邪，新婚时期的羞涩，日后的坚定与深情以及离别后的思念与哀怨。

　　庞德的这首诗采用自由诗体写成。意象鲜明，文字简练，把船商妻子与丈夫的爱情发展过程、相聚的欢乐、离别的痛苦写得温婉动人，很好地表达了李白原作的思想内容。全诗共 5 节，第一节 6 行，第二、三、四节 4 行，最后一节 11 行；层次分明，生动如画，具有很浓的民间生活气息和很强的艺术感染力。读者对《华夏集》反响强烈，《华夏集》是 20 世纪初美国最受欢迎的诗集。艾略特说庞德是"为当代发明了中国诗的诗人"。

　　这首诗发表时，第一次世界大战使得欧洲四分五裂，四年中 1600 多万人死亡，无数家庭家破人亡，人们渴望过上和平和安宁的生活。《华夏集》涉及战争这一主题。庞德的一位雕塑家朋友亨利·高迪尔·布热津斯卡 (Henri Gaudier Brzeska) 战死在战场，他曾对庞德说他在战壕里给战友读过《华夏集》中的诗，战士们受到极大鼓舞与安慰。

27 玛丽安·莫尔
(Marianne Moore, 1887—1972)

　　玛丽安·莫尔，美国著名的现代诗人、文学评论家、翻译家和编辑。出生在密苏里州的柯克伍德镇，父亲早逝，长期与母亲和哥哥生活在一起，终身未婚。

　　莫尔 1909 年毕业于布林马尔学院，专修生物学、组织学。次年，她在卡莱尔商学院学习一年，接着在卡莱尔印第安学院讲授商业课程，任教四年。她在学生时代就开始写诗。1915 年，她的诗发表在有影响力的《自我主义者》和《诗刊》上，随后其他杂志也纷纷向她敞开大门。1921 年，她的第一部诗集由她的同学、意象派诗人希尔达·杜利特尔（Hilda Doolittle）在她不知情的情况下收编成册，在英格兰出版。

　　1921 至 1925 年，莫尔担任市图书馆管理员，结识了伊丽莎白·毕肖普，并成为她的朋友和导师。1924 年，文学期刊《日晷》出版了她的第二部诗集《观察集》（*Observations*），该诗集获得"日晷奖"。她诗歌的独特性和创造性引起了文学界的关注，她也结识了 T. S. 艾略特、埃兹拉·庞德、W. C. 威廉斯、华莱士·史蒂文斯、W. H. 奥登等众多有名诗人，得到他们的赞许，确立了她作为诗人和文学评论家的地位。希尔达·杜利特尔称她为"完美的匠人"，文学评论家尤奥·温特 (Yvor Winters) 称赞她是"除华莱士·史蒂文斯外，国内最好的诗人"[1]。1925 年，莫尔担任《日晷》主编，直至 1929 年刊物停刊。

　　1935 年，在艾略特的鼓励下，莫尔出版了第三部诗集《诗选》。艾略特为诗集作序并评价说："值得说的是，我确信一直未变，过去 14 年来，莫尔的诗形成了一小部分我们时代所写的永恒的诗（durable poetry）。"庞

---

[1]　帕里尼 (Parini J.) 主编《哥伦比亚美国诗歌史》，外语教育与研究出版社，2004，第 250 页。

德称她"显然是美国诗人",威廉斯在《日晷》载文说她的诗"是现代的结晶,今日之精华"[1]。

莫尔 1951 年出版的《诗集》(*Collected Poems*) 获得普利策诗歌奖和国家图书奖,1953 年获普林根奖。她诗歌的主题涉及科学、艺术、哲学、大众文化、国际政治和有些难以企及的领域。她是第一个将诗行与句法分离的英美诗人,大多数诗都构建于诗节(段落),而非诗行。她的诗有独创性、讽刺、幽默,具有鲜明的形象、严谨的形式。 她的诗充满了犀利的观察、深邃的道德洞见、高超的讽喻妙趣和层出不穷的审美愉悦。

莫尔的其他著作有《鲮鲤及其他》(*The Pangolin and Other Verse*, 1936)、《何年》(*What are Years*, 1941)、《然而》(*Nevertheless*, 1944)、《面孔》(*A Face*, 1949)和《诗全集》(*The Complete Poems*, 1967)。

---

[1] 帕里尼 (Parini J.) 主编《哥伦比亚美国诗歌史》,外语教育与研究出版社,2004,第 252 页。

Poetry

I, too, dislike it: there are things that are important beyond all this fiddle.

Reading it, however, with a perfect contempt for it, one discovers in

  it after all, a place for the genuine.

    Hands that can grasp, eyes

    that can dilate, hair that can rise

      if it must, these things are important not because a

high-sounding interpretation can be put upon them but because they are

useful. When they become so derivative as to become unintelligible, the

  same thing may be said for all of us—that we

    do not admire what

    we cannot understand:the bat,

      holding on upside down or in quest of something to

eat, elephants pushing, a wild horse taking a roll, a tireless wolf under

  a tree, the immovable critic twinkling his skin like a horse that feels a

flea, the base-

    ball fan, the statistician—

     nor is it valid

       to discriminate against 'business documents and school-books'; all

these phenomena are important. One must make a distinction

    however: when dragged into prominence by half poets, the result is not

     poetry, nor till the poets among us can be

     'literalists of

     the imagination'—above

      insolence and triviality and can present

for inspection, imaginary gardens with real toads in them, shall we have

　　it. In the meantime, if you demand on the one hand,

　　　the raw material of poetry in

　　　　all its rawness, and

　　　　that which is on the other hand,

　　　　　genuine, then you are interested in poetry.

诗

我也不喜欢诗：有重要的东西远超这所有的胡说，

读诗，不过，完全轻视它，你会发现其中，

某处毕竟有真实。

若必要，手能抓住，眼睛

能睁大，头发会竖立，

这些之所以重要，不是因为

它们夸大其词的展现，而是因为它们

有用。当它们那样转义、引申，变得无法理解，

我们大家可能异口同声地说：

那就是我们不欣赏

我们不懂的东西：蝙蝠

倒悬着，或寻找吃的东西，

大象向前推进，野马地上打滚，不知疲倦的狼

守在树下，

不动情的评论家抽动皮肤，像马

感觉到跳蚤跳动。

棒球迷，统计员——
无理由歧视"商业文件和

教科书"。所有这些现象都重要。我们必须加以区分，
不过，把半吊子诗人的滥竽充数之作放在显赫地位
其结果绝不是诗；
直到我们当中的诗人是
"想象的直写主义者"，脱离
傲慢和繁琐，并且能拿出来

审视，想象的花国里有真实的蟾蜍，我们才算
有了诗。同时，如果你一方面要求
诗的原材料，
生鲜有味，
另一方面又要求它真实，
那么，你就对诗有了兴趣。

赏　析

莫尔与庞德、艾略特是同时代、年龄相仿的诗人。她在诗中使用隐喻、反讽、意象及不同意象的拼贴、并置等现代派惯用的手法，但她"自觉、不自觉地避免模仿"，因为她相信爱默生在《自助》中所说的"模仿是自杀"。她的诗别具一格，从内容到形式都有别于其他诗人。她的诗反映社会生活，以描写大自然及动植物见长。

莫尔许多诗的行首字母不用大写，不按音步，而是按音节来决定诗的长短。这首诗分五节，每节六行。诗中她明确地表明了她的诗学观。

（1）不要轻视诗歌："它们有用"

诗一开始，诗人便指出，你可以不喜欢诗，可以认为有比它更为重要的东西，说它是胡说，是夸张的说法，也表示有些诗空洞、无物，不能算诗。但你不能因此轻视诗歌，因为它有用。诗人开门见山地指出诗有实用价值，有其社会功能与审美价值。这表明诗人继承了柏拉图、贺拉斯等人说的"诗的目的在于教育和怡情悦性"，在于"寓教于乐"的观点，也与中国古代的诗论《尚书·舜典》的"诗言志"，孔子说的"诗可以兴，可以观，可以群，可以怨"观点一致。

（2）其中有真实

法国理论家布瓦洛推崇"以真为理想的艺术"，他说："没有比真更美的了，只有真才是可爱。"[1]莎士比亚说他"在诗中只叙述一件事情：美、善和真，用不同的词句表现"[2]。狄金森认为"诗要充满思想，要传达真理"。所谓"真实"，就是客观地描写社会和自然。布瓦洛说："只有自然才是真，一接触就能感到。"[3]莫尔说"想象的花园里有真实的蟾蜍（toad）"，意思是诗要写实，诗人应是想象的写实主义者，诗中要写美的东西，也要写丑陋的东西，因为它们都是真实的存在。

---

[1]　布瓦洛:《诗的艺术》，人民文学出版社，1959，第4页。

[2]　莎士比亚:《十四行诗》。

[3]　布瓦洛:《诗的艺术》，人民文学出版社，1959，第4页。

（3）"想象的直写主义者"

莫尔的意思是要在现实的基础上，通过想象、语言及艺术手法呈现、表现真实。雪莱说"想象是创造力"。史蒂文斯说想象是思想、意义、能飞翔的翅膀，"想象是一种我们将不真实输入真实的能力"。"直写主义者"的主张也源于亚里士多德的艺术模仿论。锡德尼认为"诗是模仿的艺术，它是一种再现、一种仿造，或者一种用形象的表现，用比喻来说，就是一种说着话的画图"。[1] 这表明诗人要在模拟，描写客观事物的基础上通过思索、想象，用语言创造形象，传达思想感情。这是写诗的过程和方法。

（4）"诗的材料要生鲜"

生活是艺术创作的源泉，现实生活丰富多彩、不断变化，是创作取之不尽的源泉。莫尔说："在未意识到和难讨好的东西中有大量的诗。"写诗要从自然和生活中取材，而不是大量引经据典，陈词滥调，晦涩难懂，让读者欣赏不了，望而却步。莫尔深入观察生活，诗歌创作取材广泛，如文学评论家、棒球迷、统计员及蝙蝠、大象、野马、狼等，她都一视同仁地写入诗中。特别是对动物的描写栩栩如生，使人读之兴趣盎然。

（5）诗要让人"手抓得住、眼睛睁大、头发竖立"

诗要写得具体，使人能感触得到，要有感情，甚至读后"手之，足之，舞之，蹈之也"。正如同狄金森所说，"如果我读一本书，而这本书令我浑身发冷，什么火也无法使我暖和，我知道那是诗。如果我切实感觉到我的天灵盖被揭开了，我知道那是诗"[2]。有人说莫尔的诗没有感情；莫尔在诗中说过："深沉的感情在沉默中自身表现。"[3]这说明情感是通过描写的事物本身表现而不是诗人刻意为之的，诗中情感的表达也受到约束和限制，受到形式和韵律等方面约束。

---

[1] 菲利普·锡德尼：《为诗辩护》，人民文学出版社，1998，第12页。

[2] Dickson Selected Letters, p.342.

[3] Voices, p.251.

The Fish

wade

through black jade.

  Of the crow-blue mussel-shells, one keeps

  adjusting the ash-heaps;

    opening and shutting itself like

an

injured fan.

  The barnacles which encrust the side

  of the wave, cannot hide

    there for the submerged shafts of the

sun,

split like spun

  glass, move themselves with spotlight swiftness

  into the crevices—

    in and out, illuminating

the

turquoise sea

  of bodies. The water drives a wedge

  of iron through the iron edge

    of the cliff; whereupon the stars,

pink

rice-grains, ink-

  bespattered jelly fish, crabs like green

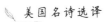

lilies, and submarine

 toadstools, slide each on the other.

All

external

 marks of abuse are present on this

 defiant edifice—

  all the physical features of

ac-

cident—lack

 of cornice, dynamite grooves, burns, and

 hatchet strokes, these things stand

  out on it; the chasm-side is

dead.

Repeated

 evidence has proved that it can live

 on what can not revive

  its youth. The sea grows old in it.

鱼

蹚
过黑翡翠。
黑蓝的贻贝壳里，有一只
不停地调节、排出一堆泥灰，
身子一开一合，好像

一把
破损的扇子。
镶嵌在海浪边的藤壶
无法躲藏
因为这浸入水中太阳的

闪光，
吐出来像
玻璃丝，以聚光灯的快速
射进裂缝——
　　进进出出，照亮

这
天蓝色海上的
躯体。海水用铁楔
劈开悬崖的铁边；
上面星光点点，

粉红色
米粒般，墨黑——

溅污的水母，像绿色
百合花的螃蟹，以及海底的
毒菌，交错滑过。

所有
外部的
暴虐痕迹都展现在
这所挑战的大厦——
所有这些自然现象的

偶发
事件——缺少
檐板，炸毁的沟坑
烧灼和斧头的敲击，
这些在其身上突发，裂口边是

死亡。
重复的
事实，证明它能够生存，
以不能恢复其青春之物为食。
大海在它中间变老。

赏 析

伊丽莎白·毕肖普曾说莫尔小姐是世界上活着的最伟大的观察家。《哥伦比亚美国诗歌史》称莫尔和毕肖普是对自然和自然界生物伟大的观察家和描写者。[1]

莫尔写蝙蝠、猴子、大象及其他虫、鱼、鸟、兽，对它们有着对人一样的尊重，并充满好奇地仔细观察、描写，从中发现她所认为的意义和道德哲理。她从小中见大，卑微中见宏伟，把动植物写得像寓言诗一样具有教育意义。有文学评论家说她显然是说教诗人（a decidedly didactive poet）[2]，但她不板起面孔直说，而是用实例、形象、比喻来表达。她的诗像散文一样流畅，如画一般清新，但她自己却离开不在画中，让读者品味，见仁见智。

在《鱼》这首诗中，大海美丽、富饶，翡翠及各种动植物在阳光照耀下五彩缤纷；大海同时也是残酷和凶险的，它有毒菌、尸体，满布暴虐的痕迹，是一座"挑战的大厦"。诗人把海下的世界比作人类社会。这首诗写于1918年，即第一次世界大战的最后一年。有文学评论家认为这首诗是隐射战争和暴力，揭示社会一片混乱，民不聊生，横尸遍野的现象。在险恶的生态环境中，鱼艰难跋涉，"以不能恢复青春之物为食"，"能够生存"。贻贝不断地排除污泥以自保，受伤也在所不惜。海边的岩石承受着海水的侵蚀与海浪的袭击，受到人类炸毁、烧灼和铁铲、斧头的敲打，纵使伤痕累累，仍傲然屹立着。也有文学评论家认为这首诗讲的是自然法则，人与自然的关系：适者生存，表明求生存是第一要义，不畏险难，顽强拼搏，战胜困难后的生存更有价值和意义。

《鱼》这首诗是莫尔的重要作品。她借用海底世界思考暴力与毁灭、生存与死亡、变化与停滞及自然的复活生存能力，同时也在诗的形式上做了大胆的尝试。这是一首音节诗；全诗共八节，每节五行，每节的第一行一个音节，第二行三个音节，第三行九个，第四行六个，第五行八个音节。长短、轻重不一，反复循环，犹如海水的波浪在纸面上翻滚。

---

[1] 帕里尼(Parini J.)主编《哥伦比亚美国诗歌史》，外语教育与研究出版社，2004，第343页。

[2] 《剑桥文学20世纪英国诗歌》，第1092页。

28 托马斯·斯特恩斯·艾略特
(Thomas Stream Eliot, 1888—1965)

托马斯·斯特恩斯·艾略特一般称 T. S. 艾略特，他是美国著名诗人、哲学家、文学评论家。他和庞德共同创立了现代派诗学，后来两人分走不同的诗歌创作路线，对 20 世纪美国诗歌产生巨大影响。

艾略特出生在密苏里州圣路易斯唯一一个神教派家庭。1906 年，他进入哈佛大学攻读文学和哲学，1910 年获硕士学位，毕业后到法国和德国进修文学和哲学，一年后回英国，教过书，在银行供职 8 年之久，其间兼任文学杂志《个人主义者》助理编辑。1911 年 23 岁时，他写出第一首著名现代诗《杰·阿尔弗雷德·普鲁弗洛克的情歌》；1915 年，在庞德的帮助下诗作问世，奠定了他诗人的地位。1920 年，他发表《小老头》。1922 年，他揭露西方精神文明危机，发表具有里程碑意义的长诗《荒原》。

1927 年，艾略特皈依英国国教，正式加入英国国籍。1930 年创作的《圣灰星期三》，1935 年创作的《大教堂中的谋杀》，1940—1942 年创作的《四个四重奏》合集于 1943 年相继出版。1948 年，他获得诺贝尔文学奖。艾略特创作的三个戏剧是《鸡尾酒会》（1950）、《亲信职员》（1954）、《政界元老》（1958）。艾略特的批评论文有《传统与个人才能》（1917）、《诗歌的用途和批评的用途》（1933）、《论诗歌和诗人》（1957）、《评批评家》（1965）等。

艾略特提出"客观对应物"，"非个性化"的文学批评理论影响深远。他提出"批评不应着眼于诗人，而应着眼于诗歌"，给重视文本的新批评派提供了理论依据。他的诗歌理论的哲学基础是客观主义和实用主义；强调客观性、实用性和宗教思想是他诗论和创作突出的特点。

自《荒原》发表直至 20 世纪 50 年代，他居于美国诗坛盟主地位。他的代表作《荒原》是由互不相关的戏剧性片段和各种引语典故拼合而成的，诗中引用了 35 个不同作家的作品与流行歌曲，插入 6 种外语，包括梵文，作品比较艰涩难懂。

The Love Song of J. Alfred Prufrock

S'io credesse che mia risposta fosse

A persona che mai tornasse al mondo,

Questa fiamma staria senza piu scosse.

Ma percioche giammai di questo fondo

Non torno vivo alcun, s'i'odo il vero,

Senza tema d'infamia ti rispondo.

Let us go then, you and I,

When the evening is spread out against the sky

Like a patient etherized upon a table;

Let us go, through certain half-deserted streets,

The muttering retreats

Of restless nights in one-night cheap hotels

And sawdust restaurants with oyster-shells:

Streets that follow like a tedious argument

Of insidious intent

To lead you to an overwhelming question ...

Oh, do not ask, "What is it?"

Let us go and make our visit.

In the room the women come and go

Talking of Michelangelo.

The yellow fog that rubs its back upon the window-panes,

The yellow smoke that rubs its muzzle on the window-panes,

Licked its tongue into the corners of the evening,

Lingered upon the pools that stand in drains,

Let fall upon its back the soot that falls from chimneys,

Slipped by the terrace, made a sudden leap,

And seeing that it was a soft October night,

Curled once about the house, and fell asleep.

And indeed there will be time

For the yellow smoke that slides along the street,

Rubbing its back upon the window-panes;

There will be time, there will be time

To prepare a face to meet the faces that you meet;

There will be time to murder and create,

And time for all the works and days of hands

That lift and drop a question on your plate;

Time for you and time for me,

And time yet for a hundred indecisions,

And for a hundred visions and revisions,

Before the taking of a toast and tea.

In the room the women come and go

Talking of Michelangelo.

And indeed there will be time

To wonder, "Do I dare?" and, "Do I dare?"

Time to turn back and descend the stair,

With a bald spot in the middle of my hair —

(They will say: "How his hair is growing thin!")

My morning coat, my collar mounting firmly to the chin,

My necktie rich and modest, but asserted by a simple pin —

(They will say: "But how his arms and legs are thin!")

Do I dare

Disturb the universe?

In a minute there is time

For decisions and revisions which a minute will reverse.

For I have known them all already, known them all:

Have known the evenings, mornings, afternoons,

I have measured out my life with coffee spoons;

I know the voices dying with a dying fall

Beneath the music from a farther room.

　　So how should I presume?

And I have known the eyes already, known them all—

The eyes that fix you in a formulated phrase,

And when I am formulated, sprawling on a pin,

When I am pinned and wriggling on the wall,

Then how should I begin

To spit out all the butt-ends of my days and ways?

　　And how should I presume?

And I have known the arms already, known them all—

Arms that are braceleted and white and bare

(But in the lamplight, downed with light brown hair!)

Is it perfume from a dress

That makes me so digress?

Arms that lie along a table, or wrap about a shawl.

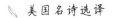

And should I then presume?

And how should I begin?

Shall I say, I have gone at dusk through narrow streets

And watched the smoke that rises from the pipes

Of lonely men in shirt-sleeves, leaning out of windows? ...

I should have been a pair of ragged claws

Scuttling across the floors of silent seas.

And the afternoon, the evening, sleeps so peacefully!

Smoothed by long fingers,

Asleep ... tired ... or it malingers,

Stretched on the floor, here beside you and me.

Should I, after tea and cakes and ices,

Have the strength to force the moment to its crisis?

But though I have wept and fasted, wept and prayed,

Though I have seen my head (grown slightly bald) brought in upon a
    platter,

I am no prophet — and here's no great matter;

I have seen the moment of my greatness flicker,

And I have seen the eternal Footman hold my coat, and snicker,

And in short, I was afraid.

And would it have been worth it, after all,

After the cups, the marmalade, the tea,

Among the porcelain, among some talk of you and me,

Would it have been worth while,

To have bitten off the matter with a smile,

To have squeezed the universe into a ball

To roll it towards some overwhelming question,

To say: "I am Lazarus, come from the dead,

Come back to tell you all, I shall tell you all" —

If one, settling a pillow by her head

    Should say: "That is not what I meant at all;

    That is not it, at all."

And would it have been worth it, after all,

Would it have been worth while,

After the sunsets and the dooryards and the sprinkled streets,

After the novels, after the teacups, after the skirts that trail along the floor—

And this, and so much more?—

It is impossible to say just what I mean!

But as if a magic lantern threw the nerves in patterns on a screen:

Would it have been worth while

If one, settling a pillow or throwing off a shawl,

And turning toward the window, should say:

    "That is not it at all,

    That is not what I meant, at all."

No! I am not Prince Hamlet, nor was meant to be;

Am an attendant lord, one that will do

To swell a progress, start a scene or two,

Advise the prince; no doubt, an easy tool,

Deferential, glad to be of use,

Politic, cautious, and meticulous;

Full of high sentence, but a bit obtuse;
At times, indeed, almost ridiculous—
Almost, at times, the Fool.

I grow old ... I grow old ...
I shall wear the bottoms of my trousers rolled.

Shall I part my hair behind? Do I dare to eat a peach?
I shall wear white flannel trousers, and walk upon the beach.
I have heard the mermaids singing, each to each.

I do not think that they will sing to me.

I have seen them riding seaward on the waves
Combing the white hair of the waves blown back
When the wind blows the water white and black.

We have lingered in the chambers of the sea
By sea-girls wreathed with seaweed red and brown
Till human voices wake us, and we drown.

杰·阿尔弗雷德·普鲁弗洛克的情歌

如果我认为我的回答

是对一个曾经能够返回人世的人说的，

这团火焰就不会摇曳不定，

但是，既然不曾有死者从这个深渊里活着回来，

要是我所听属实，那我回答你，就不怕丢了名誉。[1]

那么，让我们走吧，你和我，

当着夜在天空展开

像个麻醉了的病人躺在手术台上；

让我们走吧，走过一些路断人稀的街道，

寻一个低声细语隐蔽的场所

度过不安夜晚的廉租屋，

一个撒满锯木屑，遍地牡蛎壳的餐馆：

一条接一条的街道像冗长的

有阴险目的的辩论

把你引向一个困窘紧迫的问题……

哦，不要问"那是什么？"

让我们走吧，开始我们的拜访。

房间里女人们来来去去

谈论着米开朗琪罗。

---

[1] 卷首语为意大利文，但丁《地狱》第 27 章 61~66 行。英译引自 *Anthology of American Literature* 第 2 卷第 1172 页："If I thought my reply were to one who could ever return to the world, this flame would shade no more;but since, if what I hear is true,none ever did return alive from this depth, I answer you without fear of Infamy."

黄雾在窗玻璃上擦背，

黄烟在窗玻璃上擦鼻，

舔着舌头，伸进夜晚每个角落，

徘徊在排水沟的水池，

让烟囱的煤灰落到它的背脊

滑过平台，突然跳起，

注意到是柔和的十月之夜，

盘绕着屋子蜷曲着安睡。

的确，还有时间

黄烟沿街滑动，

在窗玻璃上擦着背脊：

还有时间，还有时间

修饰下面容去见你遇见的面孔；

还有时间谋杀和创造，

有时间用手做所有事情过日子[1]

用手拾起和放下一个问题在你盘子里；

你有时间，我有时间，

并且有时间一百次犹豫，

有时间一百次幻想和修正，

在取一片烤面包和饮一杯水之前。

房间里女人们来来去去

谈论着米开朗琪罗。

的确，还有时间

想知道"我敢不敢？"和"我敢吗？"

---

[1] 引用希腊诗人 Hesiod 关于一个农民的生活与劳动的诗"Work and Days"。

还有时间转身走下楼梯，

带着头发中间的秃顶——

（她们会说："他的头发多么稀少！"）

然而我的早礼服衣领笔挺托住下颚，

我的领带华贵、不太惹眼，不过塞了个普通别针固定——

（她们会说："他的手臂和腿多么细！"）

我敢不敢

搅动宇宙？

马上，还有时间

做出决定和修正，一分钟后还可以推翻。

因为我已经熟悉这一切，熟悉这一切 ——

熟悉这夜晚、早晨和下午，

我用咖啡勺计量我的生命；

我熟悉这说话声随着从远处房间

音乐声掩盖下声音的消失而消失，

　　因此，叫我怎么敢行动？

我已熟悉那些眼睛，全熟悉它们 ——

那些眼睛，把你固定在公式化的说辞里，

当我被公式化趴在一枚大头针上，

当我被钉住，在墙上扭动，

我怎么好开始

倾吐我生活和行为的烟蒂？

　　我怎么敢轻举妄动？

我熟悉那些臂膀，全都熟悉——

戴手镯的臂膀白而光溜

（但在灯下看到长着褐色的绒毛！）

是不是衣裙散发的香气

使我偏离了话题？

臂膀横摆在桌上或用披肩裹着。

　　我该大胆行动吗？

　　我该怎样开始？

是否要说，我在黄昏时穿过狭窄的街道

看青烟缭绕

从孤独、穿着衬衫、倚窗外望人们的烟斗冒出？……

我本该是一双粗糙的爪子

在沉默的海底迅速逃走。

下午，晚上，睡得多么安详！

被长长的手指安抚，

睡着了……累了……或者装病，

平躺在地板上，就在你我身旁。

吃过茶点、冰淇淋，

我是否有力气把这一刻推向紧要关头？

尽管我已哭泣，斋戒，已哭泣和祈祷，

尽管我看到我的头（有点光秃）被置于一浅盘端上

端了进来[1]

我不是预言家 —— 这也不是什么大不了的事，

我已看见我的伟大时刻在闪烁，

我已看见永生的男仆[2]，拿着我的外衣在窃笑

一句话，我害怕。

---

[1]　预言家施洗约翰，曾在约旦河为众人施洗，也曾为耶稣施洗。他不畏王权，大胆指出当时希律王的罪过，在王后的怂恿下，其女莎乐美要希律王杀了施洗约翰，把人头放在盘子里端上来。

[2]　命运之神或死神。

到底这样做有价值吗？

喝完酒，吃过果酱，饮完茶，

在动用杯盘和有关你我的谈话中间

这些都值得吗？

带着微笑，把这事一口咬掉，

把宇宙挤压成一个球

把它滚向某个不知所措的紧迫问题，

并且说："我是拉撒路[1]，从死者那里来，

回来告诉你们所有人，我将把一切告诉你们" ——

如果这人在她头边放个枕头，

    并且说："我说的完全不是这个意思，

    不是，完全不是。"

竟然值得这么做，

值得这么做吗？

在日落、前庭院门关了和街道洒水之后，

在读过小说、喝过茶，裙子地板上拖动后——

这般，还有更多许多？

要说出想说的意思是不可能的！

但就像幻灯把神经质的图案投射到屏幕：

这值得去做吗

要是有人把枕头放好，或脱掉披巾，

脸转向窗户，就说：

    "这完全不是这么回事，

    这完全不是我的意思。"

---

[1] 耶稣让拉撒路死后复活。

不，我不是哈姆雷特王子，天生成不了
做个贵族的侍从，这就行了
跻身王室巡游队伍[1]，开一两次场面，
给王子进谏，无疑，做个驯服工具，
俯首帖耳，乐意听从使唤，
精明、谨慎，做事一丝不苟；
颇有高论，但有点迟钝，
有时，实际上总是很可笑——
有时几乎就是个傻子。

我老了……我老了……
我要把裤脚卷起来。

要把头发向后分开吗？[2] 我敢吃个桃子吗？
我将穿白色法兰绒裤子在海边散步。
我听见美人鱼在歌唱，面对面歌唱。

我认为她们不会对我而唱。

我看见她们骑着波浪驶向海洋
梳理被吹回的海浪的白发
当风把海水吹得又白又黑的时候。

我们逗留在海的厅堂
海姑娘用红色和黄褐色海草编成花环
直到人声惊醒我们，我们在水中死亡。

---

[1] 意即参加皇家游行。

[2] 引用希腊诗人 Hesiod 关于一个农民的生活与劳动的诗 "Work and Days"。

赏 析

《杰·阿尔弗雷德·普鲁弗洛克的情歌》1915 年在芝加哥《诗刊》上发表，被认为是美国诗歌中自惠特曼、狄金森以来，完全脱离了优雅传统的最现代、最有创造性的诗歌，是艾略特的成名之作。这是一篇独特的用自由诗体、意识流、碎片拼贴，用普鲁弗洛克第一人称口吻写成的戏剧性独白，是一首没有爱情的情歌。它通过普鲁弗洛克这个瘦弱、秃头、优柔寡断的中年男子去偏僻的红灯区的廉价旅馆会见情人，反映了 20 世纪早期西方现代社会人际关系疏远、孤独、空虚，毫无自信这一现实。普鲁弗洛克的名字与 14 世纪意大利文艺复兴时期的伟大诗人彼特拉脱的名字有些相似，暗示诗的前八行 (octet) 像彼特拉脱十四行诗的前八行，表明普鲁弗洛克此行像彼特拉脱在《歌集》中对美女劳拉 (Laura) 的追求一样无果，是单相思、精神恋爱。诗的最后六行 (sestet) 回应序诗中但丁的引文，普鲁弗洛克听到来自社会的人声，因恐惧而沉入大海——水的地牢，求得罪的赦免。

全诗共 301 行，分三部分：

第一部分是第 1 至 74 行。诗中的"我"和"你"傍晚经过偏僻的街道，穿越贫民区，去到一个"女人来来去去"的房间去会见情人。诗中的"我"和"你"是一个人，是一个人的两个层面，即一个人公开的个性 (public personality) 和意识层面的自我 (ego)。普鲁弗洛克心情紧张、胆怯，没有自信，内心充满矛盾，"一百次犹豫"，"一百次幻想和修正"，最后看到孤寂的人倚在窗边抽烟，认为自己只不过是像只螃蟹，"一双粗糙的爪子"用于自卫，于是准备撤退、逃走。

第二部分是第 75 至 110 行。普鲁弗洛克说自己累了、病了 (装病)，秃头 (被置于一个盘子上)，为自己的撤退、逃走找理由（"一句话，我害怕"）。他认为自己不是能复活的拉撒路，没有必要去冒险，承认了自己的懦弱。

第三部分是第 111 至 131 行，普鲁弗洛克心情趋于平静，认为自己不是哈姆雷特，不是英雄，只能像廷臣波罗尼乌斯做个侍从，自嘲是个傻子、小丑，要做个聪明的傻瓜。即使他鼓起勇气去访问情人，也只能被美人鱼引诱逗留在海的厅堂，被人声惊醒，而在水中淹死。

这首诗讲述了一个敏感、向往美丽和爱情的男子内心的焦虑、偏见、犹豫不决和懊悔，他在龌龊的社会面前，在根深蒂固的旧的道德观念的影响下，因自身胆小、心如死灰、被拒绝而走向毁灭；表现了 20 世纪初人们感到孤独、充满偏见，生活无所适从，一片混乱的社会现象。

诗中采用了意识流、心理描写、意象、象征、客观对应物、引语、典故等艾略特后来创作中常用的手法。这首长诗没有明显的情节，分不清哪是起始、中间和结尾，没有行为描写，只有人物的心理描写。诗的男女主角是何许人，也没有明确交代。它是一首异于传统、没有爱情的情诗。诗中你、我的对话，是一个人的自语，就是意识流、心理描写。"黄昏""雾"这两个意象表示朦胧、不定。把黄昏描写成一种慵懒无力带有病态的形象，"像个麻醉了的病人躺在手术台上"，暗示普鲁弗洛克的精神心理状态。"雾"象征他的自我怀疑和焦虑不安笼罩着他。"街道"像一场冗长乏味的辩论，暗示普鲁弗洛克的生活道路充满困惑和潜在的危险。"米开朗琪罗"代表高雅艺术、伟大的创造力和崇高精神的追求，与之对比，普鲁弗洛克相形见绌。

The Waste Land: Ⅰ. The Burial of the Dead

April is the cruellest month, breeding

Lilacs out of the dead land, mixing

Memory and desire, stirring

Dull roots with spring rain.

Winter kept us warm, covering

Earth in forgetful snow, feeding

A little life with dried tubers.

Summer surprised us, coming over the Starnbergersee

With a shower of rain; we stopped in the colonnade,

And went on in sunlight, into the Hofgarten,

And drank coffee, and talked for an hour.

Bin gar keine Russin, stamm' aus Litauen, echt deutsch[1].

And when we were children, staying at the archduke's,

My cousin's, he took me out on a sled,

And I was frightened. He said, Marie,

Marie, hold on tight. And down we went.

In the mountains, there you feel free.

I read, much of the night, and go south in the winter.

What are the roots that clutch, what branches grow

Out of this stony rubbish? Son of man,

You cannot say, or guess, for you know only

A heap of broken images, where the sun beats,

And the dead tree gives no shelter, the cricket no relief,

And the dry stone no sound of water. Only

There is shadow under this red rock,

---

[1] 此句是德语，英语翻译为 "I'm not Russian；I come from Lithuania，pure German."

(Come in under the shadow of this red rock),

And I will show you something different from either

Your shadow at morning striding behind you

Or your shadow at evening rising to meet you;

I will show you fear in a handful of dust.

> *Frisch weht der Wind*
>
> *Der Heimat zu*
>
> *Mein Irisch Kind,*
>
> *Wo weilest du?*[1]

"You gave me hyacinths first a year ago;

"They called me the hyacinth girl."

— Yet when we came back, late, from the Hyacinth garden,

Your arms full, and your hair wet, I could not

Speak, and my eyes failed, I was neither

Living nor dead, and I knew nothing,

Looking into the heart of light, the silence.

Oed' und leer das Meer.[2]

Madame Sosostris, famous clairvoyante,

Had a bad cold, nevertheless

Is known to be the wisest woman in Europe,

With a wicked pack of cards. Here, said she,

---

[1] 此段文字为德语，英语翻译为 "Fresh blows the wind/ To the homeland/ My Irish child: / Where are you waiting?" 见《特里斯坦和绮索尔德》(*Tristan and Isolde*) 第1幕，第5至8行。这支忧思的歌是船上的牧人所唱，他把绮索尔德从爱尔兰送去她不爱的、就要成为她丈夫的康沃尔的马克王（King Mark of Cornwall）。

[2] 此句为德语，英语翻译为 "Desolate and empty the sea." 见《特里斯坦和绮索尔德》第3幕，第24行。特里斯坦和绮索尔德通奸被抓，伤势很重，他等待她来治疗，守船人伤心地唱着这句歌词。

Is your card, the drowned Phoenician Sailor,

(Those are pearls that were his eyes[1]. Look!)

Here is Belladonna, the Lady of the Rocks,

The lady of situations.

Here is the man with three staves, and here the Wheel,

And here is the one-eyed merchant, and this card,

Which is blank, is something he carries on his back,

Which I am forbidden to see. I do not find

The Hanged Man. Fear death by water.

I see crowds of people, walking round in a ring.

Thank you. If you see dear Mrs. Equitone,

Tell her I bring the horoscope myself:

One must be so careful these days.

Unreal City,

Under the brown fog of a winter dawn,

A crowd flowed over London Bridge, so many[2],

I had not thought death had undone so many.

Sighs, short and infrequent, were exhaled,

And each man fixed his eyes before his feet.

Flowed up the hill and down King William Street,

To where Saint Mary Woolnoth kept the hours

With a dead sound on the final stroke of nine.

There I saw one I knew, and stopped him, crying: 'Stetson!

"You who were with me in the ships at Mylae!

"That corpse you planted last year in your garden,

---

[1] 参看莎士比亚《暴风雨》第 1 章第 2 节 398 行。

[2] 引用但丁《地狱》第 3 节，第 55 至 57 行。

"Has it begun to sprout? Will it bloom this year?

"Or has the sudden frost disturbed its bed?

"Oh keep the Dog far hence, that's friend to men,

"Or with his nails he'll dig it up again![1]

"You! hypocrite lecteur!—mon semblable,—mon frère!" [2]

---

[1] 此句根据魏布斯特的《白魔鬼》改写。

[2] 此句为法语。见波德莱尔《恶之花》序诗。

《荒原》：I. 死者葬仪

四月是最残忍的月份，养育

丁香，从死地里生长，混合

记忆和欲望，用春雨

激活呆滞的根。

冬天使我们温暖，

用健忘的雪覆盖大地，用干枯的块茎

喂养弱小的生命。

夏天让我们吃惊，从斯坦格湖[1]

带来了阵雨，我们在公园柱廊停了下来，

然后在阳光下继续前行，进入霍夫加登[2]，

喝咖啡，聊了一个小时。

我不是俄国人，我来自立陶宛，地道的德国人。

还是小孩时，我们住在表哥大公爵家里，

他带我去滑雪橇，

我吓坏了。他说，玛丽，

玛丽，抓紧了。然后往下滑。

在山里，你感到自由。

晚上大部分时间，我都在读书，然后冬天去了南方。

是什么根，它紧紧抓住，是什么树枝

从贫瘠乱石堆里长出？人子啊！

你说不出，也猜不到，因为你只知道

在刺眼阳光直晒下，一堆破碎的意象，

---

[1] 斯坦格湖：在德国，靠近慕尼黑的一个湖。

[2] 霍夫加登：慕尼黑公园。

枯树给不出遮阴处，蟋蟀减轻不了痛苦。

干石头没有流水响，

只有这红岩下留下的阴影

（进到红岩阴影下面来吧）。

我将向你展示这两者的不同

你早晨的影子在你身后迈大步

而晚上，影子站起来迎接你；

我还要向你展示恐惧在一把尘土里。

清风吹拂，

送我归故里，

我的爱尔兰小孩，

你在何处等待？

"一年前你最先送我风信子；

他们叫我风信子[1]姑娘。"

——可是当我们从风信子花园归来，

你双臂捧满鲜花，头发湿润，我说不出话，

双眼模糊，我既不活

也非死，并且什么都不知，

望着光之心，一片沉静。

荒凉、空虚是那大海。

著名的相士索索斯特里斯夫人

患了重感冒，依然

是公认的，欧洲最聪明的女人，

拿着一副邪恶的牌[2]说，

[1] 风信子是以雅辛托斯（Hyacinthus），一位希腊美少年命名来纪念他的复活。雅辛托斯是希腊丰产之神，每年七月庆祝植物的新生和成长。

[2] 塔罗纸牌（Tarot cards）用来算命。按传统说法，纸牌中的成员有被绞死的人、个戴斗笠的人、腓尼基水手和商人等。

给你牌，这是淹死的腓尼基水手，

(那些珍珠，是她的眼睛，瞧！)

这是贝拉多娜，岩石女王，

一个随机应变的女人。

这是一个带有三根棍杖的男人，这是车轮，

这是那个独眼商人，而这张牌

是空白，他把它背在背上，

那是不允许我看的，我没有找到

那被绞死的男人。害怕死在水里，

我看到成群结队的人围成圆圈走。

谢谢你，要是你看见亲爱的伊奎冬夫人

告诉她，我自己带了算命天宫图，

现如今，人们要特别小心。

虚幻的城市

在冬天黎明黄雾的笼罩下

人群穿过伦敦桥，这么多人，

我没有想到死亡毁了这么多人。

人们发出短暂而罕见的叹息声，

每个人的眼睛都盯着自己的脚前。

人群涌流上山，沿着威廉王大街

下到圣玛丽伍尔诺斯教堂[1]，报时的钟

敲到最后第九下，发出一声死寂的响声。

那里我看见一个我认识的人，我拦住他，叫道："斯特森

你曾经和我一起待在迈里[2]的船上！

去年你种在花园里的尸体，

---

[1] 圣玛丽伍尔诺斯教堂：位于伦敦的一座教堂。

[2] 迈里：罗马人海战战胜迦太基人的地方。

它开始发芽了吗？今年会开花了吗？
或者突如其来的霜冻搅动了它的花床？
哦，把那狗赶得远远的，它是人类的朋友
要不，它会用爪子把尸体再挖出来！
你！这个虚伪的读者！——我的同类，——我的兄弟！"

The Waste Land: **V. What the Thunder Said** [1]

After the torchlight red on sweaty faces

After the frosty silence in the gardens

After the agony in stony places

The shouting and the crying

Prisons and palace and reverberation

Of thunder of spring over distant mountains

He who was living is now dead. [2]

We who were living are now dying

With a little patience

Here is no water but only rock

Rock and no water and the sandy road

The road winding above among the mountains

Which are mountains of rock without water

If there were water we should stop and drink

Amongst the rock one cannot stop or think

Sweat is dry and feet are in the sand

If there were only water amongst the rock

Dead mountain mouth of carious teeth that cannot spit

Here one can neither stand nor lie nor sit

There is not even silence in the mountains

But dry sterile thunder without rain

There is not even solitude in the mountains

But red sullen faces sneer and snarl

---

[1] 在印度《奥义书》中，主通过雷声说话。

[2] 指耶稣最后的晚餐后受的磨难及殉难。

From doors of mudcracked houses

 If there were water

And no rock

If there were rock

And also water

And water

A spring

A pool among the rock

If there were the sound only

Not the cicada

And dry grass singing

But sound of water over a rock

Where the hermit-thrush sings in the pine trees

Drip drop drip drop drop drop drop

But there is no water

Who is the third who walks always beside you[1]

When I count,there are only you and I together

But when I look ahead up the white road

There is always another one walking beside you

Gliding wrapt in a brown mantle,hooded

I do not know whether a man or a woman

 But who is that on the other side of you?

What is the sound high in the air[2]

---

[1] 耶稣被钉在十字架后，在两个以马杵斯人前出现。

[2] 暗指俄国革命造成的动荡，对古文明中心耶路撒冷、雅典、亚历山大的影响。

Murmur of maternal lamentation

Who are those hooded hordes swarming

Over endless plains, stumbling in cracked earth

Ringed by the flat horizon only

What is the city over the mountains

Cracks and reforms and bursts in the violet air

Falling towers

Jerusalem Athens Alexandria

Vienna London

Unreal

A woman drew her long black hair out tight

And fiddled whisper music on those strings

And bats with baby faces in the violet light

Whistled，And beat their wings

And crawled head downward down a blackened wall

And upside down in air were towers

Tolling reminiscent bells, that kept the hours

And voices singing out of empty cisterns and exhausted wells

In this decayed hole among the mountains

In the faint moonlight, the grass is singing

Over the tumbled graves, about the chapel

There is the empty chapel[1], only the wind's home.

It has no windows, and the door swings,

Dry bones can harm no one.

Only a cock stood on the rooftree

---

[1] 危险的教堂，武士须进入此教堂，才能取得圣杯。

Co co rico co co rico

In a flash of llightning. Then a damp gust

Bringing rain

Ganga[1] was sunken, and the limp leaves

Waited for rain, while the black clouds

Gathered far distant, over Himavant.[2]

The jungle crouched, humped in silence.

Then spoke the thunder

Da

Datta[3] what have we given?

My friend，blood shaking my heart

The awful darting of a moment's surrender

Which an age of prudence can never retract

By this ,and this only,we have existed

Which is not to be found in our obituaries

Or in memories draped by the beneficent spider

Or under seals broken by the lean solicitor

In our empty rooms

Da

Dayadhvam[4]: I have heard the key

Turn in the door once and turn once only

We think of the key,each in his prison

Thinking of the key, each confirms a prison

---

[1] Ganga: 指恒河。

[2] The Himalaya Mountains: 喜马拉雅山脉中的一座山。

[3] Datta: 给予;《优波尼沙士》里雷霆的话。

[4] Dayadhvam: 梵文，意为同情。

Only at nightfall, aethereal rumours

Revive for a moment a broken Coriolanus[1]

Da

Damyata[2]. The boat responded

Gaily, to the hand expert with sail and oar

The sea was calm, your heart would have responded

Gaily,when invited, beating obedient

To controlling hands

      I sat upon the shore

Fishing[3], with the arid plain behind me

Shall I at least set my lands in order?[4]

London Bridge is falling down falling down falling down

Pui s'ascose nel foco che gli affina[5]

Quando fiam uti chelidon[6]— O swallow swallow

Le Prince d'Aquitaine a la tour abolie[7]

These fragments I have shored against my ruins

---

[1] 柯里欧莱纳思是罗马名将，莎士比亚同名剧中的人物；他因为过于骄傲，对群众忘恩负义而失败。

[2] Damyata：梵文，意为克制你们自己。

[3] 艾略特暗指鱼王像耶稣，它是一个复活的象征。

[4] 主如是说，把房子收拾整齐，因为你将死，不能活。

[5] 此句为意大利语，意为"然后，他们就隐身在净化他们的火焰里"，即在烧毁他们贪欲的火焰里。见但丁《炼狱》第 26 节 148 行。

[6] 本句来自一首写于公元 4 世纪左右，作者不详的拉丁语诗《圣维纳斯的夜祷》，意为"我什么时候才能像燕子？"。该诗赞美爱情和春天回归。

[7] 此句为法语，意为"阿基坦的王子在已毁的塔内"。本句来自钱拉·德·奈瓦尔（1808—1855）的十四行诗《不幸的人》。

Why then Ile fit you[1]. Hieronymo's mad againe[2]

Datta, Dayadhvam, Damyata.

Shantih[3]　shantih　shantih

---

[1]　见基德的《西班牙悲剧》。这些话是希罗尼姆所说的，他要为儿子被谋杀伺机报复。

[2]　《西班牙悲剧》的副标题。

[3]　Shantih：梵文，意为无法理解的平和。

《荒原》：V. 雷霆的话

火炬把淌汗的脸照红后

霜冻使花园沉寂后

石头地带遭受痛苦后

呼喊和哭叫

监狱、宫殿和春雷

越过远山发出回响

曾经活着的他现在死了

我们曾经活着现在正垂死

要稍有一点耐心。

这里没有水只有岩石

岩石、无水和沙子路

这条路在群山中蜿蜒而上

山是岩山没有水

如果有水我们会停下来喝水

岩石间人们不能停下或思考

汗干了，脚陷在沙子里

假如岩石中间有水，

一座龋齿的死山口吐不出水

在这里人既不能站，不能躺，也不能坐

甚至山里并不沉静

只闷声打雷不下雨

山上甚至并不孤寂

愠怒发红的脸在冷笑，怒吼

从裂缝的泥土屋的门口传出

假如有水

没有岩石

要是有岩石

并且也有水

有水

一汪泉水

岩石间的水潭

要是仅仅有水声

不是蝉鸣

和干草唱歌

而是岩石上水流过的声响

那里隐士画眉在松树林中歌唱

滴答、滴答、答答答

但是没有水

那总是行走在你身边的第三者是谁？

我数时，只有你和我在一起

当我朝前远望白色的路

总有另外一个人在你旁边走

戴着风帽，裹着黄色披风缓缓移动

我不知那是个男人还是女人

——但站在你的另一边的是谁？

那高空中是什么响声？

是母亲悲痛的低语

大群戴着风帽蜂拥前进的是什么人

簇拥越过一望无际的平原，

蹒跚而行、走在干裂的土地上

只是围绕着平坦的地平线

山那边是座什么城市？
裂开、重组，在紫色的大气中爆裂
塔楼倾倒
耶路撒冷、雅典、亚历山大
维也纳、伦敦
虚幻不实

一个女人用力把她黑色的长发拉直
在那些发丝上弹着低沉的音乐
长着娃娃脸的蝙蝠在黄昏紫光下
呼啸，拍打着翅膀
头朝下在变黑的墙上往下爬
在空中倒立着的是塔楼
敲着引起回忆的钟声，报着时间
歌声从空水池和干井里传出

在山间这个损毁的洞里，朦胧月色下，
在倒塌的坟墓上，围绕教堂野草唱着歌
只是空荡荡的教堂，仅是风的过堂。
没有窗户，门也在开合摆动，
干骨头不会伤害任何人。
只有一只公鸡在屋脊上
咯咯喔，咯咚喔
一道闪电划过。接着是潮湿的狂风
带来了雨

恒河干涸水位下降，萎软的树叶
等待着下雨，而乌云

则聚集在遥远的喜马拉雅上空

从林蜷伏着，弓着背沉默不语

然后雷声响起

Da（达）

Datta（达塔）：我们给予了什么？

我的朋友，鲜血震撼着我的心

刹那间屈服的可怕冲动

是谨慎的一个时代无法挽回的

靠这样，且只有这样，我们一直存活

这在我们的讣告中找不到

在慈善的蜘蛛网包裹的记忆中

在消瘦的律师拆开的封条下

在我们空荡的房间里找不到

哒

Dayadhvam（代亚德瓦姆）：我听到了钥匙

在门锁里转了一次，只转动了一次，

我们想着钥匙

每个人在囚室想着钥匙

每个人坚守着一间囚室，想着一把钥匙

当夜幕降临 天上轻飘的传言

使伤心的科里奥兰纳暂时复活

Da

Damyata（达未亚塔）：小船高兴地

回应那熟练控帆摇桨的能手

大海风平浪静，你的心也会愉快地回应

当被邀请，会顺从地跳动

听从操控着的双手

我坐在岸边

垂钓，身后是干旱的平原

我至少需要把我的国土整理好吗？

伦敦桥正在倒塌，倒塌，倒塌

他把自己躲在洗涤罪过的火焰中

何时我才能像燕子——啊，燕子，燕子，燕子

阿基坦的王子已在塔内 (受到废黜)

这些碎片支撑着我的废墟

那为何它适合你。希罗尼母又发疯了。

舍己。同情。克制。

平安。平安。平安。

赏 析

　　《荒原》发表于 1922 年，被认为是艾略特的成名之作，西方现代诗歌的里程碑。它是一部象征主义的代表作。诗人把第一次世界大战后的欧洲比喻为一片荒芜、干旱无水的荒原，象征西方物质和精神文明的衰落必须得到拯救。诗人在卷首引用希腊神话中的西比尔 (Sibyl) 一个女预言家的典故：虽然阿波罗赠她永生，但她却说"我要死"。因为她不能永葆青春和健康，随同凡人一样衰老，变成了一只蚱蜢大小，过着生不如死的生活，所以她要死，想死后获得新生。这个阴郁的引语，点明了这是一首关于生与死的诗。

　　全诗分五章：《死者葬仪》《对弈》《火诫》《水里的永生》《雷霆的话》。这里选译了第一、五两个章节。

　　第一章《死者葬仪》的标题来自英国国教祈祷书，与耶稣死后复活和埃及神话中的奥西里斯生殖仪式 (Egyptian ritual of Osiris) 有关联。埃及国王奥西里斯被杀后，复活成为管理生死的主神。诗的开篇"四月是最残酷的月份"，表明春天是埋葬死者和播种生殖的时节，也点明了生与死是本诗的主题。

诗的前 7 行为一般性描述。荒原上长着丁香，给人冬天的回忆与对春天的希望；希望春天改变死寂、停滞的荒原，盼望春雨滋润万物生长。第 8 至 18 行写过去发生在慕尼黑 (Manica) 的事，表明文明衰落，今不如昔。第 19 至 31 行重现荒原景象，出现桂树、岩石，没有阴凉、没有流水声响，阳光下一堆破碎景象，"恐惧在一把尘土里"。第 32 至 34 行是一个水手唱的情歌，唱的是纯真的爱情。第 35 至 40 行，希腊生殖之神象征重生的风信子女郎，既非活，也非死。接着，女相士，一个相当西比尔的人患了重感冒，用纸牌给人算命，因为她找不到那被绞死的耶稣，人们注定无法获得救赎，必须特别小心。

诗的最后一节，"虚幻的城市"明确指出是一个真实的城市，它就是伦敦。"死亡毁了这么多人"，一个死亡像地狱一样的城市。"去年你种在花园的尸体 / 它发芽了吗？今年会开花了吗？"让人想起埃及神话中奥西里斯死而复生的生殖仪式。诗的最后引用波德莱尔《恶之花》序诗中的一行来结尾，表明诗人和读者一样无能为力，百无聊赖。

第二章《对弈》的标题借用了英国剧作家托马斯·密德尔顿 (Thomas Middleton, 1858—1627) 的有名剧作。这一章通过对不同阶层妇女的描写，反映现代人生活空虚无聊，夫妻生活不和谐，如下棋对弈一般用心算计，性关系混乱，道德沦丧。

第三章《火诫》的标题出自佛教教义，引用释迦牟尼的《火诫》。火是欲望的化身，情欲之火是一切苦难的根源。火又象征净化，现代人精神空虚，只有遵从宗教教义，抛弃尘世欲念，在火中涅槃再生，才能拯救精神荒原。

第四章《水里的死亡》，写腓尼基水手由于纵欲而淹死在情欲的海洋里。水也可以净化罪恶，在净化中得以重生，呼应第一章死与生的主题。

第五章《雷霆的话》的标题来自《吠陀经》，天帝通过雷来说话，回答子民的问题。按照艾略特的注释，本章前半部分包括三个主题：①去埃摩司途中（the journey of Emmaus），途中耶稣被钉在十字架上，死后三日复活。② 向凶险教堂行进（the approach to the chapel），经过凶险教堂有如炼狱，历尽艰辛与痛苦。③现代欧洲的衰败（the present decay of Eastern Europe）。欧洲走向混乱与衰落，在精神疯狂中迷醉歌唱，资产者嘲笑，圣徒和先知流着泪聆听。荒原到处是岩石，干旱无水，亟须救赎。随后，通过凶险的教堂，武士准备最后一搏，公鸡啼叫，大雨降落，干旱解除，渔王得救。最后雷霆发话，Datta (give 给予，Dayada Van Sympathize 同情), Damyata (Control 克制)，提出了用东方哲学作为拯救荒原的法宝，表明作者认为只有信奉上帝，皈依宗教，荒原以及荒原人才能得救。平安是《荒原》诗篇的追求与终结，表明诗人寻求平安、精神平和与灵魂超脱的愿望。《荒原》整首诗中到处是荒凉、死亡、挫败和失望。最后一节出现新生与希望，表明作者认为只有通过死亡，才能获得新生。

艾略特参照杰西·魏士登的《从祭仪到神话》和詹姆斯·乔治·弗雷泽的《金枝》，在《荒原》中套用了亚瑟王寻求"圣杯"的神话结构和有关繁殖的礼仪，认为只有信奉上帝才能拯救衰落的西方文明。在创作方法上，通过意象、隐喻、对比、暗示，引用神话典故，间接而非直接、直露的方式表达，没有完整的情节，诗中的说话人、时间、地点、场景不断变化，诗行之间意思不连贯，碎片拼贴，将意象碎片连缀成一个整体。创作大胆创新，全诗涉及 6 种语言、56 部著作，比较晦涩难懂。

克劳德·麦凯
(Claude McKay, 1889—1948)

克劳德·麦凯是牙买加裔美国诗人、作家，哈莱姆文艺复兴运动重要人物，出生在牙买加一个黑人家庭，当过木匠、警察。他用牙买加方言写诗。1912 年，他的第一本诗集《牙买加之歌》(Song From Jamaica) 和《警察歌谣》(Constable's Ballads) 出版，获牙买加艺术和科学院奖，被称为"牙买加的彭斯"。随后，他去美国求学，在塔斯基吉学院和堪萨斯州立学院学习 2 年，于 1914 年移居纽约哈莱姆黑人区。

他放弃用方言、俚语，采用正规英语和传统格律写诗。1917 年，采用十四行诗的形式，发表了《哈莱姆舞女》(The Harlem Dancer)，表现黑人的艰难境遇，被认为是哈莱姆文艺复兴运动中的发轫之作。1919 年，美国北方城市黑人掀起声势浩大的抗暴斗争，为声援这一斗争，麦凯写了名篇《如果我们必须死》，使他成了黑人文艺复兴运动的中坚分子、开路先锋，确立了他在运动中的领导地位。1920 年，他出版诗集《新罕布什尔之春》(Spring in New Hampshire)。

1922 年，他出版了合集《哈莱姆的孤影》(Harlem Shadows)，描写了大城市里人民群众的痛苦、愤懑和反抗之举。1923 年，麦凯以美国工人代表身份去莫斯科参加苏联共产党第四届大会，会见了列宁，并参加第三共产国际的工作。他滞留欧洲、非洲，11 年后返回美国，脱离政治运动，意志消沉，晚年信奉天主教。

麦凯共出版诗集 5 部、小说 4 部、自传 1 部，其他著作 2 部。

After the Winter

Some day, when trees have shed their leaves

    And against the morning's white

The shivering birds beneath the eaves

    Have sheltered for the night,

We'll turn our faces southward, love,

    Toward the summer isle

Where bamboos spire the shafted grove

    And wide-mouthed orchids smile.

And we will seek the quiet hill

    Where towers the cotton tree,

And leaps the laughing crystal rill,

    And works the droning bee.

And we will build a cottage there

    Beside an open glade,

With black-ribbed blue-bells blowing near,

    And ferns that never fade.

冬天过后

终有一天，当树叶黄落，
在白色的晨光衬照下，
屋檐庇护下瑟瑟发抖的鸟儿
度过了寒冷的夜晚。
我们要转向南方，亲爱的，
直面夏日岛。
岛上新竹冒尖，长杆高的竹林高耸，
兰花张大了嘴微笑。

我们要寻找幽静的山地，
那里木棉树高高耸立，
清澈的溪水流淌，欢声笑语不断，
蜜蜂采蜜嗡嗡声不止。
我们要在那里建一栋小屋，
靠近开阔的林间空地。
黑色叶脉的蓝铃花在近处随风飘荡，
蕨草青青永不枯黄。

赏 析

麦凯对城市、政治、种族等社会问题十分敏感，写了不少反映种族歧视，黑人生活与斗争的诗篇。

他以大自然和普通事物为写作题材，是一位成功地用传统形式写作的抒情诗人。在《冬天过后》这首诗里，他运用小溪、小鸟、山河、草地等自然意象勾勒出了一幅清新、欢快，生机盎然，充满希望的春日画卷，表现了他对大自然和美好生活的热爱与憧憬。诗的开头描写寒冷的冬天，向她告别，带着哀婉的口吻说春天来临，意味着冬天已结束，春天是美好的充满希望的季节，告诫黑人同胞现实很严酷，前途很美好，要为美好的生活坚持奋斗。这首诗以冬日为背景；树叶黄落、鸟儿在屋檐下避寒，这些冬天景象象征生活的困难与艰辛。诗人描写春天即将来临，南方的春天温暖、鲜花盛开，林木繁茂。他们要去到南方，在那里安家。这表明诗人对未来充满希望，认为经历困难之后，会迎来美好的生活，因此，他对黑人的前景表示乐观与充满信心。

If We Must Die

If we must die, let it not be like hogs

Hunted and penned in an inglorious spot,

While round us bark the mad and hungry dogs,

Making their mock at our accursèd lot.

If we must die—O let us nobly die,

So that our precious blood may not be shed

In vain; then even the monsters we defy

Shall be constrained to honor us though dead!

O kinsmen! we must meet the common foe!

Though far outnumbered let us show us brave,

And for their thousand blows deal one death-blow!

What though before us lies the open grave?

Like men we'll face the murderous, cowardly pack,

Pressed to the wall, dying, but fighting back!

如果我们必须死

如果我们必须死，

让我们不要死得像猪一样：

被追赶，关在恶浊的地方，

发疯的饿狗在我们周围狂叫，

把我们可诅咒的命运嘲笑。

如果我们必须死——啊，让我们死得崇高！

那么，我们宝贵的鲜血不会白白流掉，

甚至连我们鄙视的残暴敌人，

也不得不对我们的死表示尊敬！

啊，同胞们！我们必须面对共同的敌人，

尽管我寡敌众，让我们勇敢战斗，

给敌人的千万次打击回以致命一击！

坟墓敞开在面前又何足惧？

像堂堂正正的男子汉，直面一群凶狠的胆小鬼，

被逼到墙角，临死也要回击！

赏 析

　　为声援 1919 年美国北方城市黑人声势浩大的抗暴斗争，麦凯写下的这首诗成了鼓舞黑人争取解放斗争胜利的诗篇。第二次世界大战初期，英国首相丘吉尔曾引用此诗激励英军英勇战斗。这是一首充满愤慨、坚强决心和战斗意志的十四行诗。

　　诗的前八行 (octave) 勾画出森林里野猪被猎人猎豹围剿、追捕，被送进围栏惨遭杀害的惨象，提醒美国黑人勿忘饱受私刑和暴力的屈辱历史，只有奋起反抗，民族才能得到尊严。

　　诗的后六行（sestet），诗人表示要有"困兽犹斗"的精神，号召全体黑人团结一致，共同对敌，不怕牺牲，反戈一击，虽死犹荣。本诗以 abab cdcd efef gg 的样式押韵，译诗有所改动。

　　这是一首情感充沛、语调激昂、意象鲜明的战斗诗篇，它表明被压迫、被奴役人民临死不屈，英勇斗争。人民把生死置之度外，但不能像猪那样被驱赶、被屠宰，也不怕饿狗的凶狠与嘲笑。猪、狗这两个意象表现被压迫和压迫者，被压迫者不能怯懦，必须反抗。"坟墓敞开"象征死亡的威胁和可能，被压迫者必须有大无畏精神，给敌人致命一击。这首诗之所以能鼓舞、激励人，在于它有韵律节奏、形象生动，有很强的思想性和战斗精神。

The Tropics in New York

Bananas ripe and green, and ginger-root,
　　Cocoa in pods and alligator pears,
And tangerines and mangoes and grape fruit,
　　Fit for the highest prize at parish fairs,

Set in the window, bringing memories
　　Of fruit-trees laden by low-singing rills,
And dewy dawns, and mystical blue skies
　　In benediction over nun-like hills.

My eyes grew dim, and I could no more gaze;
　　A wave of longing through my body swept,
And, hungry for the old, familiar ways,
　　I turned aside and bowed my head and wept.

纽约的热带地区

香蕉熟了还是绿色，还有辛辣的生姜根，

带荚的可可和鳄梨，

红橙色蜜橘、芒果和柚子，

极受大众欢迎，适合教区集市。

置放在窗台，勾起回忆；

流水低吟的溪边树木结满果实，

露水沾衣的黎明和神秘的蓝天，

幸福快乐充满修女般温存的小山。

我泪眼模糊，再也看不下去，

一股思乡的暖流流遍了周身，

如饥似渴，念想过去熟悉的生活方式，

我转向一边，低头哭泣。

赏 析

　　诗人生长在热带的牙买加，1912 年 23 岁时移居美国。见到纽约集市上的热带水果，他买回家来放在窗台上观赏，睹物思乡。这引起诗人对美丽、富饶的家乡和恬静、欢乐的生活的无尽回忆。他想到独居异乡为异客，孤寂无助，禁不住低头哭泣，情深意切，感人至深。当年的美国黑人深受歧视和种族压迫，由于不同的文化冲突，在艰辛的处境下，看到热带水果，思念家乡是很自然的，也表达了所有黑人的思乡之情。诗中描写的非洲风景美丽、物产丰富，也显现了美裔黑人的民族自豪感。这对推动当年的哈莱姆文艺复兴运动、增强黑人的凝聚力和文化自信有一定作用。

　　原诗共 3 节，每节按 abab 押韵，语句优美、流畅，具有节奏感、音乐性。

30 埃德娜·圣·文森特·米莱
(Edna St. Vincent Millay, 1892—1950)

埃德娜·圣·文森特·米莱，美国诗人、戏剧作家，是 20 世纪 20 年代美国文学和文化重要的中心人物，美国杰出的女诗人，解放了的新女性的代表。她生于缅因州的洛克兰市，母亲是护士。1900 年，米莱 8 岁时，父母离异；母亲独自抚养三个女儿成人，培养她们对音乐和文学的兴趣和爱好。据说，米莱 5 岁就开始写诗，很小就给儿童杂志《圣尼古拉斯》投稿，上大学时，获得杂志颁发的诗歌奖。

米莱 20 岁时发表《新生》（*Renascence*）。1917 年从瓦萨学院毕业时，她的第一部诗集《新生及其他诗》出版。这部天真、纯朴，对大自然的描写新鲜而富有生趣的抒情诗集赢得了众多读者的喜爱，使她得到"女拜伦"的称号。1921 年，她的第一个表现女人间爱情的诗剧《灯和铃》发表。大学毕业后，她搬进纽约格林威治村，加入一个激进知识分子群体，过着双性恋的生活。1920 年，她发表的第二部诗集《几颗从蓟草丛里摘来的无花果》(*A Few Figs from Thistles*) 对女人性行为和特征的描写引起广泛关注，反映了女权主义的心声和非正统的思想感情。1923 年，她的第三部诗集《竖琴编制人及其他诗》（*The Harp—Weaver and Other Poems*）出版，诗集中的十四行诗写得很精彩，是她的杰作，有文学评论家说这是英语诗歌中最佳的十四行诗之一。这部诗集使她获得普利策诗歌奖，成为获得此奖的第一位女诗人。1921 年，《第二个四月》（*Second April*）发表，同年，她还完成了三部戏剧，并上演。1928 年，她的长诗《死亡》（*Moriturus*）发表。1931 年，《命中注定的会见》（*Fatal Interview*）发表。1939 年，《猎人，什么猎物？》（*Huntsman, What Quarry*？）发表。20 世纪 40 年代，她积极投身反德国法西斯的斗争，出版反独裁、反侵略的《把箭磨亮 1940 年笔记》(*Make Bright The Arrows, 1940 Notebook*) 和《谋杀莉迪斯》(*The Murder Of*

Lidice,1942)。

米莱是一位公认极有天赋的诗人，她的诗语言流畅、技巧纯熟，形式整齐，沿用传统格律，诗的内容沿用传统题材，写美和爱情，与现实生活结合。她把传统的抒情诗形式带进现代美国文学。她早期的诗趋于放诞享乐，带有淡淡的悲观色彩，后来愤世嫉俗的感情增多，并开始关注社会问题。晚年疾病缠身，意志消沉，名声有所下降。米莱被认为是自艾米莉·狄金森之后美国最重要的女诗人，托马斯·哈代曾说："美国两大魅力——摩天大楼与埃德娜的诗。"[1]

First Fig

My candle burns at both ends;
　It will not last the night;
But ah, my foes, and oh, my friends—
　It gives a lovely light!

第一颗无花果

我的蜡烛燃烧在两头；
它坚持不了一个夜晚；
但是啊，我的仇敌，啊，我的朋友——
它把美丽的光亮奉献。

---

[1]　杨金才、顾晓:《往事》,《英语世界》2014 年第 3 期。

赏 析

　　这是米莱的一首有名的极其简练的抑扬格、四音步，以 abab 押尾韵的普通四行诗。诗中使用了隐喻和押头韵的手法，形象、生动，有很强的音乐节奏感。以蜡烛两头同时燃烧比喻说话人在一个生活节奏很快的地方的生活方式和生活态度。

　　诗人认为生活要有强度和力度，充满感情；要加倍燃烧自己，努力工作，尽情享乐，自由自在，超乎常规，不顾朋友和敌人的反对，走自己的路。尽管这会快速消耗自己，但活得精彩，对社会有贡献，也就活得有意义了。诗的最后一句"它把美丽的光亮奉献"是蜡烛两头燃烧的目的，使诗歌的意义升华。这首诗强调质量而不是数量；生命的质量比生命的长短更重要。无花果树千百年来被认为是智慧和成功的象征。《圣经·路加福音》中不结实的无花果树，没有被砍掉，通过浇水、施肥，第二年结了果，说明时间会改变事物，要有耐心等待，表明无花果得来不易。无花果酸甜，给人一种清爽、甘甜的感觉。

Recuerdo

We were very tired, we were very merry—

We had gone back and forth all night on the ferry.

It was bare and bright, and smelled like a stable—

But we looked into a fire, we leaned across a table,

We lay on a hill-top underneath the moon;

And the whistles kept blowing, and the dawn came soon.

We were very tired, we were very merry—

We had gone back and forth all night on the ferry;

And you ate an apple, and I ate a pear,

From a dozen of each we had bought somewhere;

And the sky went wan, and the wind came cold,

And the sun rose dripping, a bucketful of gold.

We were very tired, we were very merry,

We had gone back and forth all night on the ferry.

We hailed, "Good morrow, mother!" to a shawl-covered head,

And bought a morning paper, which neither of us read;

And she wept, "God bless you!" for the apples and pears,

And we gave her all our money but our subway fares.

回　忆

我们很疲惫，我们很欢愉——
我们一整夜乘渡船来来回回。
它空荡又明亮，有一股马厩的味道——
我们凝望着炉火在桌对面倚靠。
我们躺在月下的小山顶，
汽笛声不停地响起，黎明快要来临。

我们很疲惫，我们很欢愉——
我们一整夜乘渡船来来回回。
你吃个苹果，我吃个梨，
每样买来十二个，从某地，
天空苍白，风吹寒冷，
太阳升起，光芒欲滴，如满桶黄金。

我们很疲惫，我们很欢愉——
我们一整夜乘渡船来来回回。
我们对围着头巾的大妈道声"大妈，早安！"
买一份晨报，谁也没去浏览。
大妈哭了，"上帝保佑你们"收下这苹果和梨
我们把所有的钱给了她，只剩下地铁车费。

赏 析

　　这是一首共 3 节，每节 6 行，韵律安排为 aabbcc, aaddee, aaffgg 的轻松、愉快的诗。"Recuerdo" 是西班牙文，意思是我记起、回忆。

　　有文学评论家说这是描写米莱与尼加拉瓜诗人萨洛蒙·德·拉·塞尔瓦 (Salomon de la Selva) 一同在纽约斯塔滕岛的渡船上来来回回的情景。虽然渡船设备简陋，有马厩的气味，但他们并不在意。他们躺在小山顶看月亮，吃水果，观日出，度过一个值得回忆的、美好的夜晚。两位朋友没有坐豪华的邮轮，没有上高档的酒馆，吃的是普通的水果，乘的是地铁，然而诗的每节前两行都重复"我们很疲惫，我们很欢愉"，这说明快乐、幸福不是用金钱可以买来的，精神的愉悦来自真诚的爱情和友谊，对大自然的欣赏与热爱。这首诗每节都用了几个"我们"，双行押同一个韵，强调的是人而不是物。与恰当的人在一起能给你带来快乐，甚至会使你变得大方、慷慨。

　　这首诗描绘的自然景象——从夜晚的寒风吹、汽笛鸣叫，天色暗淡，到金色的黎明，光芒欲滴，宛如一桶黄金，把时间的流程做了描述，给人美的感觉。诗中两人与大妈的对话及对她的态度，展现了美好的人际关系。

Afternoon on a Hill

I will be the gladdest thing
　　Under the sun!
I will touch a hundred flowers
　　And not pick one.

I will look at cliffs and clouds
　　With quiet eyes,
Watch the wind bow down the grass,
And the grass rise.

And when lights begin to show
　　Up from the town,
I will mark which must be mine,
　　And then start down!

下午在小山上

我要做最快活的人
在天底下！
我要触摸百花
一朵也不摘它。

我观看悬崖、云朵
眼光平静温和

看风吹草低

然后又伸直。

当华灯初上

镇上一片光亮

我能辨认哪盏是我家的灯

然后向着它直奔!

赏　析

　　这是一首有名的诗。诗人在繁忙的日常工作之余，偷闲去到山花烂漫的小山上，闻着扑鼻的花香，平静地观赏悬崖，看云飞云散，风吹草低，尽情享受大自然的美，忘却烦恼和生活的压力。她抚弄百花而不摘，爱美而不破坏大自然的美。当日落黄昏，她也顺其自然，回到小镇自己的家。她与大自然为伍，享受生活，身心放松，然后再投入到繁忙、紧张的工作和生活中。

　　这是一首写诗人热爱自然、陶醉山水的诗。诗中景物描写，悬崖、云朵，风吹草低，华灯初上，动静结合，显现自然的韵律，给人美的享受。大自然是一幅画、一本书，能给人启迪，消除烦恼，使人快活。诗人看到镇上的灯亮了，欣然直奔自己的家，表现她对生活的热爱。

　　这首诗共3节，每节4行，不押尾韵，使用了首语重复法（anaphora）；在行首重复（I will）及行中第一个字母或发音的重复（alliteration），表现随意而又有音乐性。

③1 爱德华·爱斯特林·肯明斯
(E. E. Cummings, 1894—1962)

肯明斯，美国诗人、画家、小说家和戏剧家，生于马萨诸塞州的坎布里奇（Cambridge），父亲是哈佛大学教授。肯明斯从小喜欢文学和绘画。

1917 年，肯明斯在哈佛大学获硕士学位后，志愿参加红十字组织的救护车队，在法国战区担任司机，因被疑为间谍而送进集中营，监禁 3 个月之后释放。战后，他在巴黎和纽约学习绘画，并开始写诗。他将在集中营的这段经历写进纪实性小说《特大房间》（*The Enormous Room*, 1922），使他蜚声文坛。肯明斯自哈佛大学毕业后的正式工作是在一家邮购商号（a mail-order firm）担任收信和回信工作，持续了 3 个月。辞去工作后，他便全身心投入艺术及写作事业。

肯明斯是一个多产作家，出版了十多部诗集。他的第一部诗集《郁金香和烟囱》（*Tulips and Chimneys*, 1923）获得"日晷奖"，成为现代派的经典诗集之一。1925 年，《诗四十一首》（*XLI Poems*）出版。接着出版的有《等于五》（*Is 5*, 1926）、《万岁》（*ViVa*, 1931)、《不谢》（*No Thanks*, 1935）、《诗 50 首》（*Fifty Poems*, 1940）、《一乘一》（*1×1*, 1944）、《圣诞老人：一个教训》（*Santa Claus:A Morality*, 1946）等。此外，他喜欢旅游，写有访苏观感《我是》（*Eimi*[1], 1933）按肯明斯的话来说，他写了"几百万首诗"。1950 年，肯明斯被授予美国诗人学会会员称号。他还获得国家图书奖、博林根奖和波士顿艺术节诗歌奖。

肯明斯被认为是 20 世纪最重要的美国诗人之一，他又是画家，曾 4 次举办画展，他的视觉艺术的实验，对他的诗歌创作有所影响。在诗的形式上，他大胆创新，在拼写、标点符号和排印上不按常规，标新立异，追求新奇效果；但他诗的内容、题材还是传统的。他是浪漫抒情诗人，主要写爱情、家庭、父母、儿童、有趣的事及一切美好的自然物，坚持旧有的美德，具有想象力。

---

[1] 希腊文。

Since Feeling is First

since feeling is first
who pays any attention
to the syntax of things
will never wholly kiss you;

wholly to be a fool
while Spring is in the world

my blood approves,
and kisses are a better fate
than wisdom

lady i swear by all flowers. Don't cry
—the best gesture of my brain is less than
your eyelids' flutter which says

we are for each other: then
laugh, leaning back in my arms
for life's not a paragraph

And death i think is no parenthesis

既然感情第一

既然感情第一
谁留意
事物的句法
就不会全心全意吻你；

完全做个傻瓜
当春天来到了世界

我的热血赞许
接吻是个较好的结局
比起智慧

女郎，我以百花的名义起誓，不哭
——我头脑中最好的姿态美不过
你眨动的眼眸，它表明

我们相互倾心，那么
笑吧，身向后靠，投向我的怀抱
因为生活不是一个段落

而死亡，我想并非插曲

赏 析

这是一首爱情诗，讲恋爱过程中感觉、感情第一，强调美感，相互爱慕，两情相悦，外表、感情压倒理性。第一节第一句所说的是一个语法术语，意指规则、理性，过于理性就不会全心全意去爱一个人。第二节说明用真情去爱，看似是个傻瓜，但它像春天一样美好。第三节诗人表示完全同意，相拥、接吻是必然趋势。第四节讲爱情是美的相互吸引与赞许。第五节与前面的意思相同，诗人认为，人生不像文章里的段落，层次分明、有条有理，生活是复杂的、难懂的，要敞开怀抱，及时追求幸福快乐。人生是一段漫长的路，需要爱情的陪伴。第六节只有一句话，死亡是人生的归宿和终点。人生不过百年，不要蹉跎了青春年华与幸福失之交臂。

这是一首无韵体的自由诗，全诗 6 节，每节行数不一，不用标点符号，句首字母不大写，不合乎语法规则。句法、段落、插入语等词汇具有隐含和象征意义。诗中的"完全"（wholly）隐含"圣神"（holy）的意思，表示诗人认为理想的爱情本能地身心结合是神圣的。

肯明斯热衷于语言实验和创新，如标点符号的使用，大胆摒弃传统的诗歌诸多规范，不合语法规则及固定的诗节形式，使用特殊的词汇。这首诗中都有所表现。

Love is More Thicker than Forget

love is more thicker than forget

more thinner than recall

more seldom than a wave is wet

more frequent than to fail

it is most mad and moonly

and less it shall unbe

than all the sea which only

is deeper than the sea

love is less always than to win

less never than alive

less bigger than the least begin

less littler than forgive

it is most sane and sunly

and more it cannot die

than all the sky which only

is higher than the sky

爱情比遗忘更深厚

爱情比遗忘更深厚
比回忆更淡薄
比湿的波浪更稀有
比失败更频繁

它最癫狂，如月亮
不会是
比所有更深的大海洋
浅一些

爱情总少于获胜
但从不缺少兴奋快意
比最小的开始不大些
不小于谅解宽恕

爱情最合情理、最阳光
它不死更久长
比所有天空
有更高的苍穹

赏析

这是一首著名的论爱情的诗，讲爱情的力量。诗人用 more（less）...than... 把爱情与其他事物做比较，说明爱情的价值、复杂和充满矛盾。

诗人认为爱情是美好的、快乐的，但爱情不只在获得，还必须付出，要相互谅解、宽容，只有两者结合，爱情才会天长地久，比天高、比海深。同时，诗人也指出爱情处理不当也会失败，产生痛苦，欲忘不能，不堪回首。

诗一开始，"爱情比遗忘更深厚／比回忆更淡薄"是说真正的、特别的爱情情节是难忘的，但不是所有的回忆都能记住的，有些是不堪回首的。"比湿的波浪更稀有"说明真正的爱情是珍贵、稀少的，不像湿的海浪那样随时可见，并且爱情失败屡见不鲜。

第二节讲爱情可以使人狂醉，像月亮也反复无常，可以情深似海，而且比海更深沉。第三节讲爱情给人带来快乐，不在于获取，它有一个过程，开始可能遇到挫折和困难，要相互理解包容才能日久生情。最后一节讲更长久的爱情是"最合情理、最阳光"的，它受心的驱使，可能不期而然，也可能不合常理和逻辑，因人而异。最后两行，诗人认为爱情比天高，直到天荒地老，把它提升到神奇、超自然的高度。

这首诗语言简洁，形式上标新立异，句首字母不用大写，不按语法规则，自造新词，表现了诗人的独特风格。诗人使用了多种修辞手段，如矛盾修饰法、首语重复、行内辅音相同、拟人化和隐喻，玩弄词语，使人觉得矛盾、混乱。

全诗十六行，分四节，每节四行，按 abab, cdcd, efef, cgcg 押尾韵，有鲜明的节奏和音乐性。

32 基恩·图莫
(Jean Toomer, 1894—1967)

　　基恩·图莫是哈莱姆文艺复兴运动的一位重要诗人。他唯一的一部用诗、短篇、长篇小说混合写成的著作《甘蔗》（*Cane*，1923）是哈莱姆文艺复兴运动的重要著作，被认为"它不仅是对非洲美国文学的重要贡献，而且一直是对20世纪美国任何作家最强有力的、挑战性的著作"。[1]《甘蔗》是一部有独创性的作品，既反映了美国种族歧视的历史和社会生活，又有独到的艺术成就，其中的诗歌戏剧性地表现了南方黑人农村地区的落后、原始状况，以及黑人受压迫、被奴役的生存状况，与北方工业化城市白人堕落的生活两相比较，表现了作者对前者的同情和对后者的谴责。

　　图莫在华盛顿出生、成长，同祖父在一起生活，祖父曾是路易斯安那的副总督。图莫混合多种血统，皮肤浅黑，妻子是白人。他自己宣称是黑人，要为反对种族歧视和压迫斗争，但他不是居住在哈莱姆黑人区，也不常参加黑人作家的活动。他兴趣广泛，学过体育、历史、社会学，后来当过教师。

　　图莫去法国旅行认识一位格古德杰夫的俄国神秘主义者，成为其信徒。他虽然继续写作，但作品越来越抽象，留下一堆原稿。

---

[1]　Christopher Bench:《20世纪美国诗歌》，重庆出版社，2006，第121、122页。

Her Lips are Copper Wire

whisper of yellow globes

gleaming on lamp-posts that sway

like bootleg licker drinkers in the fog

and let your breath be moist against me

like bright beads on yellow globes

telephone the power-house

that the main wires are insulate

(her words play softly up and down

dewy corridors of billboards)

then with your tongue remove the tape

and press your lips to mine

till they are incandescent

她的嘴唇是铜丝电线

黄色玻璃灯泡耳语悄悄

在摇摆的电灯杆上闪光

像喝走私酒的醉汉们在雾中摇摆

让你的呼吸湿润，对着我的呼吸

像黄色灯泡上光亮的水滴

打电话给发电站
就说主要线路绝缘

（她说话温柔，起伏回荡
在满是广告牌的露水走廊）

然后用你的舌头去掉绝缘胶布
把嘴唇紧贴着我的嘴上
直到它们白热发亮

赏 析

　　这是一首爱情诗，诗人把科技的发展和爱情结合在一起，把女人的嘴唇比喻为带电的铜丝电线。美国当年已进入电气时代，城市铺有电网。

　　发电站通过地线让电线杆上的灯泡闪亮发光，在风中摇晃，好像爱人无处不在，宛如就在身旁。主线是绝缘的，让女人用舌头去掉嘴上的绝缘胶布，让电线（嘴唇）袒露然后亲吻，通电，像白热电灯一样炽热、光亮。嘴上贴上胶布暗含封住人的嘴，不让说话，意指没有言论自由。

　　诗歌把科技和用电这一自然意象和爱情相结合，把心爱的女人比作像电一样有吸引力，写接吻像触电一样兴奋，非常新颖。

　　这首诗通过对夜晚路灯耳语、像喝走私酒的醉汉在雾中摇摆及对周围环境的描写，表现一对情人私密、暧昧又炽热的情感和举动。用细腻的描写、象征的手法大胆表达复杂而浓烈的情感，很有特色。

Reapers

Black reapers with the sound of steel on stones

Are sharpening scythes. I see them place the hones

In their hip-pockets as a thing that's done,

And start their silent swinging, one by one.

Black horses drive a mower through the weeds,

And there, a field rat, startled, squealing bleeds.

His belly close to ground. I see the blade,

Blood-stained, continue cutting weeds and shade.

刈　者

割草黑人石上磨刀霍霍，

见他们把磨刀石往裤后口袋里搁，

就算做完一项工作。

再开始闷声，一下、一下挥着镰刀把草割。

黑马拉着割草机穿过杂草，

就在那儿，一只硕鼠受惊流血尖叫，

它腹部贴地，我看见血染红刀叶，

割草机继续地割并把它盖遮。

赏 析

　　这首诗选自图莫的诗集《甘蔗》。诗人于1918—1923年在美国南部的佐治亚州一所地方学校担任教师,将当地的风土人情、黑人生活写入作品中。

　　这首诗写黑人割草劳动,割草机将一只田鼠绞死。田鼠流血尖叫,但机器继续无情地工作,反映了黑人真实的劳动场景。但它也有引申和象征意义:割草机凶狠无情,滥杀无辜,毫无人性,像压迫者、剥削者。因此,这是一首表现压迫和死亡的诗。全诗8句,语言简朴,有音乐性,按aabbccdd押韵。

33 哈特·克莱恩
(Hart Crane, 1899—1932)

克莱恩没有上过大学，自学成才，在短暂的一生中写有诗集《白色建筑群》(*White Buildings*, 1926)和长诗《桥》(*The Bridge*, 1930)。他取得了美国头等诗人的地位，成为美国 20 世纪最好的诗人之一。《桥》被认为是歌颂现代美国、歌颂机器时代的史诗，是美国的四大史诗之一。

克莱恩出生在俄亥俄州的格列斯尔 (Garrettsville)，父亲是糖果店老板。童年时，父母由于不和而分居后，他去到外祖父母古巴以南的派因斯岛上的果园长住和劳动。1917 年父母离婚后，克莱恩中学没有毕业即离家，从事各种工作，如当广告员、职员、工人等。1923 年，他定居纽约，在此期间，他认真学习欧美 19 和 20 世纪的诗歌、戏剧，深受法国文学的影响，结识了许多作家，其中有爱伦·塔特、E. E. 肯明斯等。1924 年，他住进布鲁克林桥已故设计师罗布林当年用作观察大桥建设的瞭望所。《桥》的主题、结构便在这里构想出来。

克莱恩 13 岁开始写诗，1920 年正式发表诗歌。他在诗中大量使用意象、象征等手法，形象奇特，诗意浓烈，充满想象力，但意义不够明晰，意象混杂，往往超出字面意义。他被认为是美国最有争议、最难懂的诗人之一。不过，他对人类追求进步、和谐、爱和美的向往和诉求的表达及对劳动、美国机器文明的歌颂，使他在美国文学史上占有一席之地。

克莱恩由于受家庭的影响，酗酒、生活放纵，身心交瘁。这位天赋极强的诗人 1932 年从墨西哥乘船回纽约时投海身亡，是年 32 岁。

Black Tambourine

The interests of a black man in a cellar
Mark tardy judgment on the world's closed door.
Gnats toss in the shadow of a bottle,
And a roach spans a crevice in the floor.

Esop, driven to pondering, found
Heaven with the tortoise and the hare;
Fox brush and sow ear top his grave
And mingling incantations on the air.

The black man, forlorn in the cellar,
Wanders in some mid-kingdom, dark, that lies,
Between his tambourine, stuck on the wall,
And, in Africa, a carcass quick with flies.

黑手鼓

地窖里黑人利益的
判决，在世界关着的门上迟缓标记。
蚊虫在瓶子的影子里摇晃，
蟑螂伸进地板的缝隙。

伊索被迫冥思，发现
天国有乌龟和野兔；

狐狸尾巴、猪耳朵高悬于他的坟墓，

并且咒语混杂在空气中传播。

黑人在地窖感到绝望，被遗弃，

在某中间王国游弋，它黑暗，处于

一边是他悬挂的手鼓，

一边是非洲快速被苍蝇叮咬的尸首。

赏　析

　　1921 年，克莱恩的父亲解雇了一名黑人，让克莱恩在他马里兰的一家餐馆工作。这首诗写黑人侍者在地窖的工作及心理状况，反映了美国黑人被欺凌，受到非人的待遇，生不如死的处境。"中间王国"(mid-kingdom) 也许是了解这首诗主旨的关键词。黑人一般代表被压迫者残酷地被置于中间王国，这表示美国黑人的社会地位处于人和动物之间。

　　把伊索这位公元前 6 世纪的奴隶引入诗中，描写许多动物，就是暗示黑人的处境像赫尔夫·艾里森 (Ralph Ellison) 在《看不见的人》里写的人一样，是被社会抛弃、视而不见的人。这首诗与哈莱姆文艺复兴运动的作品风格及内容颇为相似。

To Brooklyn Bridge

How many dawns, chill from his rippling rest
The seagull's wings shall dip and pivot him,
Shedding white rings of tumult, building high
Over the chained bay waters Liberty —

Then, with inviolate curve, forsake our eyes
As apparitional as sails that cross
Some page of figures to be filed away;
—Till elevators drop us from our day ...

I think of cinemas, panoramic sleights
With multitudes bent toward some flashing scene
Never disclosed, but hastened to again,
Foretold to other eyes on the same screen;

And Thee, across the harbor, silver paced
As though the sun took step of thee yet left
Some motion ever unspent in thy stride,—
Implicitly thy freedom staying thee!

Out of some subway scuttle, cell or loft
A bedlamite speeds to thy parapets,
Tilting there momently, shrill shirt ballooning,
A jest falls from the speechless caravan.

Down Wall, from girder into street noon leaks,

A rip-tooth of the sky's acetylene;

All afternoon the cloud flown derricks turn ...

Thy cables breathe the North Atlantic still.

And obscure as that heaven of the Jews,

Thy guerdon ... Accolade thou dost bestow

Of anonymity time cannot raise:

Vibrant reprieve and pardon thou dost show.

O harp and altar, of the fury fused,

(How could mere toil align thy choiring strings!)

Terrific threshold of the prophet's pledge,

Prayer of pariah, and the lover's cry,—

Again the traffic lights that skim thy swift

Unfractioned idiom, immaculate sigh of stars,

Beading thy path—condense eternity:

And we have seen night lifted in thine arms.

Under thy shadow by the piers I waited

Only in darkness is thy shadow clear.

The City's fiery parcels all undone,

Already snow submerges an iron year ...

O Sleepless as the river under thee,

Vaulting the sea, the prairies' dreaming sod,

Unto us lowliest sometime sweep, descend

And of the curveship lend a myth to God.

致布鲁克林大桥

多少个黎明，从波纹静止中带着寒冷，
海鸥的翅膀俯冲入水，又旋转身子向上，
散发骚动的白环，高高竖立的自由女神像
在被拴住的海湾水面上——

然后，以完美的曲线离开了我们的视线，
奇幻景象像帆般穿过
某页要归档的数字
——直到电梯把我们从白天下降。

我想起电影院虚幻、变化不停的戏法，
大群人俯身朝向某些一闪而过的场景，
从不展开，却一再赶紧
再在同样的荧幕上预示给其他观众。

而你，跨越海港，以银色的步伐
好似太阳跟着你走，但却留下
一些运动，在你跨越中没有使用——
无疑，你的自由止住了你！

从地道的出口、
密室或阁楼
一个疯子快速冲向栏杆，
刹那间，倾身跳下，一声尖叫，衬衣张开像气球
一个笑话，从无言的一列车队中降落。

正午阳光从大梁流淌进华尔街的街道
是天空电石气烧开的裂齿，
整个下午云间起重机钢臂在旋转……
你的缆索仍呼吸着北大西洋的气息。

隐晦，像犹太人的天国
你的酬谢——你赠予的无名奖赏
时间不能抹去；
减轻振动，你表示了宽恕。

啊，狂怒铸就的竖琴和圣坛
（仅靠劳苦何以能调准你合奏的琴弦！）
预言者保证的可怕的门槛，
流浪汉的祈祷和情人的哭喊。

交通灯又掠过你快速
不间断的语言，星星洁白的叹息
一串明珠装饰你的路径——凝聚永恒
我们看见夜被你的手臂托起。

在桥墩旁你的阴影下，我等待，
只有在黑暗中你的影子才可清晰可见，
城市火红的摩天大楼全打开
大雪已淹没了铁一般的一年……

啊，无眠，像你脚下的河流
穹盖着大海和草原梦想的土地，
有时掠过，降身于我们最卑微之辈
用曲线把一个神话借给上帝。

赏 析

哈特·克莱恩的《桥》写作历时 7 年，于 1930 年发表，是他的代表作。这首诗与惠特曼的《自己之歌》、庞德的《诗章》、威廉斯的《帕特森》一起被文学评论家列为美国四大史诗。西斯特·奎因认为《荒原》与《桥》是美国 20 世纪上半叶最重要的两首诗。但《桥》与《荒原》的内容和格调迥异；《桥》试图从正面歌颂美国，歌颂科学、机器文明和人的创造力。

《致布鲁克林大桥》是《桥》的序诗，是对全诗的概要。引用《圣经旧约》中撒旦回答耶和华的话"我从大地上走来走去，往返而来"（From going to and fro in the earth, and from walking up and down in it），表明长诗是诗人漫游美国大地的一篇旅行记：一个年轻人（诗人自己）早晨醒来，凝望大桥和城市，在街头溜达。一整天的所见所闻引发他的思绪和联想，让他想起美国的过去、现在和将来。序诗把布鲁克林大桥奉为杰出的艺术品、美国的象征，各类人群的集聚地。

本诗每 4 行一节，共 11 节。第一节写黎明，太阳驱散寒冷，海鸥飞翔、戏水，散发白环，自由女神像耸立，海港一片生机勃勃的景象，象征自由；但自由女神被禁锢在海湾，是没有自由的，受到限制，说明限制中才有自由。

第二节写有数据要归档，办公室或技术人员乘电梯回市内。电梯把人从外空世界带回尘世生活，打破了人和桥建立的联结。

第三节写电影院的电影使用场景变换的蒙太奇手法，显得神秘莫测。把电影院与《桥》相比，表明蒙太奇手法是《桥》的主要写作方法。不同的人对桥有不同的看法，有多种解释。诗人给《桥》赋予一些神秘的能力，所以这首诗被认为是一首充满想象力的梦幻抒情诗。

第四节写太阳照在桥上，好似与桥这人造的建筑物同步。后两行，诗人描写桥的长度和它如何象征自由。桥是人造的，但人不能控制它。桥虽然不能动，但它不能被征服。太阳和桥两者协同又互相限制，暗示人与自然的关系。

第五节写一个疯子从桥上跳下身亡，反映了社会现实与人间的苦难与悲凉。乘车的旅行队伍对此哑口无言，并不在意。桥上以往发生过这样的事，桥也同路人一样，见怪不怪，因为死人的事经常发生，而且只有死才能新生，说明了生与死的关系。

第六节写疯子死了，太阳照样升起，桥仍然屹立，起重机的铁臂在高空旋转。诗人把桥与城市做比较。市内高大的建筑使早晨的阳光照不进去，诗人从街上往上看，天空就像燃烧过的裂齿，意指大吊车在云里这个意象。诗人认为桥是自由、平和的，与没有生气的城市比较，它呼吸着北大西洋的空气，像对着大洋沉思。

第七节写桥的未来是朦胧的，并不明晰，充满未知，这是对它的奖赏。但时间不能抹去 (raze)，桥是科学技术和物质文明给人类带来的利益，桥给予人们自由和宽容。

第八节把桥喻为宗教形象，它是圣坛，即祈祷的地方；喻为竖琴，它是音乐，是诗，是美，是想象。诗人认为桥有神性的力量，不仅要靠人的劳动调和，还要靠预言者的誓言、流浪汉的祈祷和情人的哭喊。

第九节写夜幕降临，路灯像一串明珠照亮长桥，非常美丽。桥的曲线像不停地说话，它是人造的语言，把自然和机械、物质文明和精神文明连接起来，融为一体，这种语言凝聚永恒。

第十节诗近结尾，圣诞来临，诗人在黑暗中等待，等待着显灵（an epiphany），等待着桥的意义的显现。只有在暗处，在想象中意义才会闪现，才会明亮。

第十一节写大桥无眠，像静静的流水，不舍昼夜。对克莱恩来说，想象就是力量，寓于静卧无眠之中。诗人以桥为载体与想象融为一体，让桥把宗教和现代人联结起来，制造了一个新的神话——一个上帝造的神话之外的神话，人的创造力的神话。这表明诗人是自然神论者或泛神论者。

34 兰斯顿·休斯
(Langston Hughes, 1902—1967)

兰斯顿·休斯是著名的美国黑人诗人、小说家，哈莱姆文艺复兴运动卓越的领导人之一，被誉为"哈莱姆桂冠诗人"和"黑人民族的代言人"。他生于密苏里州的乔普林，4 岁时父母离异，1914 年以前，他主要跟随外祖母在堪萨斯州的劳伦斯生活，随后到俄亥俄州的克利夫兰与母亲和继父一起生活。18 岁时，他曾在墨西哥当英文教员，在他父亲的农场劳动。他在美国中部受中等教育，1921 年进哥伦比亚大学，1923 年辍学，在一艘海洋货船上当水手；曾到过西非海岸，后流落巴黎，当过夜总会看门人、饭店厨工，回国后又当过洗衣房工人和旅店侍者。著名诗人维切尔·林赛欣赏并朗诵他的诗，使他一举成名。1925 年，兰斯顿获《机会》杂志诗歌奖。

1929 年，兰斯顿进入林肯大学学习，三年后获硕士学位。他 1932 年访问过苏联并到过中国和西班牙。兰斯顿是位多产作家，写有长篇小说、短篇小说、诗歌、杂文、戏剧等 60 多部，其中有 10 多本诗集。他用简明的黑人口语即兴创作，吸取民间口头文学的长处；在诗中引用布鲁士、爵士乐等黑人音乐的要素，诗歌极具音乐性，创造了新的诗歌形式，大大丰富了美国文学，对非洲及世界文学产生了积极影响。主要作品有诗歌《疲惫的布鲁士》（1926）、《犹太人的好衣服》（1927）、《梦乡人》（1932）、《哈莱姆的莎士比亚》（1942）、《单程票》（1949）、《一个延迟了的梦的蒙太奇》，长篇小说《不是没有笑》（1930），短篇小说《白人的行径》（1934），论文《黑人艺术家与种族大山》（1926）等。

Afro-American Fragment

So long,

So far away

Is Africa.

Not even memories alive

Save those that history books create,

Save those that songs

Beat back into the blood —

Beat out of blood with words sad-sung

In strange un-Negro tongue —

So long,

So far away

Is Africa.

Subdued and time-lost

Are the drums — and yet

Through some vast mist of race

There comes this song

I do not understand,

This song of atavistic land,

Of bitter yearnings lost

Without a place —

So long,

So far away

Is Africa's

Dark face.

非裔美国人片段

太久了，

太遥远了，

非洲。

你甚至不存活在记忆里，

除了历史书上的记载，

除了那些唱的歌曲

重新敲打进血液里——

又用悲伤的词从血液唱出；

用陌生的而非黑人的土语——

太久了，

太遥远了，

非洲。

减弱了，随时间消失

是鼓声，然而

越过某种浩瀚的民族薄雾，

传来了这歌。

我听不懂这歌，

老祖宗国度的、

苦涩渴望的歌，失落

没有一个地方安放——

太久了，

太遥远了，

非洲的

黑色的脸。

赏 析

　　非裔美国人 (Afro-American) 是指具有非洲黑人血统的美国人，是对美国黑人的一种非歧视性的称谓；片段（fragment）是被切断的一部分。标题表明美国黑人的祖先是几百年以前从非洲被掳掠而来的。这首诗表达美国黑人对故土的思念，而对它的记忆，因时隔太久、相距遥远，只是些片段。美国黑人说美国英语，不懂非洲的语言，听不懂它的歌，中间好像隔着浩瀚的云雾，他们对非洲的了解只是一些片段，只能从历史书和爵士音乐中寻找。尽管如此，祖先的历史文化却仍深深地刻在记忆里、流淌在血脉里。黑人在美国得到不公正的待遇，他们普遍有一种既不像是美国人，又不是非洲人的失落感、错位感。所以有人认为这首诗表现了黑人民族对光辉历史的骄傲感，同时也是一首对失去故土的挽歌。诗人在这首诗中使用了多种修辞手法，如半谐音、相同元音重复出现（assonance），辅音相同（consonance），头韵、起首辅音相同（alliteration），重复、再现（repetition），写成这首伟大的诗篇。

　　诗人在诗中寻求非洲黑色的脸，与非洲文化、祖先的连接，把非洲当做美国黑人共同的精神家园，有寻根问祖、回顾历史之意。15世纪，随着生产力的发展、新航道的开辟，欧洲开始对非洲进行殖民统治，从非洲掳掠大批黑人作为奴隶贩卖到美洲种植园，再从美洲运回黄金和工业原料到欧洲，这就是历史上所谓的"三角贸易"。在奴隶贸易过程中，非洲黑人遭到惨无人道的待遇，有上千万人丧生。1619年，第一批黑人奴隶被押送到英属北美殖民地弗吉尼亚的詹姆斯城后，便被源源不断地运往美洲各地，被当做奴隶强迫劳动。直到1862年林肯宣布《解放黑人奴隶宣言》，再到美国南北战争结束废除奴隶制度，黑人的生活才有所好转，但种族歧视依然存在，大部分黑人仍有低人一等的自卑心理。因此，发掘黑人民族的历史以提高其民族自尊心，很有必要性。

The Negro Speaks of Rivers

I've known rivers;

I've known rivers ancient as the world and older than the

Flow of human blood in human veins.

My soul has grown deep like the rivers.

I bathed in the Euphrates when dawns were young.

I built my hut near the Congo and it lulled me to sleep.

I looked upon the Nile and raised the pyramids above it.

I heard the singing of the Mississippi when Abe Lincoln

   Went down to New Orleans,and I've seen its muddy

   bosom turn all golden in the sunset.

I've known rivers;

Ancient,dusky rivers.

My soul has grown deep like the rivers.

黑人谈河流

我了解河流；
我了解像世界一样古老，
比流在人类血管里的血还古老的河流。

我的灵魂成长得像河流一样深邃。

黎明时分，我在幼发拉底河晨泳，
在刚果河畔搭起棚房，河水诱我入眠。
我仰望尼罗河，在岸上建造金字塔。
当亚伯·林肯下到新奥尔良，
我听见密西西比河歌唱，
我看见它浑浊的胸膛
在夕阳下闪着金光

我了解河流；
古老黝黑的河流。

我的灵魂成长得像河流一样深沉。

赏 析

　　这首诗是诗人在乘火车去墨西哥的途中花了 10~15 分钟写成的。火车在密西西比河上一座铁路桥上缓缓驶过，当初把黑人运进美国，以及林肯为废除奴隶制乘船顺流而下到过贩卖奴隶的新奥尔良的这条河，让诗人浮想联翩，想起美国黑人的悲惨历史，想起其他三条古老的河流：幼发拉底河是人类最早的发祥地，人类文明的摇篮；刚果河是非洲第二长河，仅次于尼罗河；尼罗河是世界上最长的河流。这些河流都先于人类历史而存在，人类文明起源于此说明黑人民族的历史源远流长，对人类作出了卓越贡献，是优秀的民族。

　　兰斯顿·休斯 17 岁时写下的这首诗，1921 年在有色人种协会的官方出版物《危机》杂志上发表，是对当时盛行的对黑人滥用残酷私刑的有力控诉。他使用河流意象从人类的起源述说黑人民族的历史，说明黑人并不低下，使黑人增强民族认同感及自信心，鼓舞他们的斗志，有着积极作用。

　　这是一首不押韵、不按白人常规韵律结构的自由诗，表明诗人要用黑人自己独特的声韵发声，讲述自己古老、悠久的历史和文化认同。全诗分五节，每节行数不一。最后一节重复第二节，表示古老的河流、黑人民族的历史已内化，进入黑人的血液和灵魂深处。这首诗是作者的成名作，也是哈莱姆文艺复兴运动的一个重要作品。

Dream

Hold fast to dreams
For if dreams die
Life is a broken—winged bird
That cannot fly.

Hold fast to dreams
For when dreams go
Life is a barren field
Frozen with snow.

梦

抓紧你的梦
因为梦灭了
生活是断翅的鸟
怎么也飞不高。

抓紧你的梦
当梦离开
生活是荒芜的田野
冻结，冰雪覆盖。

赏 析

兰斯顿·休斯受到黑人领袖马丁·路德·金的影响，仿照他的《我有一个梦想》(*I have a Dream*)，写了许多有关梦想的诗。

这首《梦》，以及后面的《梦的变奏》《哈莱姆（拖延了的梦）》，被称为"梦的三部曲"，激励黑人要有理想、有抱负，为建立理想的社会而奋斗。

休斯的梦想就是要建立一个自由、平等、人民作主，没有种族压迫和歧视，一个民族团结、和谐的国家。《梦》这首短诗告诉我们人应当有理想、有追求、有向往，否则就失去了生存的意义；强调梦想对生命的重要性，是生命的核心要素。这首诗用了两个比喻：理想就像鸟的翅膀，没有翅膀鸟就不能飞翔，也就不成其鸟；理想就像有阳光雨露滋润的大地生机盎然，失去理想，就像大地被冰雪覆盖一样死寂、荒凉。这首诗语言简练，比喻生动、深刻，有象征意义，结构简单明了，感情真挚而强烈。每节第二、四行押韵，有节奏和音乐性。

Dream Variations

To fling my arms wide

In some place of the sun,

To whirl and to dance

Till the white day is done.

Then rest at cool evening

Beneath a tall tree

While night comes on gently,

   Dark like me—

That is my dream!

To fling my arms wide

In the face of the sun,

Dance! Whirl! Whirl!

Till the quick day is done.

Rest at pale evening...

A tall, slim tree...

Night coming tenderly

   Black like me.

梦的变奏

挥动我张开的臂膀，
在阳光照耀的某个地方，
旋转、跳舞，
直到白日消逝。
然后，在凉爽的夜晚，
在一棵大树下歇息。
夜幕轻柔地降临，
黝黑像我本人，
这就是我的梦！

挥动我张开的臂膀，
在阳光下，
跳舞！旋转！旋转！
直到白昼迅即消逝。
灰蒙蒙的夜晚，
我在高大、修长的树下歇息，
夜轻柔来临，
黝黑像我本人。

赏 析

　　什么是梦？弗洛伊德认为："梦是愿望的满足，而且是一种（受压抑）的愿望（经过伪装的）的满足。"[1] 在《梦的变奏》这首诗里，诗人讲出了他的梦想：白天在阳光下张开臂膀旋转、跳舞，这是任何一个自由人在自由的国度都能享有的最基本的生活，谈不上梦想。但是在自称为民主、自由的美国，这却成了非裔美国人的梦想和奢望。这是对这个国家多么严厉的控诉和辛辣的讽刺！

　　这首诗分两节，称为变奏，即第二节重复第一节的主题，行数和用词有小的变化。诗中用了两个意象白天黑夜，象征美国白人和非裔美国人。白天和黑夜构成一天，它们是一个整体、不可分割，象征美国白人民族和黑人民族是一家，表明了黑人民族必须得到国家认同，两个民族应该和睦相处。

　　这就是诗人的梦想。诗人特别赞美黑夜，并重复说"黝黑像我本人"，体现了他黑即美的美学观，同时也表现了他强烈的黑人民族认同感和自豪感。

---

[1]　弗洛伊德:《梦的解析》，罗生译，百花洲文艺出版社，1966，第67页。

Harlem (Dream deferred)

What happens to a dream deferred?

Does it dry up
like a raisin in the sun?
Or fester like a sore—
And then run?
Does it stink like rotten meat?
Or crust and sugar over—
like a syrupy sweet?

Maybe it just sags
like a heavy load.

Or does it explode?

哈莱姆（拖延了的梦）

梦拖延了会怎么样？

它会像太阳下晒的葡萄干
变得又瘪又干？
或像破了的伤口化了脓——
然后血水往下流？
它会像腐烂的肉发臭？
或痂皮上面加糖粒——
像糖浆一样的甜食？

也许它只是下陷的坑，
像一大堆填充品。

或者爆炸要发生？

赏 析

　　这首诗写于 1951 年。二战后的美国种族隔离、种族歧视愈演愈烈，非裔美国人仍政治、经济地位低下，受教育程度低，居住条件恶劣，被隔离在白人社区之外。非裔美国人为实现平等、自由的梦想的斗争仍在继续努力，但梦想一直没有实现。诗人心急如焚，在这首短诗中连提了六个问题，提醒同胞推迟梦想实现的后果多么严重，多么可怕。诗人用形象、比喻的方法，把推迟了的梦想比作太阳下暴晒的、干瘪的葡萄干，比作化脓、流血的伤口，腐烂发臭的肉，像糖浆一样的甜食，但有毒，食之使人作呕。它又是一个堆满填充物的坑，到时候会爆炸，表明了诗人有压迫就会有反抗，"不在沉默中死亡，就在沉默中爆发"的强硬态度与革命立场。

My People

The night is beautiful,

So the face of my people.

The stars are beautiful,

So the eyes of my people.

Beautiful , also, is the sun,

Beautiful, also, are the souls of my people.

我的人民

夜是美丽的,

我的人民的脸也是美丽的。

星星是美丽的,

我的人民的眼睛也是美丽的。

美丽的,还有太阳,

美丽的,还有我人民的灵魂。

赏 析

休斯认定自己的黑人身份，热爱自己的民族，长期和哈莱姆的黑人群众生活在一起，体验他们的疾苦和写下他们的诉求。在他四十多年的文学生涯中，百分之九十以上的作品内容都是与黑人有关。他也受到黑人群众的拥护和爱戴，被称为"美国黑人民族的代言人"。

在《我的人民》这首诗中，他赞美黑人的美，为黑人感到自豪；因为在这个以白人文化为主流文化的社会中，白人种族主义者认为盎格鲁·撒克逊血统是高贵的，以白色、白皮肤为美，歧视黑人，把黑人贬低为野蛮、低劣和丑陋的民族。部分黑人产生严重的自卑心理，甚至连著名的黑人诗人康缇·卡伦也不愿意别人称他为黑人诗人。

休斯在诗中赞美黑人的黑皮肤、赞美黑色美、赞美黑人的灵魂美。诗人赞美黑人的内在和外在的美是有针对性的，是对白人种族主义的回击与批判，是为了唤起黑人民族的自尊心和民族自豪感，具有很强的社会意义和现实意义。

Still Here

I've been scarred and battered.

My hopes the wind done scattered.

    Snow has friz me,

    Sun has baked me,

Looks like between 'em

    They done tried to make me

Stop laughin', stop lovin', stop livin'—

    But I don't care!

    I'm still here!

仍然在此

我已遍体鳞伤，饱受打击。

我的希望被风吹去。

冰雪冻僵了我，

太阳烤伤了我。

看来它们合伙

试图让我

停止笑、停止爱、停止生活——

但我不在乎！

我仍然在此！

赏 析

　　这首诗讲生命可贵。尽管现实生活中困难重重，甚至遭受到打击与伤害，但仍要有不屈不挠，不屈从种族主义的压迫、不为困难所动的精神和勇气，要敢于直面人生、笑对人生，珍爱生活。这是一首珍爱生命的赞歌。诗人类似这样的作品还有《生命是美好的》(*Life is Fine*)、《当我长大后》(*As I grew Older*) 等。

　　这首诗写 20 世纪初美国的种族隔离给美裔黑人带来的打击和痛苦，但他们仍坚强地活着，"仍然在此"(still here) 表现他们顽强的生存能力，"但我不在乎"表现他们充满智慧和对强权的蔑视。有韵律的语言和重复使这首诗很好地表达了说话人的决心、精神力量和对生活的乐观态度。

　　这首诗用冰霜冻僵、烈日炙烤、风吹雨打、遍体鳞伤暗指受到种族歧视与迫害。"它们合伙 / 试图让我 / 停止笑……"，表明强大的社会势力要剥夺他生活、生存的权利，但诗人毫不屈服，毫不在乎，宣告自己的存在，表现了黑人不被外界压力和困难所左右的独立的人格和精神力量。

Song for a Dark Girl

Way down South in Dixie
（Break the heart of me）
They hung my black young lover
To a cross roads tree.

Way down the South in Dixie
　（Bruised body high in air）
I asked the white Load Jesus
　What was the use of prayer.

Way down the South in Dixie
　（Break the heart of me）
Love is the naked shadow
　On a gnarled and naked tree.

黑人女孩之歌

在迪克西，在遥远的南方
（伤透了我的心肠）
他们把我年轻的黑人爱人
吊在十字路口一棵树上。

在迪克西，在遥远的南方
（伤痕累累的身躯高悬在空中）

我问白人上帝耶稣

祷告又有何用。

在迪克西，在遥远的南方

（伤透了我的心肠）

爱人是赤裸的身影

悬浮在粗大光秃的树上。

赏　析

　　《黑人女孩之歌》收录在 1927 年出版的《犹太人的好衣服》诗集中。这首诗采用叠句 (refrain) 的写法，三节中的第一句都重复使用"在迪克西，在遥远的南方"，表明这种残酷的私刑发生在蓄奴制的南方。这首诗写美国南北战争中，一位黑人女孩的情人被白人种族主义者毒打致死，吊在十字路口一棵树上。诗的主题是对残酷死刑的揭露与控诉。美国南方是个正统信仰基督教的地方，女孩伤透了心，质问白人耶稣向他祈祷有什么用，白人上帝救不了她的情人，表明这是一首反种族歧视和反宗教的诗。诗人在其他诗篇如《再见了，基督》中就大声高呼："再见，耶稣基督主上帝耶和华，／现在就从这里滚开……"提醒黑人民族只有丢掉幻想，通过斗争才能拯救自己。这首诗语言简朴，意象感人、有力，揭露了奴役制、私刑的残酷和给黑人带来的痛苦。诗中重复出现"在迪克西，在遥远的南方"，强化故事发生的地点和背景，加深了读者对南方种族问题严重地区的关注。"伤透了我的心肠"的重复，突出了黑人女孩内心的痛苦和悲伤，增强了诗歌的感染力。

　　"迪克西"原来是美国南方的一首流行歌曲名。迪克西是南方各州，尤指当初组成南方联盟的几个州。1861 年美国南方联盟总统任职时，以这首歌为国歌。美国南北战争中，南方以此歌作为进行曲激励士兵前进。本诗引用这首当年美国南方歌曲名，带有很强的讽刺意义。

I, Too

I, too, sing America.

I am the darker brother.

They send me to eat in the kitchen

When company comes,

But I laugh,

And eat well,

And grow strong.

Tomorrow,

I'll be at the table

When company comes.

Nobody'll dare

Say to me,

"Eat in the kitchen,"

Then.

Besides,

They'll see how beautiful I am

And be ashamed—

I, too, am America.

我 也

我也歌唱美国
我是长得黑一些的兄弟。
他们打发我去厨房吃饭
当有客人到来时，
不过，我一笑了之，
吃得十分惬意，
并长得壮实。

明日，
我要上桌
当有客人在座。
到时没人敢
对我说
"去厨房吃饭"。

另外，
他们会看到我多么美丽，
并感到羞愧——

我也是属于美国。

赏 析

这首诗是休斯1923—1924年当水手游历非洲、欧洲时在意大利写成的，于1926年发表。美国历史文化博物馆的墙上用大号字刻写着休斯这首诗中的"I, too, am America."。这首诗是一个美国黑人在讲述他的遭遇。在20世纪初，美国南方的《吉姆·克劳法》规定实行种族隔离，黑人因此受到歧视。

这首诗被认为是一篇重要的美国黑人宣言。它反对美国的种族歧视，表达黑人对美好明天的憧憬——民族平等、民族融合，所以诗人对其他民族称兄道弟。虽然黑人在美国受到歧视，但黑人民族的存在和贡献，白人不能视而不见，总有一天，种族歧视和隔绝会消除。诗人对美裔黑人和美国的明天充满信心。

这是一首自由诗，仿照惠特曼的《我歌唱美国》，诗的第一句写了"我也歌唱美国"，全诗表达简洁、流畅，适合表达自由思想。诗的最后一句"我也是属于美国"，表明黑人与白人兄弟应融为一体，希望美国黑人能得到国家认同。

诗中黑人不能与白人同桌吃饭，这种不公平的待遇是种族歧视的典型表现。"明日，我要上桌"，表达了黑人的反抗和争取民族平等的决心。"我是长得黑一些的兄弟""我也是属于美国"，表明黑人对美国的归属感和民族自豪感。这种民族自豪感是对白人优越感的有力回击，也是黑人在困境中坚守自我价值的体现。

The Weary Blues

Droning a drowsy syncopated tune,

Rocking back and forth to a mellow croon,

I heard a negro play.

Down on Lenox Avenue the other night

By the pale dull pallor of a old gas light

He did a lazy sway...

He did a lazy sway...

To the tune o' those Weary Blues .

With his ebony hands on each ivory key

He made that poor piano moan with melody.

O Blues!

Swaying to and fro on his rickety stool

He played that sad raggy tune like a musical fool.

Sweet Blues!

Coming from a black man's soul.

O Blues!

In a deep song voice with a melancholy tone

I heard that Negro sing, that old piano moan—

"Ain't got nobody in all this world,

Ain't got nobody but ma self.

I's gwine to quit ma frownin'

And put me troubles on the shelf."

Thump,thump,thump,went his foot on the floor.

He played a few chords then he sang some more—

"I got the Weary Blues

And I can't be satisfied.

Got the weary blues

And can't be satisfied—

I ain't happy no mo'

And I wish that I had died."

And far into the night he crooned that tune.

The stars went out and so did the moon.

The singer stopped playing and went to bed

While the Weary Blues echoed through his head.

He slept like a rock or a man that's dead.

疲惫的布鲁斯

弹着嗡嗡的、低沉的切分曲调，

前后摇摆，哼着柔润、伤心的歌谣，

我听见一位黑人弹唱，

在前些夜晚的莱诺克斯大道旁。

旧煤气灯灯光阴沉、昏暗，

他懒洋洋地摇摆……

他懒洋洋地摇摆……

合着疲惫的布鲁斯曲调。

乌黑的手敲击钢琴的乳白色键盘，

他让那破旧的钢琴随着曲子呻吟。

啊，布鲁斯！

坐在摇晃的椅子上前后摇摆，

像个音乐痴演奏那悲伤粗哑的调子。

甜蜜的布鲁斯！

出自黑人的灵魂

啊，布鲁斯！

低沉的歌喉唱着痛苦的歌曲，

我听见那黑人在唱，老旧的钢琴在呻吟——

"这世上我举目无亲，

无亲无故，孑然一身

我要一展愁眉，

把痛苦抛到九霄云外去。"

脚在地板上砰、砰、砰

他演奏了几曲和声，然后又唱了几首。

"我唱疲惫的布鲁斯，

但我不能满意，

我唱疲惫的布鲁斯，

我不能满意——

我不幸，不幸，不幸

我真希望一死了结此生。"

已夜深人静，那曲子他还在哼，

星星隐退，月亮西沉，

歌者停了演唱，上床就寝，

疲惫的布鲁斯仍在脑际回响。

他睡得像石头，像死人一样。

赏 析

　　这首诗是休斯1923年参观哈莱姆歌舞厅后写成的，1925年在《机会》杂志参与和广为宣传的全国文学竞赛中获得诗歌奖。他的第一部同名诗集在1926年顺利出版。次年《犹太人的好衣服》出版，其中包含有更多使用布鲁斯和爵士乐形式的诗歌，奠定了他在美国诗坛上的领袖地位。这首诗率先运用了布鲁斯音乐元素和文化，创造了一种新的诗歌形式，成为休斯的代表作，具有里程碑意义。

　　诗中的"我"作为听众，讲述一个黑人在哈莱姆的莱诺克斯大街上弹奏忧郁的布鲁斯（蓝调），控诉黑人受到的不公待遇和内心的痛苦。

　　诗中"我"的叙述文字与黑人弹奏者不同，一个用文雅、标准的英语，一个用黑人地道的方言，显示两种不同的文化。这首诗只有两节引用了布鲁斯歌词，诗人没有完全用布鲁斯的形式进行诗歌创作，表示他还处于试验和摸索阶段中。布鲁斯弹唱者用布鲁斯音乐表达种族社会带来的痛苦和悲伤，发泄不满，又从布鲁斯音乐中获得安慰，累了睡个好觉。

　　布鲁斯也称蓝调，是一种音乐风格，是当代流行音乐的根源之一。它源于美国黑人民间音乐风格，南北战争前就已经定型，黑人奴隶为它创造了独特的音阶和和声，用忧伤的旋律、低沉的调子、和谐的节奏排遣痛苦和寄托思乡之情。切分在音乐上是指一个音以轻拍开始，延续到重拍。

Mother to Son

Well, son, I'll tell you:

Life for me ain't been no crystal stair.

It's had tacks in it,

And splinters,

And boards torn up,

And places with no carpet on the floor—

Bare;

But all the time

I'se been a'climbin' on,

And reachin' landin's,

And turnin' corners,

And sometimes goin' in the dark,

Where there ain't been no light.

So boy, don't you turn back,

Don't you sit down on the steps

'Cause you finds it's kinder hard.

Don't you fall now—

For I'se still goin', honey,

I'se still climbin',

And life for me ain't been no crystal stair.

母亲对儿子说

哎，儿子，我告诉你：
生活对我来说不是水晶梯子，
它布满了钉子
和木刺、碎片。
木板也向上翘起，
有些地板上也没铺地毯——
光秃秃的一片。
但我一直在
向上攀登，
到达了楼梯上面的平台，
又拐弯抹角，
有时四下一片漆黑，
到处暗无天日。
所以，孩子，你不要退缩，
也不要坐在台阶上不动，
就因为你发现有点困难。
你千万不能跌倒——
因为我仍在前行，亲爱的，
我仍在攀登，
尽管生活对我来说不是水晶梯子。

赏　析

　　这首戏剧独白诗发表于 1922 年，讲述一个黑人劳动妇女饱经风霜，在充满种族歧视的社会底层为了生存艰苦奋斗，永不放弃。她语重心长地告诉儿子，生活的道路不是一帆风顺的，它满布荆棘和坎坷，任何情况下都不要停止前行、不要气馁，世上无难事，只要肯攀登，要敢于迎接挑战。这首诗表现母爱，表现一个母亲对儿子的殷切希望，也表达了诗人强调黑人家的孩子艰苦奋斗更为重要。

　　这首诗里母亲用亲身经历教育孩子，亲切感人。梯子是攀爬的工具，本诗用"水晶梯子"象征财富，特权阶级凭借它可以飞黄腾达，而普通老百姓的梯子是破烂、危险的，凸显他们求生艰难。把人生比喻为攀梯，把钉子、木刺和碎片比喻为生活中的艰难险阻，在诗里的引申和象征意义是非常明显的。

35 康缇·卡伦
(Countee Cullen, 1903—1946)

卡伦是美国 20 世纪 20 年代哈莱姆文艺复兴运动中重要的诗人之一，纽约市取得显著成就的诗人。他出生在纽约市一个贫苦的家庭，父母去世后与外祖母一起生活十多年。15 岁那年，他被纽约一位牧师收为养子。中学时期，他成绩优异，以诗才出名，大学时已在好几家著名刊物发表诗作。他 1925 年毕业于纽约大学，第一部诗集《肤色》（*Color*）出版，次年入哈佛大学，获硕士学位。随后，他在一家黑人杂志《机会》当了短时间的助理编辑。1927 年，《古铜色的太阳》（*Copper Sun*）发表。1928 年赴法国留学，同年与著名黑人学者杜波依斯之女结婚（不久离婚），这一年，他的第二部诗集《棕色姑娘的民谣》（*The Ballad of Brown Girl*）出版。1929 年发表《黑耶稣》（*The Black Christ*）。1932 年，小说《到天堂去的一条路》（*One Way to Heaven*）出版。1934 年，他在中学担任法语教学直至逝世。卡伦共出版诗集 6 部，小说 1 部，儿童读物 2 部，与人合写剧本 2 部。

卡伦是哈莱姆文艺复兴运动中强调艺术性的诗人。他受法国文化影响，爱好法国文学，深受英国浪漫主义诗人济慈和雪莱的影响。他的诗形式完美，格律严谨，讲究音节和韵脚，语言机智、风趣、简明。他在诗中追求美，主张诗歌要写有共性、人人都欣赏的东西，不要局限于写种族斗争。他希望自己以诗人，而不是以黑人诗人闻名于世，表明他强调艺术性。他广为流传的诗是由种族问题诱发的，调子比较温和，富有感染力。

For Paul Laurence Dunbar

Born of the sorrowful of heart,

    Mirth was a crown upon his head;

Pride, kept his twisted lips apart

    In jest, to hide a heart that bled.

为保尔·劳伦斯·邓巴而作

生来心忧伤,

欢笑是王冠戴他头上;

骄傲让扭曲的嘴唇咧开

笑语中把流血的心掩盖。

赏 析

    邓巴是一个奴隶的儿子,哈莱姆文艺复兴运动中的主要诗人之一。他的《低层生活抒情诗》(*Lyrics of Lowly Life*, 1896)得到广泛认可。他是继菲利斯·惠特利之后享有全国声誉的黑人诗人。他仰慕罗伯特·彭斯,能用流行的地域方言写诗,诗作具有很强的韵律、节奏和民歌特点。与其后创作黑人抗议诗歌的诗人相比,他的态度较为保守,充满同情、宽容和乐观精神。卡伦的这首诗寥寥四行,很好地表达了邓巴的为人和诗作的主要特色。

    邓巴的父母都是奴隶,生于满心哀愁的家庭。他的欢笑是假面具,强忍欢笑,暗中却在落泪,心里流血。在众人面前,他表现出幽默、诙谐。他的歌声欢快,可背后隐藏着悲伤与痛苦,唱歌当哭。这首诗反映了美国黑人内心的痛苦与生活的无奈。

Incident

Once riding in old Baltimore,
 Heart-filled, head-filled with glee,
I saw a Baltimorean
 Keep looking straight at me.

Now I was eight and very small,
 And he was no whit bigger,
And so I smiled, but he poked out
 His tongue and called me, "Nigger."

I saw the whole of Baltimore
 From May until December;
Of all the things that happened there
 That's all that I remember.

一件小事

有次在巴尔的摩坐车
心中、脑中充满快乐，
看见一个巴尔的摩人
他目不转睛，望着我。

那时我八岁，个子很小，
他一点不比我高，

于是我朝他微笑，

他张嘴伸舌"黑鬼"把我叫。

我游遍了巴尔的摩，

从五月到年末。

那里所有经历过的，

唯记得此事。

赏 析

　　《一件小事》1925 年发表在卡伦的第一部诗集《肤色》中。这件小事虽小，但对一个 8 岁的孩子来说，却是件大事，给他快乐的心情浇了一盆冷水，游兴全无。诗人通过描写两个肤色不同的孩子偶遇及眼神交流，反映了美国种族歧视这个大问题，其问题的严重性影响着儿童快乐成长。黑人孩子的友善微笑，得到的回报是一个鬼脸和"黑鬼"的谩骂，使黑人孩子快乐的心顷刻变得冰凉，而且铭记于心，终生难忘，可见心灵创伤何其严重。这首诗以发生在黑、白人儿童之间的一件小事将种族歧视赤裸裸地表现出来。这种以儿童为切入点的方式，让人更加深切感觉到种族歧视的普遍性和随意性，对反对种族偏见和歧视、促进社会平等意识的提高有一定推动作用。

　　诗人用流行的民谣体讲述这个使人心灵恐惧并影响终生的故事。全诗分三节，每节四行。诗中使用了头韵等韵律形式，诗行长短不一的变化及每节第二、四行押尾韵，取得很好的音乐效果。

36 艾伦·金斯伯格
(Allen Ginsberg, 1926—1997)

艾伦·金斯伯格生于新泽西州的纽华克，父亲是中学教师、诗人，母亲是犹太人，俄国移民，参加共产党，她的激进思想对金斯伯格有一定影响。

金斯伯格从帕特森中学毕业后，于1943年进入哥伦比亚大学，其间因在教堂窗户上涂写反犹太人的诗及对校长的不敬言词而被开除。之后他靠打零工为生，后复学，并于1948年毕业。1948—1949年，金斯伯格由于产生对威廉·布莱克的幻觉而住进精神病院长达8个月，并在此结识了其他"垮掉的一代"诗人。1950—1955年，金斯伯格在纽约、旧金山等地当过《新闻周刊》的评论员，做过抄写员和市场销售调查员等。

1954年，金斯伯格创作了《嚎叫》。1955年在旧金山的一次朗诵会上，金斯伯格声情并茂地朗诵《嚎叫》，引发听众共鸣，产生轰动效果。该诗于1956年在英国印刷出版，在美国再版时被海关指控为"下流作品"而遭到查禁。经许多作家、文学评论家证实后，法官审理该案，最后宣判此诗有"社会意义"，海关败诉。该书印刷量高达30余万册，成为创美国纪录的诗歌畅销书。

《嚎叫》喊出"垮掉的一代"长期受压抑的愤怒与反抗之声，抨击了资本主义社会的物质主义，表现了美国青年无奈之下的颓废与失落，使他成为"垮掉的一代"的代表人物。

金斯伯格继承了惠特曼和威廉斯的自由诗、口语化和民族诗歌的传统。他大胆、泼辣的风格，是对学院派的重拳一击，改变了美国文坛，"迎来了一个新的时代"，[1]促进了美国后现代诗歌的发展，在美国文学史上占有重要地位。金斯伯格的主要著作还有《卡迪绪及其他》（*Kaddish and*

---

[1] 张子清:《二十世纪美国诗歌史》（第一卷），南开大学出版社，2018，第612页。

Other Poems, 1960)、《现实三明治》(Reality Sandwiches, 1963)、《精神气息：诗集 1972—1977》(Mind health Poems, 1972—1977)、《诗集 1947—1980》(Collected Poems, 1947—1980)、《白色的尸衣》(White Shrouds Poems, 1980—1985)等。1974 年，《美国的堕落》(The Fall of America, 1973)获全国图书奖。1977 年，金斯伯格成为美国艺术院成员。

Howl

For Carl Solomon

I

I saw the best minds of my generation destroyed by
    madness, starving hysterical naked,
dragging themselves through the negro streets at dawn
    looking for an angry fix,
angelheaded hipsters burning for the ancient heavenly
    connection to the starry dynamo in the machinery
    of night,
who poverty and tatters and hollow-eyed and high sat
    up smoking in the supernatural darkness of
    cold-water flats floating across the tops of cities
    contemplating jazz,
who bared their brains to Heaven under the El[1] and
    saw Mohammedan angels staggering on tenement

---

[1] EL: 即 the elevated railway, 高架铁道。

roofs illuminated,

who passed through universities with radiant cool eyes

hallucinating Arkansas and Blake-light tragedy[1]

among the scholars of war,

who were expelled from the academies for crazy &

publishing obscene odes on the windows of the skull,

who cowered in unshaven rooms in underwear, burning

their money in wastebaskets and listening

to the Terror through the wall,

who got busted in their pubic beards returning through

Laredo[2] with a belt of marijuana for New York,

who ate fire in paint hotels or drank turpentine in

Paradise Alley,[3] death, or purgatoried their torsos

night after night

with dreams, with drugs, with waking nightmares,

alcohol and cock and endless balls,

incomparable blind streets of shuddering cloud and

lightning in the mind leaping toward poles of

Canada & Paterson,[4] illuminating all the motionless

world of Time between,

Peyote solidities of halls, backyard green tree cemetery dawns,

wine drunkenness over the rooftops, storefront boroughs of teahead

joyride neon blinking traffic light, sun and moon and tree

---

[1] 此处可能指金斯伯格的听力幻觉。1948年，金斯伯格听见威廉·布莱克朗读《啊，向日葵》（Ah, Sun-Rose）和《病玫瑰》（The Sick Rose）

[2] Laredo：美国与墨西哥交界的得克萨斯州一城市。

[3] Paradise Alley：指纽约下东端一个贫民区的院子。杰克·凯鲁亚克的《地下居民》（1958）以此为背景。

[4] Canada & Paterson：位于新泽西州，金斯伯格的出生地。

vibrations in the roaring winter dusks of Brooklyn,

ashcan rantings and kind king light of mind,

who chained themselves to subways for the endless

ride from Battery to holy Bronx[1] on benzedrine

until the noise of wheels and children brought

them down shuddering mouth-wracked and

battered bleak of brain all drained of brilliance

in the drear light of Zoo,[2]

who sank all night in submarine light of Bickford's

floated out and sat through the stale beer afternoon

in desolate Fugazzi's,[3] listening to the crack

of doom on the hydrogen jukebox,

who talked continuously seventy hours from park to

pad to bar to Bellevue[4] to museum to the Brooklyn Bridge,

a lost battalion of platonic conversationalists jumping

down the stoops off fire escapes off windowsills

off Empire State out of the moon,

yacketayakking screaming vomiting whispering facts

and memories and anecdotes and eyeball kicks

and shocks of hospitals and jails and wars,

---

[1] from Battery to holy Bronx: 指纽约地铁城南、北端的终点。

[2] Zoo: 指布朗克斯动物园（the Bronx Zoo）。

[3] Fugazzi's: 指纽约城北的一家餐馆，位于波西来亚人聚居的格林威冶村。

[4] Bellevue: 一家纽约市立医院，精神病患者接待中心。

嚎 叫

——献给卡尔·所罗门

我看见我们这一代有智慧的人毁于疯狂，

忍饥挨饿，歇斯底里地赤裸着身子，

他们拖着沉重的身子，在黎明时分穿过黑人街巷，

寻求注射一针猛烈的毒品，

天使般头脑的嬉皮士热望与在夜的机器里辉耀如星的发电机

有着古老的神圣联系，

他们贫穷、衣衫褴褛，眼睛凹陷，

高坐在冷水公寓之上，

超自然的黑暗中吸烟，飘过城市上空，

默想着爵士音乐，

他们在高架铁路桥下，对着上苍敞开思想，

看见穆罕默德的天使们

在被照明的廉租房屋顶摇晃行走，

他们目光闪亮、冷峻，穿越大学，

幻想着战争学者中的

阿肯色和布莱克轻松的悲剧，

他们被学校开除，因为疯狂和在画有头骨的窗户上

发表猥亵的颂诗，

他们畏缩在没修面的房间里，

穿着内衣在废纸篓里焚烧纸币，

倾听墙外的恐惧声，

他们穿越拉雷多返回纽约时，

带一条大麻藏在裤裆里

被当众检查捕获，

他们在装饰酒店吸毒吞火或在（廉价的）天堂巷里喝松节油，

死去或夜夜折磨身体来涤罪，

用幻梦、毒品，醒着做噩梦、酒精饮料，

同性恋及无休止地寻欢作乐，

心中无法比拟的战栗的阴云闪电的死寂街巷，

越跃到加拿大和帕特森两极，

照亮之间所有时间静止的世界，

厅堂满是佩奥特仙人掌麻醉剂，

在屋后绿树环绕的公墓度过拂晓，

酒醉在屋顶，大麻烟鬼沿市区有商铺的街道驱车兜风，

霓虹闪烁的交通灯，在布鲁克林喧闹的冬日黄昏

太阳，月亮和树木的颤动，垃圾箱边怒吼，心灵仁慈的上帝之光，

他们把自己拴在地铁，服用安非他命，

没完没了从巴特尼坐到圣布朗克斯，

直到车轮的响声和孩子们的吵闹声把他们唤醒，

浑身发抖，嘴唇干裂，磨损、

受伤苍白的大脑在郁闷的动物园灯光下耗尽了辉煌，

他们整夜沉溺于布里克福特自助餐馆的海底灯光下，

漂浮而出，整个下午坐在冷清的富佳茨酒吧

喝着走味的啤酒，听着氢气自动点唱机上的死亡之声，

他们连续交谈七十个小时，从公园到吸毒窝点，到酒吧，

从贝尔维尤医院到博物馆，到布鲁克林大桥，

一队迷茫的柏拉图式的空谈者

在月光下跳下防火梯，跳下窗台，跳下帝国大厦，

絮絮叨叨，尖叫着，呕吐，窃窃私语和道出事实，回忆，轶事趣闻，

吸引眼球的奇闻以及监狱及战争带来的震惊。

赏　析

艾伦·金斯伯格是美国"垮掉的一代"的领袖人物。《嚎叫》是他的代表作，具有反正统、反主流文化的性质，可以同艾略特的《荒原》相媲美。

诗的副标题写明这首诗是献给卡尔·所罗门的。卡尔·所罗门是金斯伯格的朋友，"垮掉的一代"的伙伴。两人于 1949 年在哥伦比亚精神病院住院时认识。诗中列举的许多荒诞不经的行径多为所罗门所为。

全诗共分三章。

第一章是对整个"我们"这一代的描写：他们穷困潦倒，放浪形骸，乱性，吸毒，做出各种怪异的举动，以表达对现实社会的不满与抗议，是精神痛苦、疯狂、被毁掉了的一代。这里选译的是第一章的一部分。

第二章写年轻一代颓废、疯狂的原因，即有火神"摩洛克"的存在与把控。摩洛克是古代腓尼基人所信奉的火神，祭祀时要以儿童为祭品，是个可怕的吃人的神。它是"监狱、国会、战争、政府机构、屠杀生灵的发电机、坟地……"是一个遍及各个领域，"无所不在的，压迫人的可怕幽灵"。

第三章写诗人与所罗门倾心交谈。"我与你同在罗克兰（精神病院）"。第一章写的是整体，这一章写的是个案，表明诗人要与所罗门这样的疯人为伍，表明他对苦难青年一代的同情与关注及对社会的控诉与抗议。

《嚎叫》艺术风格独特，它模仿自由体长诗，每行四五十字，行内只用逗号，每章末尾用句号或惊叹号作结束。全诗等于只有三句话，使用日常用语，语言粗俗，情感激越奔放，一气呵成，与诗的内容统一。

《嚎叫》对资本主义社会的反叛精神值得肯定，艺术上对学院派有所冲击，对同时代诗歌的发展有着积极作用，但诗中的消极颓废行为不应模仿。（这里选择的是第一章的一部分）

A Supermarket in California

Launch Audio in a New Window

What thoughts I have of you tonight, Walt Whitman, for I walked down the
sidestreets under the trees with a headache self-conscious looking at the
full moon.

In my hungry fatigue, and shopping for images, I went into the neon fruit
supermarket, dreaming of your enumerations!

What peaches and what penumbras! Whole families shopping at night!
Aisles full of husbands! Wives in the avocados, babies in the tomatoes!—
and you, Garcia Lorca, what were you doing down by the watermelons?

I saw you, Walt Whitman, childless, lonely old grubber, poking among the
meats in the refrigerator and eyeing the grocery boys.

I heard you asking questions of each: Who killed the pork chops? What
price bananas? Are you my Angel?

I wandered in and out of the brilliant stacks of cans following you, and
followed in my imagination by the store detective.

We strode down the open corridors together in our solitary fancy tasting
artichokes, possessing every frozen delicacy, and never passing the
cashier.

Where are we going, Walt Whitman? The doors close in an hour. Which
way does your beard point tonight?

(I touch your book and dream of our odyssey in the supermarket and feel
absurd.)

Will we walk all night through solitary streets? The trees add shade to
　　shade, lights out in the houses, we'll both be lonely.

Will we stroll dreaming of the lost America of love past blue automobiles
　　in driveways, home to our silent cottage?

Ah, dear father, graybeard, lonely old courage-teacher, what America
　　did you have when Charon quit poling his ferry and you got out on a
　　smoking bank and stood watching the boat disappear on the black waters
　　of Lethe?

Berkeley, 1955

加利福尼亚超市

沃尔特·惠特曼，今晚我多么想念你，我在树木掩映的人行道上望着
满月，觉得有点头疼。

我又饿又累，采购意象，走进了霓虹灯下的水果超市，

我梦见你列举过的东西。

多好的桃子，多好的半影！全家出动晚上购物！

通道上挤满了丈夫！妻子们在鳄梨堆前，小孩们在西红柿旁！

——而你，加西亚·洛尔卡[1]，你站在西瓜旁做什么？

我看见你了，沃尔特·惠特曼，你这无儿无女，孤独、勤劳的老人，

拨动冰箱里的肉，眼睛瞟着杂货柜伙计。

我听到你一个个的提问，谁砍的猪排？

香蕉价格是多少？你是我的天使吗？

我跟着你在一排排色彩光鲜的罐头食品架间走来走去，

---

[1]　加西亚·洛尔卡（1898—1936）：西班牙著名诗人、剧作家。

我想象中有商店侦探尾随。

我们一起大步向开阔的走廊走去，在寂寞的想象中品尝洋蓟，

享受每一种冰冻的美味佳肴，而不须经过收款员。

我们去哪里，沃尔特·惠特曼？一小时内就要关门了。

今晚你的大胡须指向何方？

（我抚摸你的书，梦想着我们在超市奥德赛式的冒险，感到荒唐）

我们可要整夜走过这清冷无人的街道？树影婆娑重叠，

家家户户灯火熄灭，我俩更感孤单。

当我们漫步走过车道上的蓝色汽车，回到无声的小屋，

我们会梦想到这失去了爱的美国吗？

啊！亲爱的父亲，灰胡须、孤独、年老、有勇气的老师，

当卡农 [1] 不再划他的渡船，你上到了生烟的河岸，

站立着，凝望渡船消失在忘川的黑水上，

你曾有怎样的美国？

1955 年，伯克利

---

[1] 卡农：希腊神话中在忘川上驾船运送亡灵去冥府的人。

赏　析

　　《加利福尼亚超市》是"垮掉的一代"的重要作品，是金斯伯格一首有名的梦幻诗。它把梦幻和真实交织在一起，分不出哪里是想象，哪里是真实，表现出诗人内心的渴望与真实，给诗增添一种幻境和神秘感。金斯伯格写幻觉诗，是受到英国诗人威廉·布莱克的影响。

　　布莱克终生被幻觉萦绕，有一种臆造幻想的天赋才能。金斯伯格在早年的诗作中不时提到布莱克的幻觉，并曾在幻觉中听到布莱克朗诵《啊，向日葵》和《病玫瑰》。

　　诗人在孤独的夜晚又饿又累，梦见惠特曼，为了写诗寻找意象和灵感，他们一齐来到了超市。较之一百年前惠特曼所处的时代，1955年的美国已从资本主义兴起发展的初期进入帝国主义阶段，物质丰富，人们享受高度的物质文明的同时，却欠缺精神文明。顾客后面有侦探尾随，诗人对此深为不满，认为"这是一个失去了爱的美国"，希望高唱民主、自由的惠特曼能指明方向，并问惠特曼"你曾有怎样的美国"，发出今不如昔的感慨。

　　幻觉中，金斯伯格看见西班牙诗人、剧作家加西亚·洛尔卡也在超市。他是同性恋作家，在西班牙内战初期深受格拉纳达分子迫害。金斯伯格支持同性恋受到很大压力，找到同样的同性恋诗人洛尔卡、惠特曼，似能缓解他的心理压力。金斯伯格的诗歌创作受到惠特曼的影响，尊称他为"亲爱的父亲"，表明他想追随惠特曼，继承他的优良传统，同时也表明他对当下美国"物质主义"的盛行和精神危机及人际关系的疏远的不满与忧虑。

　　这是一首惠特曼式的自由诗，按照说话的语气，语句较长，直率地表达思想，没有遵循传统的诗歌韵律形式，但能朗朗上口，有较强的节奏感。

　　1955年是惠特曼《草叶集》第一版出版的百年纪念。金斯伯格创作此诗向惠特曼致敬，与他相遇、交流，也展现了他对惠特曼诗歌风格及精神的传承与呼应。

37 约翰·阿什贝利
(John Ashbery, 1927—2017)

约翰·阿什贝利生于美国纽约州罗切斯特，1949 年毕业于哈佛大学，1951 年获哥伦比亚大学硕士学位。毕业后他曾在法国游学居住多年，任《先驱论坛报》艺术评论员，从事艺术评论工作，后回纽约。20 世纪 70 年代早期，阿什贝利开始在纽约市立大学布鲁克林学院任教。1980 年他去往巴德学院，担任语言文学教授，2008 年退休。阿什贝利是美国艺术与文学学院院士，也是美国艺术与科学院院士。2017 年，阿什贝利于纽约去世。

阿什贝利是后现代诗歌代表人物，纽约诗派领袖，也是美国 20 世纪有影响力的诗人之一。他获得过几乎所有与美国诗歌相关的主要奖项。阿什贝利的第一部诗集《一些树》（*Some Trees*, 1956）就获得了耶鲁青年诗人奖。20 世纪六七十年代，阿什贝利连续出版了多部诗集，如《网球场宣言》（*The Tennis Court Oath*, 1962）、《春天的双重梦》（*The Double Dream of Spring*, 1970）、《凸面镜中的自画像》（*Self-Portrait in a Convex Mirror*, 1975）和《船屋上的日子》（*Houseboat Days*, 1977），并大获成功，成为当时最具有影响力的诗人之一。《凸面镜中的自画像》被公认为阿什贝利的代表作。这部诗集获得过 1775 年美国国家书评人协会奖、1976 年普利策奖和 1976 年美国国家图书奖，阿什贝利也因此成为美国文学界史无前例的"三冠王"。此外，他还曾于 1967 年、1973 年两次获得古根海姆奖，1982 年获得美国诗人学会颁布的年度诗人奖，1985 年获得麦克阿瑟奖。

文学评论家认为阿什贝利的诗受美国现代艺术运动"抽象表现主义"（Abstract Expressionism）的影响深远。抽象表现主义反对具象绘画和传统艺术的美学逻辑，强调艺术中的自我表现和形式纯粹性，以非写实的方法来描绘现实。例如，他的诗经常不停地像走马灯一样从一个意象转到另一个意象。阿什贝利有意用诗来反映由人的意识构建的感知过程。他的诗常常具有开放式结尾，似乎不肯给这个变化无常的纷繁世界一个确定性；同时诗也呈现出多种可能的解释，因为他认为"生活就是如此"。阿什贝利的诗向来颇具争议。有文学评论家赞扬他的诗瓦解了确定性，充分展示了人类意识的模糊地带，但也有文学评论家批评他的诗晦涩难懂。

阿什贝利的诗一个显著特点是高度抽象和自我反问。诗中某些诗句看似是对诗中其他诗句或读者自认为了解的观念的回响或暗示，结果接下来却来了个大反转，指向了完全出乎意料的东西。这也是读者和文学评论家都觉得十分头痛的事情，因为他们常常不知道阿什贝利的诗的主题到底是什么，这首诗是关于什么的。事实上，要理解阿什贝利的诗非常依赖于联想，他的诗中诗行、意象、观点之间的联系比较弱，对于一首诗的理解需要读完他的诗歌全集，将其当成阿什贝利的整体艺术理念之一。

从阿什贝利的诗中可以看到各种现代艺术的影响，但他最终还是靠自己独特的风格征服了读者。他的诗充满自我反思、多声部、模糊叙事、流行文化和大量的典故，虽然有时给读者造成理解上的困难，但胜在特色鲜明，以至于从者甚多。

The Painter

Sitting between the sea and the buildings
He enjoyed painting the sea's portrait.
But just as children imagine a prayer
Is merely silence, he expected his subject
To rush up the sand, and, seizing a brush,
Plaster its own portrait on the canvas.

So there was never any paint on his canvas
Until the people who lived in the buildings
Put him to work: "Try using the brush
As a means to an end. Select, for a portrait,
Something less angry and large, and more subject
To a painter's moods, or, perhaps, to a prayer."

How could he explain to them his prayer
That nature, not art, might usurp the canvas?
He chose his wife for a new subject,
Making her vast, like ruined buildings,
As if, forgetting itself, the portrait
Had expressed itself without a brush.

Slightly encouraged, he dipped his brush
In the sea, murmuring a heartfelt prayer:
"My soul, when I paint this next portrait
Let it be you who wrecks the canvas."

The news spread like wildfire through the buildings:
He had gone back to the sea for his subject.

Imagine a painter crucified by his subject!
Too exhausted even to lift his brush,
He provoked some artists leaning from the buildings
To malicious mirth: "We haven't a prayer
Now, of putting ourselves on canvas,
Or getting the sea to sit for a portrait!"

Others declared it a self-portrait.
Finally all indications of a subject
Began to fade, leaving the canvas
Perfectly white. He put down the brush.
At once a howl, that was also a prayer,
Arose from the overcrowded buildings.

They tossed him, the portrait, from the tallest of the buildings;
And the sea devoured the canvas and the brush
As though his subject had decided to remain a prayer.

画　家

坐在海与建筑之间

他潜心绘制大海的肖像

但就像孩子们想象中祈愿

仅仅是沉默不语，他期待他的绘画对象

冲上沙滩，抓住画笔，

在画布上涂抹它自己的肖像。

因此画布上一直没有落笔

直到住在建筑物里的人

催促他赶快工作："试着用那画笔

作为达到目的的手段。为那肖像画，挑选

某个题材，不那么汹涌巨大，而是更符合

画家的心情，或者可能，也符合祈祷者的。"

他怎样才能向他们说明他的愿望

是自然，而不是艺术，会抢夺画布？

他选择将他的妻子作为新的作画对象，

把她画得巨大，如被毁坏的建筑，

仿佛，忘了自身，画像

不用画笔已表现了自己。

稍稍受了些鼓励，他将他的画笔蘸了

海水，喃喃地衷心祷告：

"我的灵魂啊，当我在画下一幅画像时

希望是你来毁灭这画布。"

这消息像野火般席卷了建筑物：

他已回到海边想要将它作为绘画的题材。

想想一个画家被他的绘画对象折磨！
精疲力竭以至于举不起画笔，
这激怒了那些从建筑物中探出身来的艺术家
他们发出恶意的欢笑："现在我们不期待
能把自己呈现在画布上，
或者能让海坐好给它画张肖像！"

其他人把它称作是一副自画像。
最后所有有关绘画对象的迹象
都开始消失，只留画布
完全空白。他放下画笔。
一声嚎叫，那也是一种祈愿，立刻
从过于拥挤的建筑物之中升起。

他们把他，那画像，从最高的建筑物上抛下；
海随即吞噬了画布和画笔
好像他的绘画对象决定继续当一个难以实现的愿望。

赏 析

　　《画家》是约翰·阿什贝利于 1956 年发表的诗作。全诗一共 7 个诗节。前 6 个诗节每节 6 行，最后一节是全诗的总结，只有 3 行。这首诗展现了社会传统价值与艺术家的信仰之间的冲突。诗写的虽然是画家，但也代表了所有以创作为生的艺术家。艺术家的想法和社会传统价值观产生冲突，艺术灵感备受具有传统价值观的批评家和艺术家的批评与指责。

　　在诗的开头，一位画家坐在大海和身后的建筑物之间。他准备为大海画一副肖像画。他想要大海从他手中接过画笔，画它自己的画像。但就好像孩童看到大人祈愿时都不说话，所以他们想象中的祈愿就是只是默不作声而已，并不理解祈愿的真正内涵。画家对自然也有所误解。他希望大海愿意参与艺术创作，直接把自己呈现在画布上，但这只是一个难以实现的愿望。

　　在诗的第二、三节中，画家感觉他无法在画布上画出自然之美，所以什么都没画，只是呆坐着思考该怎么办。一些待在他身后建筑中的人看到画布上什么都没有，便向他叫喊，催促他画些能轻松把控的、传统的、容易画出来的东西，而不是像怒涛汹涌、巨大到无法控制的大海一般的主题。画家无法向这些人解释他的想法，所以他只能放弃，转而尝试把他的妻子作为新的绘画对象。他试着为她画一副肖像画，把她画得十分巨大，"如被毁坏的建筑"一般。画家从想要描绘海的"大"(large)，转向把妻子的肖像画得如建筑物般"庞大"(vast)，表明虽然作画的对象发生了改变，画家仍然想做一些艺术上的新尝试，呈现一些传统艺术没有表现过的、难以把控的、令人生畏的东西。而"被毁坏的建筑物"(ruined building) 一词则表明画家想要画出人物表象之外的东西，如历史、创伤、经历等，而不是传统意义上的肖像画。在第三节的最后一句，画家希望肖像画看上去是自然形成的，而不是用画笔进行的艺术创作。这说明画家的愿望仍然是自然参与到创作的过程中去。

但人物肖像画显然也没成功，这不是画家想要画的，因此在第四节诗中，画家鼓起勇气，再次回到海边把海当作绘画题材。这个消息像野火一样蔓延，令那些在建筑物中看他作画的人十分不满。他们觉得受到了挑衅，开始嘲笑他。这些人显然象征着画家的同行们，那些遵循传统创作观念的人。最后，画家的创作欲和灵感消退，放弃在画布上作画。他放下画笔，大声吼叫着发泄情绪。

在最后一节诗中，身处建筑中的人们成功地打消了画家作画的念头。他们把画家的画布和画笔从高楼上抛下，一切都被楼下的大海吞噬。大海吞噬了画布和画笔这一举动似乎暗示了大海的选择：它终究是画家无法控制的东西，超出了艺术能呈现的范围；它宁愿做一个艺术家心中的愿望，美好但难以企及。

这首诗明显带有寓言的性质，或者说整首诗都是一则寓言。发生在画家身上的事——被批评、质疑、挑衅、羞辱、折磨——实际上发生在每一个想要摆脱传统观念的束缚，创作新作品的艺术家身上。诗中的大海、生活在高大建筑中的人和画家都具有明显的象征意义。大海象征着艺术家的创作灵感和艺术革新，却不为具有传统价值观的批评家或其他同时代的人所接受。那些居住在建筑中的人则无疑象征着旧的传统思想和价值观，它们化身为维护传统的批评家、艺术家、政治家、宗教人士等，不愿接受变化，提倡因循守旧，联合起来抵制甚至摧毁那些想要创新的人。画家象征着那些努力创作新题材或用新理念搞创作的艺术家、诗人或作家。诗中描述画家坐在大海与建筑之间，象征着这些艺术家因观念超前而备受同时代人的批评与指责，限于创新与守旧的困扰之中，以至于无法实现心中的愿望。

Paradoxes and Oxymorons

This poem is concerned with language on a very plain level.

Look at it talking to you. You look out a window

Or pretend to fidget. You have it but you don't have it.

You miss it, it misses you. You miss each other.

The poem is sad because it wants to be yours, and cannot.

What's a plain level? It is that and other things,

Bringing a system of them into play. Play?

Well, actually, yes, but I consider play to be

A deeper outside thing, a dreamed role-pattern,

As in the division of grace these long August days

Without proof. Open-ended. And before you know it

It gets lost in the steam and chatter of typewriters.

It has been played once more. I think you exist only

To tease me into doing it, on your level, and then you aren't there

Or have adopted a different attitude. And the poem

Has set me softly down beside you. The poem is you.

悖论和矛盾修辞

这首诗关注的是简单层面的语言。
看他对着你说话。你朝窗外张望
或假装坐立不安。你有但并不拥有它。
你错过了它，它也错过了你。你们互相错过。

这首诗很悲伤，因为它想属于你，但做不到。
什么是简单层面？就是它和其他东西
将它们整体带入游戏。游戏？
哦，实际上，是的，但我认为游戏是

一个更深的外部事物，一个梦想中的角色模式，
仿佛属于八月漫长的日子里优雅的一部分
无法验证。它是开放式的。在你觉察之前
它已迷失在打字机的蒸汽和喋喋不休声中。

它又被游戏了一次。我觉得你存在就是为了戏耍我，
要我以你的层次来做这事儿，然后你却不知去哪儿了
或已换了不同的态度。这首诗
已把我轻轻地放在你身边。这首诗就是你。

赏 析

《悖论和矛盾修辞》最早发表于杂志《泰晤士报文学增刊》(*Times Literary Supplement*)，后来被约翰·阿什贝利收入他 1981 年的诗歌集《影子列车》(*Shadow Train*) 中。这首诗备受诗人和文学编辑的喜爱，曾被收入多个文学选集。

这首诗像大多数后现代诗歌一样，把读者的注意力引向语言本身。诗、诗的叙述者和诗的读者一起导致了语言意义的生产。诗人对那些认为语言是一种有效的交流工具的观点提出质疑。他认为诗或写诗的语言都是关于自己的，它不能确切地描述外部世界。诗人借用文学语言中的矛盾修辞法使读者思考意义产生的过程，读者在阅读诗的过程中与诗互相交流，并赋予同一个词不同的意义。这种观点与后现代思想不谋而合。后现代主义者认为语言的意义不是静止的，而是变化的。一个词的意义随着它与其他词语的关系变化而变化。阿什贝利让读者去思考语言意义捉摸不定这个问题，并呼吁读者与诗之间的互动。他希望读者成为诗的意义创作的一部分。

诗的第一节一开始，阿什贝利告诉读者语言简朴 (plain language) 是诗的一个重要方面。接下来诗人用第二人称视角直接告诉读者"看他对着你说话"，诗中的声音中邀请读者与诗互动，成为诗的一部分。接下来诗人抛出一个与标题相关的句子："你有但并不拥有它。"这句话似乎暗示读者能读懂诗中的每一个字，但又不能理解诗的意思。这显然是一个悖论 (paradox) 修辞。悖论修辞通常指一个句子表面看上去是矛盾的，但在某种程度上却是对的、合理的，甚至是富含哲理的。"你有但并不拥有它"这种看似矛盾的表述与后现代主义的语言观是相关联的。在后现代主义者看来，语言的意义不是静止的，而是一个流动的、逐渐形成但未完成的过程，因此诗人的原意不能被完整地呈现给读者。第一节的最后一句为前一句做了一个补充说明："你错过了它，它也错过了你。你们互相错过。"读者可以通过语言与诗互动，但却无法确切知道诗人的原意。读者与诗之间彼此互相错过。

　　第二诗节以"这首诗很悲伤，因为它想属于你，但做不到"开头，似乎是延续了第一诗节的最后一句。诗人再次直接对读者说话，表达了对读者无法解读诗人真意的惋惜。接下来诗人提出一个问题："什么是简单层面？"阿什贝利的诗歌一个最大的特点就是经常自问自答。这首诗也不例外。诗人提问后马上回答了这个问题：简单层面（的语言）指的是诗中语言的意义产生是一个戏耍的过程。叙述者希望读者和诗互动，玩在一起。因此，叙述者并不强调找出诗的意义，而是把重点放在读者与诗互动：读诗的过程可以像儿童做游戏一般简单。在这一诗节的最后部分，诗人肯定并鼓励了这种互动："游戏？／哦，实际上，是的"。最后一句的后半部分是一个未完成的句子"但我认为游戏是"，这句延续到了下一诗节的第一句，是一个明显的跨行。

　　诗的第三节的前三行是叙述者对游戏的看法，"一个更深的外部的事物，一个梦想中的角色模式／仿佛属于八月漫长的日子里优雅的一部分／无法验证。它是开放式的。"这里诗人用了矛盾修辞法（oxymoron）。矛盾修辞指两个意义相互矛盾的词被放在一起。"更深的"和"外部"形成一对矛盾。此外，"梦想"、"无法验证"和"开放式的"几个词则强调了诗这种语言游戏的不确定性和未完成性。诗人似乎在提醒读者，诗的意义是开放式的，可以有多种解释。接下来的两句似乎指当人们急匆匆地想要赋予诗意义，使阅读诗这种游戏变得复杂，甚至喋喋不休地过度解读诗的时候，诗就失去了意义。

　　诗的第四节是叙述者（诗人）和读者之间的交流。叙述者觉得读者在戏耍诗人，让他写适合他们理解水平和阅读层次的诗，但当诗人真的照他们的想法去做了，读者却跑了，或换了一个完全不同的态度。这与每个人独立阅读时与诗的互动有关。但不管怎么分析和诠释诗，诗人被放置在读者身边，一起互动。最后一句强调"诗就是读者"：读者参与诗的意义的产生，诗离开读者无法存在，二者无法分离。此时，诗人只好放手。诗成了读者的，让诗与读者互动，形成意义，作为文本意义来源的诗人随之消亡。这与罗兰·巴特提出的"作者之死"思想如出一辙。

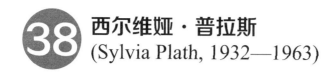

38 西尔维娅·普拉斯
(Sylvia Plath, 1932—1963)

西尔维娅·普拉斯，美国诗人、作家，美国 20 世纪五六十年代兴起的一种现代主义诗歌流派"自白派"的代表。她出生在美国波士顿一个知识分子家庭。她 8 岁那年父亲病逝，由母亲独自抚养她和弟弟长大。同年，她在《波士顿先驱报》的儿童专栏（*Boston Herald's Children's Section*）发表第一首诗，中学时在杂志上发表过诗歌和小说。她 11 岁开始写日记，她的画作获 1947 年学校艺术和写作奖（Scholastic Art and Writing Awards）。17 岁时，仅向一家杂志她就投稿了 45 篇作品。

1950 年，普拉斯以优异的成绩考入史密斯女子大学，当时她已小有名气，被誉为"小作家"。次年，她成为全美女子大学生小说竞赛奖的两名得主之一，被选为《仕女杂志》（*Mademoiselle Magazine*）的客座编辑，并两次获史密斯诗歌奖。1956 年，获富布赖特基金支持，普拉斯赴英国剑桥大学攻读学位，与英国诗人特德·休斯邂逅、结婚，育有一子一女。婚后她去美国教书、写作，曾与萨克斯顿、乔治·斯达巴克在波士顿大学参加洛威尔的学习班。普拉斯的精神生活极不稳定，在大学期间，几次企图自杀未遂。1963 年夏与休斯分居，她极度痛苦。次年 2 月 11 日，她在煤气灶上自杀，年仅 31 岁。

普拉斯生前出版了两部著作：一部是 1960 年出版的《巨人及其他诗歌》（*The Colossus and Other Poems*），另一部是 1963 年出版的半自传体小说《钟罩》（*The Bell Jar*）。她去世后，休斯编选了几部普拉斯的诗集，奠定了她作为一位重要诗人的地位，包括诗集《爱丽儿》（*Ariel*）、《渡湖》（*Crossing Waters*）、《冬树》（*Winter Trees*）及《普拉斯诗全集》（*Sylvia Plath,The complete Poems*）。《普拉斯诗全集》1982 年获普利策奖，普拉斯是在死后获此奖的第四人。另外出版的，还有她的短篇小说、散文、日记的合集《约翰尼派尼克与梦经》(*Johnay Panic and the Bible of Dreams*)。

　　普拉斯继承惠特曼自由诗的传统，语言简洁、口语化，不事雕琢，富于激情和创新。她以"自我"作为心理冲突的主人公，描写一瞬间的主观意识，反映社会矛盾，抒发她的不满与失望、悲观与愤怒。诗中充满新颖的意象、神话典故及荒诞离奇的比喻和联想，以表达内心的力量与激情。

Lady Lazarus

I have done it again.
One year in every ten
I manage it—

A sort of walking miracle, my skin
Bright as a Nazi lampshade,
My right foot

A paperweight,
My face a featureless, fine
Jew linen.

Peel off the napkin
O my enemy.
Do I terrify?—

The nose, the eye pits, the full set of teeth?
The sour breath

Will vanish in a day.

Soon, soon the flesh

The grave cave ate will be

At home on me

And I a smiling woman.

I am only thirty.

And like the cat I have nine times to die.

This is Number Three.

What a trash

To annihilate each decade.

What a million filaments.

The peanut-crunching crowd

Shoves in to see

Them unwrap me hand and foot—

The big strip tease.

Gentlemen, ladies

These are my hands

My knees.

I may be skin and bone,

Nevertheless, I am the same, identical woman.

The first time it happened I was ten.

It was an accident.

The second time I meant
To last it out and not come back at all.
I rocked shut

As a seashell.
They had to call and call
And pick the worms off me like sticky pearls.

Dying
Is an art, like everything else.
I do it exceptionally well.

I do it so it feels like hell.
I do it so it feels real.
I guess you could say I've a call.

It's easy enough to do it in a cell.
It's easy enough to do it and stay put.
It's the theatrical

Comeback in broad day
To the same place, the same face, the same brute
Amused shout:

'A miracle!'
That knocks me out.

There is a charge

For the eyeing of my scars, there is a charge
For the hearing of my heart—
It really goes.

And there is a charge, a very large charge
For a word or a touch
Or a bit of blood

Or a piece of my hair or my clothes.
So, so, Herr Doktor.
So, Herr Enemy.

I am your opus,
I am your valuable,
The pure gold baby

That melts to a shriek.
I turn and burn.
Do not think I underestimate your great concern.

Ash, ash—
You poke and stir.
Flesh, bone, there is nothing there—

A cake of soap,
A wedding ring,
A gold filling.

Herr God, Herr Lucifer

Beware

Beware.

Out of the ash

I rise with my red hair

And I eat men like air.

拉撒路女士

我又一次做了这事。

每十年做一次

我会设法做成——

一种行走的奇迹，我的皮肤

光亮，如纳粹的灯罩。

我的右脚

一张镇纸，

我的脸面貌全无，

犹太人的细亚麻布。

脱掉这小方巾

啊！我的敌人

我吓了你一跳吧？——

这鼻子、这眼窝、这全副牙齿？
酸臭的气味
将于一天内消失。

很快，很快，墓里
吞食的肉体
将回我身子。

而且我是个面带微笑的女人，
我才三十岁，
像猫，我有九条命可死。

这是第三次。
真是个废物
每十年消灭一次。

好一个百万细丝。
嘎吱嘎吱嚼花生的人群
推攘进来观看。

他们扒开我的衣，从手到脚，
一场盛大的脱衣舞。
先生们、女士们，

这是我的双手，
我的膝盖。
我也许是瘦骨嶙峋。

尽管如此，我没变，原样的女人。
这事第一次发生在我十岁时，
是个意外事故。

第二次，我有意为之
坚持下去，死不回头。
我摇晃着紧闭，

像一个海贝。
他们不得不喊呀喊，
把我身上的虫子取出，像粘性的珍珠挑出。

死亡
是一门艺术，像其他事一样，
我做得异常漂亮。

我把死亡做得如同地狱。
我把死亡做得很真实。
我猜你会说我在召唤。

在小屋里做这事很容易，
做这事，留原地一动不动很容易，
有戏剧性，

光天化日之下回归，
回归到同样的地方，同样的脸，同样的野蛮
有趣地高喊：

"一个奇迹！"
把我击倒，
要付出代价。

看我的伤疤，要付费
听我的心跳，要付费——
它实际在跳动。

有项收费，巨额收费，
为说一句话或一次触摸，
或一点点血，

或要我的一根头发，一件衣。
所以，所以，医生先生，
所以，敌人先生。

我是你的作品，
你的财宝，
纯金的姑娘。

熔化成一声尖叫，
我转身燃烧。
不要以为我低估了你伟大的关照。

灰烬，灰烬——
你拨弄、搅动
血肉、骨头，那里啥都不剩——

只剩一块肥皂，

一枚结婚戒指，

一种金牙填料。

上帝先生，撒旦先生，

当心！

当心！

从灰烬里，

我披着红发起身，

像呼吸空气，我吞食男人。

赏 析

拉撒路是《圣经》中的一个乞丐，病死后第四天，耶稣使他复活，从墓穴中出来。以拉撒路女士为题，表明这首诗是写一个女拉撒路的死而复活，暗指诗人自己是有着相似情况的妇女，用替代的手法，具有象征意义，同时表明诗的主题是死亡与再生。

诗中的女士自杀了三次，"每十年一次"，其原因是"真是个废物／每十年消灭一次"，说明她很自卑，认为自杀不好，是软弱无能的表现，不得已而为之，暗含她有隐情和苦衷。她的第一次自杀是个意外事故。第二次她"有意坚持下去，死不回头"，但自杀未遂。第三次她真的死了，死后化为灰烬，只留下结婚戒指和金牙填料、假牙等不能熔化的东西。她认为死"酸臭"、可怕，"吓人一跳"，是一个"奇迹"，并说"死亡／是一门艺术"，"有戏剧性"。她死后真的出现了戏剧性的场面：大批观众推推嚷嚷挤进来围观、看热闹，看她被脱光，观看"盛大的脱衣舞"，表现对死者的猥亵与不敬。诗人对围观者进行了谴责与批评。

诗中说"一种行走的奇迹 / 我的皮肤 / 光亮，如纳粹的灯罩"，暗指纳粹(男性)是罪魁祸首，是悲剧的编导。诗中谈及触碰女人要收费，"巨额收费"，"我是你的作品 / 你的财宝 / 纯金的姑娘"，这揭露了男性占主导地位的社会把女人当作玩物和私有财产，当作赚钱的金娃娃的丑恶现象。

诗的最后两节，女士警告维护男权的上帝先生、撒旦先生"当心"，表明她要奋起反抗。"从死灰烬里 / 我披着红发起身 / 像呼吸空气，我吞食男人。"她死而复生就是为了对加害于她的以男权为主宰的社会及伤害她的人进行报复。

1962年夏天，诗人与她的丈夫、英国桂冠诗人特德·休斯婚姻破裂。分居之后，普拉斯于10月23—29日写成这首诗，距她次年2月11日在煤气灶上自杀身亡只有4个月时间，是她出现精神危机身心交瘁、极其痛苦之时。这首诗反映了诗人内心的苦楚与心理活动，有自传和自白的性质。如同她在诗中所述，"我猜你会说我在召唤"，诗人在号召女性不要屈从男权社会的压力，要敢于为妇女的正当权益作斗争。

普拉斯是一位年轻有才华的诗人，她热爱生活，她是受压抑、迫害，最后被逼致死的妇女的象征。文学评论家巴斯内特说："西尔维娅是女权主义的先驱，她的声音是战士的声音，是愤怒的声音。"[1]

这首诗句法简单，句子短促，音韵铿锵，情感激越，意象狂暴奇特，充满心酸与嘲讽，被誉为自白诗的一首杰作，使诗人获得广泛的同情与赞誉。

[1] Susan Bassnete, *Sylvia Plath* (Totowa: Barmes and Noble,1987). p.151.

Daddy

You do not do, you do not do
Any more, black shoe
In which I have lived like a foot
For thirty years, poor and white,
Barely daring to breathe or Achoo.

Daddy, I have had to kill you.
You died before I had time—
Marble-heavy, a bag full of God,
Ghastly statue with one gray toe
Big as a Frisco seal

And a head in the freakish Atlantic
Where it pours bean green over blue
In the waters off beautiful Nauset[1].
I used to pray to recover you.
Ach, du.[2]

In the German tongue, in the Polish town
Scraped flat by the roller
Of wars, wars, wars.
But the name of the town is common.
My Polack friend

---

[1] Naust: 美国科德角海滩。
[2] 此句原为德文，意为"啊，你"。

Says there are a dozen or two.

So I never could tell where you

Put your foot, your root,

I never could talk to you.

The tongue stuck in my jaw.

It stuck in a barb wire snare.

Ich[1], ich, ich, ich,

I could hardly speak.

I thought every German was you.

And the language obscene

An engine, an engine

Chuffing me off like a Jew.

A Jew to Dachau, Auschwitz, Belsen[2].

I began to talk like a Jew.

I think I may well be a Jew.

The snows of the Tyrol, the clear beer of Vienna

Are not very pure or true.

With my gipsy ancestress and my weird luck

And my Taroc pack[3] 5 and my Taroc pack

I may be a bit of a Jew.

I have always been scared of you,

---

[1] 此处原为德文，意为"我"。

[2] 德国和波兰的纳粹集中营。

[3] 外国人用塔罗牌来卜卦、算命。

With your Luftwaffe[1], your gobbledygoo.

And your neat mustache

And your Aryan eye, bright blue.

Panzer-man[2], panzer-man, O You——

Not God but a swastika

So black no sky could squeak through.

Every woman adores a Fascist,

The boot in the face, the brute

Brute heart of a brute like you.

You stand at the blackboard, daddy,

In the picture I have of you,

A cleft in your chin instead of your foot

But no less a devil for that, no not

Any less the black man who

Bit my pretty red heart in two.

I was ten when they buried you.

At twenty I tried to die

And get back, back, back to you.

I thought even the bones would do.

But they pulled me out of the sack,

And they stuck me together with glue.

And then I knew what to do.

---

[1] Luftwaffe：第二次世界大战中德国空军的名称。

[2] 此处原为德文，意为装甲或坦克兵。

I made a model of you,

A man in black with a Meinkampf[1] look

And a love of the rack and the screw.

And I said I do, I do.

So daddy, I'm finally through.

The black telephone's off at the root,

The voices just can't worm through.

If I've killed one man, I've killed two——

The vampire who said he was you

And drank my blood for a year,

Seven years, if you want to know.

Daddy, you can lie back now.

There's a stake in your fat black heart

And the villagers never liked you.

They are dancing and stamping on you.

They always knew it was you.

Daddy, daddy, you bastard, I'm through.

---

[1]　此处原为德文，意即希特勒的政治宣言《我的奋斗》。

爹 爹

你不要再做，不要再做
黑鞋，像一只脚
我在其中生活
三十年，穷苦又苍白，
几乎不敢出气，不敢打喷嚏。

爹爹，我早该杀了你，
等到有时机，可你已死——
大理石般沉重，满袋的神祇，
鬼似的雕像，有一根灰色的脚趾
大得像旧金山的海豹。

脑袋在变幻莫测的大西洋里
那里，海水把豆绿色向蓝天倾斜
在美丽的瑙塞特海域我常祈求你复活
啊，你呀。

在波兰小镇，说德语
被战争、战争、战争的
压路机碾平。
只是镇的名字普通。
我的波兰友人

说小镇有一两打。
所以我从来说不清
你在哪里落脚，哪里扎根。

我不能同你讲话

舌头卡在下巴里。

卡在有倒钩的铁丝网里。

我、我、我

我说不出话。

我想每个德国人都是你

说的话太淫秽。

一台机车，一台机车

喷烟而过，把我像犹太人一样驱离，

一个去达豪、奥斯维辛、贝尔森的犹太人。

我开始像犹太人说话，

我想我很可能是犹太人。

蒂罗尔的雪，维也纳清亮的啤酒

都不很纯净、真实

以我吉卜赛的女祖先，我怪异的命运

和我算命的塔罗牌，我的塔罗牌

我也许有点像个犹太人。

我总是被你吓住，

被你这纳粹空军，你冗长的官腔

和你整齐的八字胡，

以及你雅利安人光亮、蓝色的眼睛，

装甲兵，装甲兵，哦，你——

并非上帝，不过是一面纳粹旗

那么黑，连天空不能挤过。

每个女人崇拜一个法西斯，
靴子踩在脸上，野蛮
像你野蛮人的残忍的心。

你站在黑板旁边，爹爹，
我有你一张这样的照片
是你的下巴，而非你脚上有一道裂痕
但不等于你不是魔鬼，不，
一点不亚于那个黑人。

他把我漂亮的红心咬成两半。
我十岁，他们埋葬了你。
二十岁时，我想法去死，
好回到、回到、回到你身边，
我想哪怕一堆白骨也行。

但他们把我从麻袋拉出，
并把我用胶水粘住。
然后，我知道怎么做。
我制作了一个你的模型，
一个穿黑衣，一脸《我的奋斗》表情的男人。

一个热衷于刑架和拇指夹的人。
我说我愿意，我愿意。
所以爹爹，我终于结束。
黑色电话连根拔去，
声音无法缓缓通过。

如果我杀一个男人，我就杀了两人——

那吸血鬼说他就是你

吸了我一年的血——

是七年，如果你想知道。

爹爹，你现在可以躺回那里。

有根木桩扎进你肥厚的黑心，

村民们从未喜欢过你。

他们在你上面跳舞，跺脚

他们明知那就是你。

爹爹，爹爹，你这卑鄙之徒，我就此结束。

赏 析

　　《爹爹》这首有着强烈心酸、抱怨意蕴的诗写于 1962 年 10 月 12 日，普拉斯自杀身亡 4 个月前，是一首著名的自白诗，也是她的代表作之一。普拉斯在写给妈妈的信中说她写了一生中最好的两首诗，这将使她成名。[另一首是自杀当天写的《美杜莎》(Medusa)]并且还说："我是天才作家，我有天分。"在 BBC 电台朗读《爹爹》这首诗时，普拉斯解释说："这是一个有着恋父情结的女孩说出的诗，她的父亲死了，她视他为神。她的情况因为父亲是个纳粹分子，母亲很可能有犹太人血统而变得复杂。女儿身上的两种血统结合和相互瘫痪——她不得不把这可怕的小寓言诗表演一遍，在她得到解脱之前。"

　　普拉斯的父亲奥托·普拉斯 15 岁时从德国东部地区（当时是波兰的地域）来到美国，是波士顿大学的生物教授；她的母亲奥里莉亚·普拉斯生于波士顿。父母都是奥地利人。奥托和奥里莉亚是师生关系，年龄相差 21 岁。奥托长期住校，不喜社交，其年龄和受教育程度都高于妻子，自认有支配权，他要求妻子辞去教职，当全职太太。有了西尔维娅后，奥托又要求妻子为他生个男孩，三年后他如愿以偿。奥托因糖尿病并发症被截肢，并于女儿 8 岁时病逝。奥里莉亚为了维系家庭，只得处处顺从丈夫。丈夫死后，她含辛茹苦抚养孩子，未再婚嫁。但她望子成龙成凤，这给了孩子们不少压力。

诗中的爹爹被描写成纳粹、装甲兵、吸血鬼、卑鄙之徒。女儿想杀死他，但同时又被女儿爱慕和崇拜，认为他是神。女儿对父亲的迷恋会使人联想起希腊神话的伊莱克特拉情结 (Electra Complex)，诗歌带有离奇的神话色彩。

普拉斯与丈夫、英国诗人特德·休斯结婚七年。最后一年，休斯移情别恋，使普拉斯痛不欲生。诗中的爹爹只是"那个黑人"（black man），黑衣人（a man in black）的模型。黑衣人"他把我漂亮的红心咬成两半"，"这吸血鬼吸了我一年的血 / 是七年……"不难看出，爹爹只是一个大男子主义的意象。他使她女儿感到压抑、不自由，而真正使女子心碎的是她的丈夫。诗人委婉地用指桑骂槐的手法来写此诗很有艺术表现力。

这首诗通过诗人的个人隐私，父女、夫妻间的矛盾纠葛，表现了女性在男权社会受到的痛苦与创伤，以及女性的反抗精神。这是诗的主题。诗中同时采用直说与不直说，即直白与比喻的方法是诗的一个特点。诗人进入诗中，直接、大胆地表达思想和情绪。诗中的我 (I)出现了 23 次，面对读者诉说，显得真实亲切。诗中生动的意象、明喻、暗喻、句法变换、长短不一，使用不完全句，无主语、字句重复，用德语等表现了写作的灵活性。

诗中将自白与历史、现实生活结合，写到第二次世界大战德国法西斯的侵略罪行，使诗升华，具有普遍意义，显示了自白诗的特点。

这首诗虽然韵律并不规则，但音乐性很强。全诗 16 节，80 行，其中 41 行用同一个"u"韵（如 you, do, shoe, Jew, blue, screw 等），采用了儿歌、摇篮曲的形式，既表达了愤怒的感情，又不失语气抚慰。

Words

Axes

After whose stroke the wood rings,

And the echoes!

Echoes traveling

Off from the center like horses.

The sap

Wells like tears, like the

Water striving

To re-establish its mirror

Over the rock

That drops and turns,

A white skull,

Eaten by weedy greens.

Years later I

Encounter them on the road-

Words dry and riderless,

The indefatigable hoof-taps.

While

From the bottom of the pool, fixed stars

Govern a life.

话 语

斧头
砍树发出响声，
回声阵阵！
回声传播
像马飞奔，远离中心。

树液
涌流，像流泪、
像池水，竭力
于岩石上
重现明镜。

岩石跌落，变成
白色的头骨，
被杂草丛生的青草地啃吞。
多年后，我
在路上与他们相遇——

话语风干，没有了骑手，
不倦的马蹄声响个不停。
其时
池底，不变的星辰
主宰人的一生。

赏　析

　　这首诗写于 1963 年 2 月 1 日，即诗人自杀前 10 天，是她最后创作的几首诗之一。有文学评论家认为这是诗人为自己写的一首墓志铭，是写给世界的一封信。

　　这首诗简短，没有规则的韵律，全无修饰，全是名词、动词，几乎没有形容词，短促、具体，直截了当，让人大有一睹为快之感。诗人在心绪混乱、极其痛苦的情况下写的这首诗，没有过多考虑诗的技巧与韵律，是信笔写下的一首即兴诗。但它是一首充满意象，使用变换、比喻、象征等手法，有很强艺术感染力的诗，可见诗人艺术修养及功力之深厚。

　　《话语》一诗讲的是语言。语言是工具，人们用它来交流思想。没有社会共同的语言，社会就不存在。它讲的又是文字、文学、诗歌；文学是艺术的语言，诗歌是最精练的语言。在男权至上、话语权为男性掌握的社会，诗人用文字、诗歌这个男女皆可使用的工具为女性发声，表达女性的诉求，不失为最佳选择。

　　诗人把斧头比喻为笔，说明她毫无顾忌，大刀阔斧地写诗。她的诗是她的心血、眼泪。她把她的诗比喻为奔驰的骏马，在广袤的大地上传播，激励读者，引来不绝于耳的回响。若干年后，没有了诗人当骑手，但诗仍在传播，说明人的死亡不是完全、绝对的死亡。诗人虽死，已成白骨，但不变的星辰不随人走，星辰依然闪烁，似乎它们在主宰人的生命，让人感叹生命易逝，人生易老天难老！

　　诗中出现了许多自然元素，如"斧头""树木""树液""岩石""白骨""眼泪""池底""不变的星辰"等，都有其象征意义。这首诗通过"话语"的变化、自然元素的描写，表现语言文字、文学诗歌的作用，同时也思考生命的变化历程及其背后的主宰的力量。

　　这是一首有多层含义的诗，见仁见智，读者可有多种解读与诠释。